KB232842

사르비아총서 · 610

이방인 · 전락

A. 카뮈/이정림 옮김

범우사

차 례

카 뮈

알베르 카뮈(Albert Camus)는 1913년 알제리의 소읍인 몽도비에서 태어났다. 농장의 노무자였던 아버지는 1914년에 전사하였고, 어머니는 스페인계 여자였다. 집안 형편이 넉넉지 못하여 그는 자동차 부속품상, 알제리 총독부 고용인, 기상대 요원, 해운(海運) 중개인 등 여러 직업에 종사하며 대학원 과정까지 마쳤다. 철학을 전공하여 문학사(文學士) 학위를 받았지만, 그 후 결핵을 앓게 되어 교수 자격 시험은 포기하고 말았다.

학생 시절에는 '노동좌(勞動座)'라는 극단을 조직하여 자신이 배우 겸 단장이 되어 연극에 열중하기도 했다. 여러 작품의 희곡을 각색하기도 했으며, 카뮈 자신이 오비에도 갱부들의 폭동을 주제로 쓴 〈아스튀리의 반란〉과 그 밖의 몇 편은 당국의 상연 금지 처분을 받기도 했다. 그 밖에 앙드레 말로의 〈모멸(侮蔑)의 시대〉, 빌드락의 〈상선(商船) 테나시티〉, 벤 존슨의 〈침묵의 여인〉 등을 각색 상연했고, 도스토예프스키의 〈카라마조프의 형제〉에서는 그가 이반 역으로 무대에서 열연하기도 했다.

그 후 처음에는 알제리 시에서, 그 다음은 파리로 건너가기자 생활을 하던 중 2차대전을 만나 독일에 대항하는 독립운동에 투신하였으며, 프랑스가 해방될 무렵에는《콩바 Combat》지(紙)의 주필로 활약하여 1945년 사임할 때까지 세인(世人)의 이목을 끌던 그 탁월한 사설은《악튜엘 Actuelles Ⅲ》가운데 수록되어 있다.

전쟁이 끝나고서도 그의 활동은 눈부시게 계속되었다. 특히 그는 핍박과 예속으로 허덕이던 사람들을 옹호하였으며, 자유를 위해 투쟁하다 쓰러지는 많은 희생자들을 격려하였다. 참혹한 알제리 전쟁 중에는 휴전을 위한 호소에 앞장섰는가 하면, 사형 폐지 운동에도 적극 참여하였다.

카뮈는 앙드레 말로의 주선으로《이방인 L' Étranger》(1942)을, 유명한 갈리마르사(社)에서 간행했고, 이어《시지프의 신화》(1943)도 역시 같은 출판사에서 냈다. 종전 후 희곡 〈오해〉, 〈칼리굴라〉를 각각 1945~46년에 상연하여 성공을 거두었다. 전후에 쓴 것으로는 〈계엄령〉(1948), 〈정의의 사람들〉(1949)이 상연되었다. 1946년에는 미국을 방문했고, 그 다음에《페스트》를 발표하자 그는 일약 전후 세대의 대가 중의 한 사람으로 문명(文名)을 떨치게 되었다.

1951년에는 에세이《반항인》이 발표되었다.

《이방인》에 대하여

《시지프의 신화》보다 1년 전에 발표된《이방인》은 한마디로 허무의 철학적 해석이라고 말할 수 있겠다. 그것은 단순한 이야깃거리가 아니며 독자는 그 구체적 형상들의 배후에 있는 심오한 사상에 눈을 돌려야 한다.

그러나 얼핏 보기에 이 소설은 수많은 다른 소설들과 마찬가지로 인물들과 배경과 스토리를 가진 한낱 이야기에 불과하다. 주인공 뫼르소는 평범한 일개 사무원이다. 어느 날 갑자기 어머니의 사망 전보가 날아오고, 그는 더위 속에서 무덤덤하게 어머니의 장례를 치른다. 그리고 그날 마리라는 여자와 관계를 맺고 나중에는 어느 건달의 친구가 된다. 그 친구를 안 인연으로 말썽에 휘말리고 마침내는 그가 아랍인 한 사람을 쏘아 죽이는 사건이 벌어진다. 그리고 판결을 받고, 사형집행을 기다린다…….

그저 단순한 이야기 같지만 그 속에는 농도 짙은 허무의 세계가 응축되어 있음을 알게 된다.

뫼르소의 삶은 무의미한 것이다──이것이 바로 소설의 중심 테마이다. 어떤 목적을 향하는 것도 아니고 어떤 이념을 중심으로 질서 있게 정리되는 삶도 아니다. 그의 삶은 그저 맹목적으로 자동적으로 전개될 뿐이다. 그는 사랑도 회한도 환희도 모르는 인간이다. 가장 인간적인 감동도 그를 뒤흔들어놓지 못한다. 어머니의 죽음도 마리의 사랑도, 뫼르소를 그 수동적이고 따분하고 지친 마비 상태에서 끌어낼 수가 없는 것이다. 《이방인》은 허무를 이야기하는 작품이기는 하지만 끝내 허무함으로 끝나는 작품은 아니다. 뫼르소는 드디어 폭발적으로 반항을 함으로써 그 무거운 '일상(日常)의 잠에서 깨어나는' 것이다.

처음에는 추악할 만큼 '일상적 삶'의 맹목적 자동성에 혼합되었던 그가 드디어 '자유를 전취' 했고, 다시 잠재우려는 '희망의 유혹'을 물리쳤으며, 죽음에 직면하여 본능적으로 자살이 아닌 '반항'을 택한 것이다. 그 보답으로 그는 감각이 풍부한 삶과 현순간에 놀라울 만큼 절묘한 맛을 얻는다.

"허망은 죽음의 의식이며 동시에 그 거부이다. 그것은 사형수의 머리에 떠오르는 최후 상념의 맨 끝에 나타나는 구두끈——바로 몇 미터 앞에 그 아찔한 자기 전락(轉落)의 바로 막바지에——안 볼래야 안 볼 수 없는 그 어처구니없는 구두끈이다. 자살자의 반대는 사형수다"라고 카뮈는 《시지프의 신화》에서 밝히고 있다.

《이방인》이 발표되자 이 작품은 실존주의의 문학적 승리로서 평가되었다. 2차대전을 전후해서 세계에 실존주의 작품이 선풍을 일으킨 것은 바로 카뮈의 《이방인》과 사르트르의 일련의 철학적 이론 때문이었다. 카뮈는 실존주의자는 아니었지만 그런 경향에 속해 있었던 것은 사실이다.

사르트르는 이 《이방인》을 "건조하고 깨끗한 작품, 외관상으로는 무질서하게 보이지만 잘 짜인 작품이며 너무나 인간적인 작품"이라고 평했다.

이상의 해설은 루페(Robert de Luppé)의 〈알베르 카뮈론〉에서 '이방인'에 관한 대목만 인용한 것임을 밝힌다. 루페는 소르본 대학을 나온 철학과 문학 교수로서 〈문학에 의한 해방〉이라는 논문을 발표하여 프랑스 아카데미상을 받은 바 있기도 하다. 특히 현대 철학과 문학을 전공, 그 첫 저작으로 이 〈카뮈론〉을 내놓았다.

《전락》에 대하어

《전락(轉落 : La chute)》은 카뮈가 모든 정치 활동에서 은퇴한 후 언론계로 복귀한 1955년 그의 나이 41세 때 간행된 작품이다.

이 작품 속에는 어느 작품보다도 허무의 우수(憂愁)가 짙게 깔려 있다.

어두운 비췻빛 운하와 비둘기 떼들이 높이 나는 음산하고 축축한 지옥 같은 적지(謫地)에서 주인공 클라망스는 어떻게 자기가 전락하게 되었는가를 집요하게 고백하고 있었다.

어느 날 밤, 센 강의 다리를 건너갈 때, 물 속으로 뛰어드는 여자를 보고서도 구하지 않고 지나친 이후로 그는 까닭 모르는 웃음소리에 시달리게 된다.

그러나 그 웃음소리는 클라망스로 하여금 과거의 자기를 돌아보게 한 계기를 만들어주었고, 마침내 지금까지 그의 명성과 덕망이 모두 위선에서 비롯된 허위였음을 깨닫게 된다.

그리고 자기는 결백하다고 확신하면서 다른 사람들의 죄악을 심판하는 현대인의 유죄성(有罪性)을 밝혀 내어 우리는 모두 비슷한 죄인임을 유추시킨다.

카뮈는 이 작품을 통하여 부조리(不條理)와 모순(矛盾)에 사로잡힌 현대인의 초상화를 그려보이고 있는데, 그것은 바로 오늘을 사는 우리들의 모습임을 강조하고 있다.

또한 클라망스의 마음에 끊임없이 들려오는 웃음소리는 참 자아를 일깨우는 양식의 소리일 수도 있다. 그것은 듣지 않으려고 해도 어쩔 수 없이 들려오는 자신의 소리일지도 모른다.

옮긴이

이방인

L' Étranger

제 1 부

1

오늘, 어머니가 돌아가셨다. 어쩌면 어제였는지도 모른다. 잘 모르겠다. 난 양로원으로부터 전보 한 장을 받았다. '모친 별세. 명일 장례식. 애도를 표함.' 이것 가지고는 전혀 알 도리가 없다. 어쩌면 어제였을지도 모른다.

양로원은 알제에서 80킬로미터 떨어진 마랑고에 있다. 두 시에 버스를 타면 오후에는 도착할 것이다. 그렇게 하면 밤샘을 할 수 있고, 내일 저녁에는 돌아올 수 있을 것이다. 사장에게 이틀간의 휴가를 신청했다. 사장은 그러한 이유 때문에 그 청을 거절할 수 없었다. 하지만 기분 좋은 기색은 아니었다. 나는 그에게 "그건 제 잘못이 아닙니다"라는 말까지 했다. 그는 대꾸하지 않았다. 그때 나는 생각했다. 그런 말은 그에게 할 필요가 없었다는 것을. 나는 끝내 변명하지 않았다. 그렇게 하면 오히려 그로 하여금 내게 조의를 표하도록 만드는 것이다. 하지만 그는 아마 모레, 상복을 입은 내 모습을 보게 될 때, 내게 애도의 뜻을 전할 것이다. 지금의 기분으로선 어머니가 돌아가시지 않은 것 같다. 장례를 마치고 나면, 그와는 반대로 그것은 하나의 기정 사실이 될 것이고, 그러면 모든 것은 보다 공적인 양상을 띠게 될 것이다. 두 시에 버스를 탔다. 날씨는 무척 더웠다. 여느 때처럼 셀레스트네 식당에서 식사를 했다. 그들은 모두 나에 대해서 퍽 애통해했다. 그리고 셀레스트는 내게 "어머니란 한 분뿐이지"라는 말도 해주었다. 내가 나올 때 그들은 문간까지 나를 전송해주었다. 나는 좀 허둥거렸다. 엠마뉘엘의 집으로 올라가 그에게서 검은 넥타이와 완장을 빌려야 했기 때문이다. 그는 몇 달 전에 아저씨를 잃었다.

출발 시간에 늦지 않으려고 뛰었다. 이렇게 서두르고 뛰었기 때문에, 거기에다 차의 덜컹거림, 휘발유 냄새, 도로와 하늘에서 뿜어내는 열의 반사, 아마 이런 것들 때문에 내가 졸았었나 보다. 여행하는 동안 거의 내내 난 잠을 잤다. 눈을 떠 보니, 어느 군인에게 바짝 몸을 기대고 있었다. 군인은 내게 미소를 지어 보이며 멀리서 오는 길이냐고 물었다. 나는 더 이상 말하지 않으려고 그렇다고 말해 버렸다.

양로원은 마을에서 2킬로미터쯤 되는 지점에 있다. 나는 그 길을 걸어서 갔다. 빨리 어머니를 보고 싶었다. 하지만 수위는 먼저 원장을 만나보아야 한다고 일러주었다. 원장은 바쁜 사람이어서 조금 기다려야만 했다. 기다리는 동안 수위는 줄곧 이야기를 했다. 그러다가 원장을 만났다. 원장은 나를 그의 사무실로 맞아들였다. 레지옹 도뇌르 훈장(군사 및 문화상의 공로자에게 주는 프랑스의 최고 훈장)을 달고 있는 원장은 키가 작은 노인이었다. 맑은 눈빛으로 그는 나를 바라보았다. 그러고는 나와 악수를 했다. 그가 하도 오래 손을 잡고 있어서 어떻게 손을 빼내야 할지 모를 정도였다. 원장은 한 다발의 서류를 뒤적거리고 나서 내게 말했다.

"뫼르소 부인께선 3년 전에 이곳에 들어오셨군요. 당신은 그분의 유일한 부양자이셨지요."

원장이 뭔가 나에 대해 못마땅하게 여기는 것 같아서 나는 그에게 해명하기 시작했다. 하지만 그는 내 이야기를 가로막았다.

"젊은이, 변명하지 않아도 돼요. 당신 어머니에 관한 서류를 읽었어요. 당신은 어머니가 필요로 하는 것을 조달해드릴 수가 없었던 거죠. 어머니는 간호사가 필요했지요. 그런데 당신 월급은 많지가 않았어요. 그러니 결국 어머니는 여기에서 더 행복하셨던 겁니다."

"네, 그래요, 원장 선생님" 하고 나는 말했다.

그는 이렇게 덧붙였다.

"아시겠지만, 어머니에게는 친구들이 계셨어요. 그분 연배의 분들이었죠. 그들과 함께 어머니는 지난날의 이야기도 나눌 수 있었어요. 당신은 젊기 때문에 당신과 함께 있었으면 어머니는 아마 지루해하셨을 겁니다."

그건 사실이었다. 어머니가 집에 계셨을 때 어머니는 묵묵히 나를 지켜보는 것으로 시간을 보내곤 했었다. 어머니는 양로원으로 오셨던 처음 며칠은 자주 우시곤 했다. 하지만 그것은 타성 때문에 그러신 것이다. 몇 달이 지나고 나서 누가 어머니를 양로원에서 모시고 나간다고 했으면 어머니는 필경 또 우셨을 것이다. 어떤 경우에서든 타성 때문에 그러신다. 내가 최근에 거의 여기에 오지 않은 것도 약간은 이런 이유 때문이기도 하다. 또한 버스를 타러 가고, 표를 사고, 길을 두 시간이나 걸어야 하는 수고를 계산에 넣지 않아도, 일요일이 훌쩍 달아나버리곤 하는 이유 때문이기도 했다.

원장은 아직도 이야기를 하고 있다. 하지만 이제 나는 거의 듣고 있지 않다. 이윽고 그는 "당신은 어머니를 뵙고 싶은 것 같군요" 하고 말했다. 나는 아무 말 없이 자리에서 일어섰다. 그랬더니 그는 앞장서서 문 쪽으로 갔다. 계단에서 원장은 내게 설명했다.

"우리는 작은 시체 안치소에다 어머니를 모셔놓았습니다. 다른 사람들을 놀라게 하지 않기 위해서입니다. 양로원에 있는 분이 돌아가실 때마다 다른 사람들은 2, 3일간 신경이 날카로워지지요. 그렇게 되면 일이 까다로워집니다."

우리는 많은 노인들이 작은 무리를 지어 이야기를 나누고 있는 마당을 가로질러 갔다. 우리가 지나갈 때 그들은 입을 다물었다. 그러나 우리가 지나가자 이야기는 다시 계속되었다. 흡사 귀를 따갑게 하는 앵무새의 재잘거림과도 같았다. 어느 작은 건물의 문 앞에서 원장은 나와 헤어졌다.

"뫼르소 씨, 함께 들어가지는 않겠습니다. 내 사무실에 있을 테니 무슨 일이 있으면 말씀해주십시오. 통상적으로 장례식은 아침 열 시로 정해져 있습니다. 그렇게 하면 당신이 고인의 곁에서 밤샘을 할 수 있으리라고 생각한 거죠. 당신 어머니께서는 종교 의식으로 장례식을 치러주었으면 하는 희망을 생전에, 종종 친구 분들께 유언으로 말씀하셨던 것 같습니다. 소정의 절차는 제가 책임지고 맡겠습니다. 하지만 난 당신에게 이런 것들을 알려드리고 싶었던 겁니다."

나는 그에게 감사의 뜻을 표했다.

무신론자는 아니었지만 어머니는 살아계셨을 때 종교에 대해서는 전혀 생각하지 않았었다.

나는 안으로 들어갔다. 방은 아주 밝고 하얗게 석회 칠이 되어 있었으며, 커다란 스테인드 글라스 하나가 끼워져 있었다. 방에는 몇 개의 의자와 X자 모양의 받침대들이 있었다. 방 한가운데에 있는 그것들 중 두 개의 받침대가 뚜껑이 덮여 있는 관 하나를 받치고 있었다. 호도기름 칠을 한 널빤지 위로 솟아오를 정도로 건성으로 박힌 반짝거리는 못들이 얼른 눈에 들어왔다. 관 옆에는 머리에 짙은 빛깔의 스카프를 쓰고 흰 가운을 입은 아랍계 간호사 하나가 있었다.

이때 수위가 내 등 뒤로 들어왔다. 아마 그는 달려온 모양이다. 그는 약간 더듬거리며 말했다.

"입관은 했지만 당신이 어머니를 보실 수 있도록 관에서 못을 뽑아드리겠습니다."

그가 관으로 다가갔다. 그때 나는 그를 가로막았다.

"보시고 싶지 않으십니까?" 하고 그가 내게 말했다. 나는 "네" 하고 대답했다. 그는 그만두었다. 그러자 내가 난처해졌다. 그런 말은 하는 것이 아니었다는 느낌이 들었기 때문이었다. 잠시 후에 그가 나를 바라보더니 "왜 그러시죠?" 하고 물었다. 그러나 비난하려고 그러는 것 같지는 않고 단지 알아보려는 것 같았다. "모르겠습니다" 하고 내가 말을 했다. 그러자 그는 자기의 흰 수염을 비비 꼬면서, 나를 보지도 않고 "알겠습니다" 하고 똑똑히 말했다. 그는 아름답고 맑은 푸른 눈을 가지고 있었으며 얼굴빛은 약간 붉었다. 그는 내게 의자 하나를 내밀어주고는 자기도 내 조금 뒤에 자리잡고 앉았다. 간호사가 일어나서 출입문 쪽으로 갔다. 그때 수위가 "저 여자는 부스럼을 앓고 있어요" 하고 말했다. 무슨 말인지 몰라서 간호원을 쳐다보았다. 그랬더니 그녀가 눈 밑으로 붕대를 감고 있는 것이 보였는데, 그녀는 머리에 붕대를 한 바퀴 휘감고 있었다. 코허리가 솟은 곳에서는 붕대가 평평해져 있었다. 그녀의 얼굴에서 보이는 것이라곤 붕대의 그 흰 빛깔뿐이었다.

그녀가 나가자, 수위는 "당신을 혼자 있게 해드리지요" 하고 말했다. 내가 어떤 몸짓을 했는지는 알 수 없으나 그는 내 뒤에 그냥 서 있었다. 등 뒤에 그가 있다는 것이 거북스러웠다. 방은 아름다운 석양빛으로 꽉 차 있었다. 두 마리의 말벌이 스테인드 글라스에 부딪치며 붕붕거리고 있었다. 그러자 잠이 쏟아질 것만 같았다. 나는 수위가 있는 쪽을 돌아보지 않고 "여기에 계신 지는 오래되셨나요?" 하고 물었다. "5년 됐죠." 그가 얼른 대답했다 —— 진작부터 내가 그렇게 물어 주기를 기다리고 있었던 것처럼.

그러고 나서 그는 수다를 많이 떨어댔다. 그가 마랑고의 양로원에서 수위로 생을 끝마치게 될 거라고 그에게 말해 준다면 그는 아마 퍽 놀랄 것이다. 그는 예순네 살이고 파리 태생이었다. 이때 나는 그의 말을 가로막았다. "아! 당신은 이곳 출신이 아니군요?" 그러자 원장에게로 나를 인도하기 전에 그가 어머니에 대해 말해 주던 일이 생각났다. 벌판에서는, 특히 이 지방에서는 날씨가 덥기 때문에 어머니의 장례를 빨리 지내야 한다고 그가 내게 말했던 것이다. 그가 파리에서 살았다는 것과 파리를 잊어버리기 힘들다고 내게 일러준 것도 바로 그때였다. 파리에서는 사흘, 때로는 나흘간을 죽은 사람과 함께 지낸다. 여기서는 그럴 시간이 없다. 예전부터 사람들은 영구차 뒤를 쫓아가야만 한다는 생각에 젖어 있는 것이다. 이때 그의 부인이 "그만둬요. 그런 얘긴 이분에게 말씀드릴 것이 못 돼요" 하고 말했었다. 노인은 얼굴을 붉히고 사과를 했다. "아닙니다. 괜찮아요" 하고 말하면서 나는 그들을 중재시켰다. 나는 그가 옳고도 재미있는 이야기를 했다고 생각했다.

이 협소한 시체 안치실에서 그는 자기가 극빈자로 양로원에 들어오게 되었다고 들려주었다. 그는 자신이 건강하다고 생각했기 때문에 이 수위의 자리를 자청했던 것이다. 나는 그에게 당신도 결국 한 사람의 재원자(在院者)라는 사실을 지적해 주었다. 그는 그렇지 않다고 말했다. 재원자들에 관해 말할 때 그 중의 어떤 사람은 자기보다 젊은 데도 불구하고 '그들'이니, '다른 사람들'이니 또는 아주 드물게 '노인들'이라는 식으로 말하는 데 나는 이미 어안이 벙벙했다. 그러나 물론 그가 그들과 같지는 않다. 그는 수위였고 또 어느 정도 그들에 관해 권리도 있었던 것이다.

그때 간호사가 들어왔다. 갑자기 땅거미가 졌다. 아주 빨리 스테인드 글라스 위로 밤이 짙게 드리워졌다. 수위가 전등 스위치를 돌렸다. 갑작스럽게 쏟아지는 빛 때문에 눈이 부셨다. 그는 내게 식당에 가서 저녁을 들고 오라고 권했다.

그러나 난 시장하지가 않았다. 그때 그는 밀크커피를 한 잔 가져오는 것이 어떻겠느냐고 제의해왔다. 밀크커피를 매우 좋아하기 때문에 나는 그 제의를 받아들였다. 그는 잠시 후에 쟁반을 들고 돌아왔다. 나는 마셨다. 이때 담배를 피우고 싶은 생각이 들었다. 하지만 난 어머니 앞에서 담배를 피워도 되는지 어떤지를 몰라서 망설였다. 곰곰이 생각해 보니 그런 일은 조금도 중요한 일이 못 되었다. 나는 수위에게 담배 한 대를 권하여 같이 담배를 태웠다.

잠시 후, 그는 내게 말했다. "아시겠지만 어머니의 친구 분들도 곧 밤샘하러 오실 겁니다. 그게 관습이거든요. 의자 몇 개와 블랙커피를 가지러 가야 하겠습니다." 나는 전등 하나는 꺼도 되느냐고 그에게 물었다. 흰 벽에 반사되는 강렬한 불빛이 나를 피곤하게 했던 것이다. 그는 그럴 수 없다고 말했다. 전기 시설은 전부 켜든가 전부 끄든가 하게 되어 있었다. 나는 그에게 더 이상 많은 관심을 기울이지 않았다. 그는 나가고 들어오며 의자들을 정리했다. 그는 의자 한 개 위에다 커피 포트를 중심으로 잔들을 쌓아놓았다. 그러고 나서 그는 어머니의 다른 쪽인, 내 맞은편에 앉았다. 안쪽으로는 간호사가 등을 돌리고 앉아 있었다. 그녀가 무엇을 하고 있는지는 볼 수가 없다. 하지만 팔의 움직임으로 보아 그녀가 뜨개질을 하고 있는 것 같았다. 날씨는 적당히 온화했으나 커피가 다시 나를 덥게 만들었다. 열린 문으로는 밤의 냄새와 꽃 향기가 들어왔다. 내가 잠깐 졸았던 것 같다.

서로 가볍게 스치는 소리에 나는 잠이 깨었다. 눈을 감고 있었기 때문에 방은 내게 더욱 흰 빛으로 번쩍이는 것 같았다. 내 앞에는 그림자 하나 없었다. 물체마다, 모퉁이마다, 그 모든 곡선이 눈을 상하게 할 만큼 선명하게 윤곽을 드러내었다. 그때 어머니의 친구들이 들어왔다. 그들은 모두 열 명이었고 이 눈부신 빛 속으로 묵묵히 미끄러지듯 들어왔다. 의자 하나 삐걱거림이 없이 그들은 자리에 앉았다. 한 번도 본 적이 없었기 때문에 나는 그들을 바라보았다. 그들의 얼굴이나 옷의 하나하나를 세밀히 뜯어보았다. 그런데도 그들의 말소리를 들을 수 없으니 그들이 실제로 거기에 있다는 것도 믿기 어려웠다. 부인들은 거의 모두가 앞치마를 두르고 있었으며 허리에 졸라맨 끈이, 불룩 니온 배를 더욱 두드러지게 만들고 있었다. 늙은 여자들이 어느 정도 배가 나올 수 있는 건지 지금껏 한 번도 주시해 본 적이 없었다. 남자들은 거의 모두가 아주 말랐으며 지팡이를 짚고 있었다. 그들의 얼굴에서 인상적이었던 것은 그들의 눈을 볼 수 없다는 것이었다. 보이는 것이라곤 다만 주름살 한가운데로 흐릿하게 비치는 미광(微光)뿐이었다. 그들이 의자에 앉았을 때 대부분의 노인들이 나를 쳐다보았고, 거북스럽게 머리를 설레설레 흔들었다. 치아가 없는 입 속으로 온통 빨려 들어간 입술은 내게 인사를 하고 있는 것인지 아니면 경련을 일으키고 있는 것인지 알 수가 없었다. 그들은 내게 인사를 했던 것 같다. 그때 나는 그들이 모두 내 맞은편에 수위를 둘러싸고 앉아 머리를 가볍게 흔들고 있음을 알았다. 한순간 나는 그들이 나를 심판하기 위해 거기 있다는 어처구니없는 느낌이 들었다.

조금 있으니 부인 하나가 울기 시작했다. 그녀는 둘쨋줄에 앉아 있었으며 동료 한 사람에 가려 있어 나는 그 부인을 잘 볼 수가 없었다. 그녀는 한결같이 작은 소리로 울고 있었다. 그녀는 도무지 울음을 그치지 않을 것 같았다. 다른 사람들은 그 소리를 듣고 있지 않는 듯이 보였다. 그들은 의기소침해 있었으며 침울하고 말이 없었다. 그들은 관이나 지팡이나 혹은 시선이 닿는 대로 아무것이나 바라보고 있었다. 그것들밖에는 바라보지 않았다. 그 부인은 여전히 울고 있었다. 나는 그녀를 알지 못했으므로 매우 이상하게 생각되었다. 우는 소리를 더 이상 듣고 싶지 않았다. 그러나 감히 그런 말을 그녀에게 할 수는 없었다. 수위가 몸을 숙여 그녀에게 뭐라고 말을 했다. 그러나 그녀는 머리를 흔들며 무슨 말인가를 알아들을 수 없을 만큼 빨리 하고 나서, 다시 그 규칙적인 템포로 울기를 계속했다. 수위가 그때 내 쪽으로 왔다. 그가 내 곁에 앉았다. 한참 지나고 나서 수위가 나를 쳐다보지도 않으며 이렇게 일러주었다. "저 여자는 당신 어머니하고 퍽 친분이 깊었었죠. 여기서는 그분이 자기의 유일한 친구였는데 지금은 이제 아무도 없다고 하는군요."

그렇게 오랫동안 우리는 거기에 있었다. 그 여자의 한숨과 흐느낌도 퍽 줄어들었다. 오래 훌쩍이더니 그녀는 드디어 잠잠해졌다. 이제 나는 졸립지 않았지만 피곤했고 또 허리도 아팠다. 지금 나를 괴롭히는 것은 이 모든 사람들의 침묵이었다. 다만 이따금 나는 어떤 이상한 소리를 들었는데 그 소리가 무슨 소리인지는 알 수 없었다. 마침내 나는 그 소리가 몇몇 노인들이 안쪽 볼을 빨다가 혀를 차서 그런 이상스러운 소리를 낸다는 것을 알아냈고. 그들은 자기 생각에 너무 골

몰해 있어서 그것을 알지 못하는 것이었다. 나는 그들 가운데 누워 있는 이 사자(死者)가 그들 눈에 아무런 의미도 갖지 못한다는 느낌조차 들었다. 그러나 지금 생각하니 그것은 잘못된 느낌이었다.

우리들은 모두 수위가 따라 준 커피를 마셨다. 그러고 나서는 시간이 어떻게 흘러갔는지 모르겠다. 밤이 계속되었다. 내가 어느 순간 눈을 떠 보니, 노인들이 서로 기대어 잠들어 있는 것을 본 생각이 난다. 예외로 단 한 사람, 지팡이를 마주잡은 손등 위에 턱을 괴고 있던 한 사람만이, 내가 깨기라도 기다리고 있었던 것처럼 뚫어지게 나를 처다보고 있었다. 그러고 나서 나는 또 잠이 들었다. 점점 허리가 아팠기 대문에 나는 잠에서 깨어났다. 스테인드 글라스 위로 날이 새고 있었다. 조금 후에 한 노인이 잠을 깨더니 기침을 몹시 했다. 그는 커다란 체크무늬 손수건에다 가래침을 뱉었다. 가래를 뱉을 때마다 퍽 괴로워하는 것 같았다. 그가 다른 사람들을 깨워놓았다. 수위가 이제들 물러가시라고 말하자 그들은 일어섰다. 이 불편한 밤샘이 그들의 얼굴을 잿빛으로 만들어놓았다. 나가면서 그들은 놀랍게도 모두 내게 악수를 청했다——마치 우리가 한 마디 말도 나누지 않았던 이 밤이 우리를 더욱 가깝게 하기라도 한 것처럼.

나는 피곤했다. 수위가 나를 자기 방으로 안내해 주어서 나는 약간 옷매무새를 고칠 수 있었다. 또 아주 맛있는 밀크 커피도 마셨다. 밖으로 나왔을 때 날은 완전히 밝아 있었다. 마랑고를 바다로부터 갈라놓은 언덕들 위로 하늘은 온통 붉은빛을 띠고 있었다. 그리고 언덕들 위로 지나는 바람이 여기까지 소금 냄새를 풍겨왔다. 기다렸던 화창한 하루였다. 시골에 와 본 지도 오래 되었다. 만일 어머니의 죽음이 아니었다면 산책하는 것에서 나는 어떤 즐거움을 느꼈을지도 모른다.

그러나 나는 마당에 있는 플라타너스 나무 밑에서 기다렸다. 신선한 흙 냄새를 들이마셨다. 이제는 졸립지가 않았다. 사무실의 동료를 생각해보았다. 이 시간에 그들은 일하러 가기 위해 일어난다. 나에게는 언제나 가장 괴로운 시간이었다. 나는 그러한 일들에 대해 조금 생각했지만 건물들 내부에서 울려퍼지는 종 소리에 기분이 전환되었다. 창문 뒤에서 소란스런 소리가 나더니 이내 모든 것이 조용해졌다. 태양이 하늘에 좀더 솟아올라 있었다. 태양은 내 발을 뜨겁게 하기 시작했다. 수위가 마당을 가로질러와 원장이 나를 만나잔다는 말을 전했다. 그의 사무실로 갔다. 원장은 내게 몇 장의 서류에다 서명을 하게 했다. 나는 그가 줄무늬가 있는 바지에다 상복을 입고 있는 것을 보았다. 그는 손에 전화기를 들고 나에게 물었다. "장의사 사람들이 조금 전부터 여기에 와 있습니다. 그 사람들한테 와서 관을 닫아 달라고 할 참이에요. 그 전에 마지막으로 한 번 당신 어머니를 보시겠습니까?" 나는 보지 않겠다고 말했다. 그는 목소리를 낮추면서 전화기에다 대고 "피자크, 그 사람들에게 떠나도 좋다고 말해주시오" 하고 명령했다.

그러고 나서 원장은 자기도 장례식에 참석하겠노라고 말했다. 그래서 나는 그에게 감사의 뜻을 표했다. 그는 책상 뒤에 앉아 짧은 다리를 포겠다. 그는 시중드는 그 간호사를 데리고 나하고 자기만이 가게 된다고 알려주었다. 원칙적으로 재원자들은 장례에 참석할 수가 없게 되어 있었던 것이다. 다만 그는 그들이 밤샘하는 것만은 내버려두었다. "그건 인정에 관한 문제이니까요" 하고 그는 강조를 했다. 그러나 이 경우에서는, 그는 어머니의 남자 친구인 '토마 페레'라는 노인에게는 장례식에 참석해도 좋다는 허락을 내린 터였다. 여기서 원장은 미소를 지었다. 그리고 이렇게 말했다. "이해하시겠지만, 이건 약간 어린애같이 순수한 감정입니다. 하지만 그 사람과 당신 어머니는 별로 서로 떨어져 있어 본 적이 없었지요. 양로원에서는 그들을 놀려대면서 '낭신의 약혼녀야' 하고 페레에게 말하곤 했어요. 그러면 그 노인은 소리내어 웃어댔지요. 그런 것이 그들에게는 즐거움이었던 거예요. 뫼르소 부인의 죽음이 그를 퍽 슬프게 한 것은 사실이에요. 나는 그가 장례식에 참석해도 좋다는 승낙을 거절해야 한다고는 생각지 않았습니다. 그러나 왕진 오는 의사의 충고에 따라 어제 밤샘하는 일만은 금지시켰습니다."

우리는 오랫동안 말없이 앉아 있었다. 원장이 일어나 사무실 창으로 밖을 내다보았다. 그러다가 "저기 벌써 마랑고의 신부님이 오시는군요" 하고 가르쳐주었다. 원장은 그 마을에 있는 교회를 가려면 걸어서 45분은 걸릴 거라고 내게 미리 알려 주었다. 우리는 아래로 내려갔다. 건물 앞에는 신부님과 두 명의 어린 복사(服事)가 있었다. 한 아이가 향로를 들고 있었고, 신부는 그 아이에게 몸을 숙인 채 은사슬의 길이를 조절하고 있었다. 우리가 그곳에 가자 신부는 몸을 일으켰다. 그는 나를 '내 아들'이라고 불렀고 또 몇 마디 말을 건넸다. 그가 들어가기에 나는 그를 따라갔다.

　대뜸 나는 관에 못이 박혀 있는 것과 검은 옷을 입은 남자 네 사람이 방에 있음을 알아보았다. 동시에 나는, 자동차가 길에서 기다리고 있다고 하는 원장의 말과 신부가 기도를 시작하는 소리를 들었다. 이 순간부터 모든 것은 매우 빨리 진행되었다. 남자들이 홑이불이 씌워져 있는 관으로 다가갔다. 신부와 그의 복사들, 원장과 나는 밖으로 나왔다. 문 앞에 내가 알지 못하는 한 부인이 서 있었다. "뫼르소 씨입니다" 하고 원장이 말했다. 나는 그 부인의 이름을 알아듣지 못했으나 그녀가 담당 간호사라는 것만은 알 수 있었다. 그녀는 미소도 띠지 않고 깡마르고 기다란 얼굴을 숙여 보였다. 그러고 나서 우리는 시신이 지나갈 수 있도록 옆으로 비켜섰다. 우리는 인부들을 뒤따라 양로원을 나섰다.

　문 앞에 자동차가 있었다. 니스 칠을 해서 번쩍거리는 길쭉한 그 차는 필통을 연상케 했다. 차 옆에는 우스꽝스런 옷을 입은 키가 작은 장례 지휘자와 몸가짐이 어색한 노인 한 사람이 있었다. 나는 이 사람이 페레 씨라는 것을 알았다. 그는 테가 넓고 위가 둥근 폭신한 펠트 모자를 썼으며, 관이 문을 지나갈 때 그는 그 모자를 벗었다. 바지가 구두 위에서 휘감기는 옷에다 커다란 흰 깃이 달린 와이셔츠에는 너무 작은, 검은 천으로 매듭지은 넥타이를 매고 있었다. 그의 입술은 검은 점이 가득 박힌 코 밑에서 떨리고 있었다. 너무도 가느다란 그의 흰 머리칼 사이로는 가장자리가 일그러지고 늘어진 이상스런 귀가 드러나 보였는데, 그 창백한 얼굴에서 귀의 그 피같이 붉은 빛깔이 나에게는 퍽 인상적이었다. 장례 지휘자가 우리에게 자리를 지정해주었다. 신부는 앞에서 걸어갔고 그 뒤를 차가 따라갔다. 차 주위로는 네 명의 남자가, 그 뒤에는 원장과 나, 행렬 맨 끝에는 담당 간호사와 페레 씨가 있었다.

하늘은 벌써 햇빛으로 충만해 있었다. 태양은 대지를 짓누르기 시작했고, 더위는 급속도로 더해갔다. 나는 왜 우리가 출발하기 전에 그렇게도 오랫동안 기다렸던가 알 수가 없다. 어두운 빛깔의 옷을 걸친 나는 더위를 몹시 느꼈다. 모자를 쓰고 있던 그 작은 노인이 다시 모자를 벗었다. 나는 그 사람 쪽으로 약간 몸을 돌리고 그를 바라보았다. 그때 원장이 내게 그에 대한 이야기를 해주었다. 내 어머니와 페레 씨가 간호사를 데리고 저녁에 종종 마을까지 산책을 나갔었다고 말해 주었다. 나는 내 주위의 들판을 바라보았다. 하늘 가까이 언덕까지 줄지어 선 삼나무들, 이 붉고 푸른 대지, 잘 드러나 보이는, 드문드문한 이 집들을 통해서 나는 어머니를 이해할 수 있었다. 이 고장에서 저녁이란 우울한 휴식과도 같았을 것이다. 오늘은 이 풍경을 움찔하게 만드는 넘쳐흐르는 햇빛이 경치를 비인간적이고도 의기소침하게 만들고 있었다.

우리는 걸음을 옮기기 시작했다. 그때 나는 페레가 가볍게 다리를 저는 것을 알았다. 자동차는 조금씩 속력을 냈고 노인은 뒤떨어졌다. 자동차를 둘러싸고 있던 남자들 중에서 한 사람이 역시 처져 지금은 나와 나란히 걷고 있다. 태양이 하늘로 솟아오르는 그 속도가 놀랍다. 들판은 벌레들의 울음소리와 사각거리는 풀 소리로 이미 오래 전부터 떠들썩해졌다. 뺨 위로 땀이 흘렀다. 모자를 가지고 있지 않아서 나는 손수건으로 부채질을 했다. 장의사 한 사람이 그때 내게 뭐라고 말을 했는데 나는 그 말을 알아듣지 못했다. 그와 동시에 그는 오른손으로 모자 가장자리를 들어올리면서 왼손에 쥐고 있던 손수건으로 머리를 닦았다. "뭐라구요?" 하고 내가 그에게 말했다. "푹푹 찐다고요" 하고 하늘을 올려다보면서 그가 다시 말을 되풀이했다. "그렇군요" 하고 내가 말했다. 조금 후에 "저기 있는 분이 당신 어머니요?" 하고 그가 물었다. "그래요" 하고 내가 또 말했다. "연세가 많으신가요?" 나는 정확한 나이를 몰랐기 때문에 "그저 그래요" 하고 대답했다. 그러고는 그는 입을 다물었다. 뒤돌아보니 50미터 뒤에 페레 노인이 보였다. 그는 손에 들고 있는 모자를 흔들면서 걸음을 재촉하고 있었다. 나는 원장을 또 쳐다보았다. 그는 필요없는 동작은 일체 하지 않고 퍽 위엄 있게 걷고 있었다. 몇 개의 땀방울이 그의 이마에 맺혀 있었지만 그는 닦지 않았다.

장례 행렬은 조금 더 빨리 걷고 있는 것 같았다. 내 주위로는 햇빛으로 가득한 그 한결같은 벌판이 빛을 뿜고 있었다. 그 눈부신 햇빛이 견디기 어려웠다. 어떤 때는 최근 보수(補修)를 한 도로 위를 통과하기도 했다. 태양은 아스팔트를 눅진거리게 만들었다. 발이 그 속으로 빠져들어가 뜨거운 그 표면을 걸쭉한 죽처럼 뚫어 놓았다. 영구차 위로 보이는 운전사의 가죽모자는 마치 이 검은 진창에서 반죽된 것 같았다. 나는 푸르고 흰 하늘과 뚫어진 아스팔트의 끈끈한 검은빛과 상복의 음울한 검은빛, 그리고 라카 칠 한 자동차의 그 검은빛 등, 이러한 색깔의 단조로움 때문에 약간 머리가 혼란해졌다. 태양과 가죽 냄새, 그리고 자동차에서 풍겨나는 말뚱 냄새, 니스 냄새, 향 냄새, 잠 못 이루었던 밤이 가져오는 피곤함, 이 모든 것이 내 시선과 생각들을 어지럽게 했다. 나는 한 번 더 뒤돌아보았다. 페레가 아주 멀찍이 있는 것이 보였다. 그는 무더위 속에서 헤매고 있었다. 이제는 그가 안 보인다. 다시 찾아 보니, 그가 길에서 벗어나 밭 속으로 들어간 것을 알았다. 나는 또한 내 앞에서 길이 우회되는 것을 알았다. 그래서 이 고장을 잘 알고 있는 페레가 우리를 따라붙기 위해서 지름길을 가고 있다는 것도 알았다. 구부러진 곳에서 그는 우리와 합류했다. 그러고 나서 우리는 또 그를 잃어 버렸다. 그는 또다시 밭 속으로 들어간 것이다. 이와 같이 하기를 그는 여러 번 했다. 나는 관자놀이에서 피가 뛰는 것을 느꼈다.

그러고 나서는 모든 것이 너무도 빨리, 확실한 것으로서 자연스럽게 이루어져서 더는 아무것도 생각나지 않는다. 단 하나 생각나는 것은 담당 간호사가 마을 입구에서 내게 말을 걸었다는 그것이다. 그녀는 자기 얼굴과는 어울리지 않는 특이한 목소리, 즉 듣기에 아름다우면서도 떨리는 듯한 목소리를 갖고 있었다. 그녀는 내게 "천천히 가면 일사병(日射病)에 걸릴 위험이 있어요. 그렇다고 너무 빨리 가면 땀으로 흠뻑 젖게 되어서 교회에 들어가서는 오한이 나기 쉽지요" 하고 말했다. 그녀의 말이 옳았다. 거기에는 다른 결과가 있을 수 없는 것이다. 나는 아직도 그 하루에 일어났던 인상 중에서 몇 가지를 잊지 않고 있다. 예를 들면, 마지막으로 마을 근처에서 우리와 합류했던 페레의 그 얼굴. 안절부절못하는 괴로움에 굵은 눈물방울이 그의 뺨 위로 철철 흘렀다. 그러나 주름살 때문에 눈물은 밑으로 흘러내리지 못했다. 눈물은 퍼졌다가 다시 모이고 그 늙어 쪼그라진 얼굴 위에 칠을 하듯 범벅을 해놓았다. 또한 교회가 있었고, 보도 위에 서 있던 마을 사람들, 묘지의 무덤들 위에 놓였던 붉은빛의 제라늄들, 페레의 기절(마치 손발이 움직이지 않는 인형 같았다), 어머니의 관 위로 굴러 떨어지던 피 빛깔의 흙덩이, 거기에 섞이는 뿌리들의 하얀 살, 또 사람들, 목소리들, 마을, 카페 앞에서의 기다림, 쉬지 않고 윙윙거리는 모터 소리 그리고 버스가 알제의 불빛 소굴로 들어섰을 때의 나의 기쁨, 그때 나는 곧 자리에 누워 열두 시간 동안 잠잘 수 있게 되었다는 생각을 했었다.

2

잠에서 깨어나면서 나는 이틀간의 휴가를 신청했을 때, 왜 사장이 그렇게도 못마땅한 기색을 보였었는가 하는 이유를 알았다. 오늘이 토요일이기 때문이었다. 말하자면 나는 그것을 잊고 있었는데, 일어나면서 그 생각이 떠오른 것이다. 사장은 아주 자연스럽게 내가 일요일까지 해서 나흘간의 휴가를 가질 수 있게 된다는 생각을 했고, 그것이 그에게는 못마땅했던 것이다. 그렇지만 한편 생각하면, 오늘이 아니고 어제 어머니의 장례를 치른 것은 내 탓이 아니며, 또 한편으로 어쨌든 내가 토요일과 일요일을 가지게 된 것도 내 탓은 아닌 것이다. 그렇다고 해서 물론 사장의 기분을 이해 못 하는 것은 아니다.

어제 하루의 일로 지쳐 있었기 때문에 일어나기가 힘들었다. 면도를 하는 동안 나는 할 일을 생각했고 그리고 해수욕을 하러 가야겠다고 마음을 먹었다. 항구에 있는 해수욕장으로 가기 위해 전차를 탔다. 거기서 나는 물 속으로 뛰어들었다. 젊은이들이 많았다. 물 속에서 마리 카르도나를 만났다. 그녀는 전에 내 사무실의 타이피스트였는데, 그때 나는 그녀를 탐냈었다. 그녀도 또한 그랬었다고 나는 생각한다. 하지만 그녀는 얼마 후에 떠나갔고 그래서 우리는 그럴 만한 시간을 갖지 못했다. 나는 부표(浮標) 위로 올라오는 그녀를 도와 주었는데, 그러다가 그녀의 가슴이 스쳤다. 그녀가 부표 위에 배를 깔고 엎드려 있었을 때도 나는 그대로 물 속에 있었다. 그녀가 나를 돌아보았다. 눈에 머리칼이 뒤덮인 그녀가 웃어댔다. 나는 부표 위에 있는 그녀 곁으로 기어 올라갔다. 기분이 좋았다. 그래서 장난을 치는 것처럼 머리를 뒤로 젖히면서 그녀의 배 위에 머리를 올려놓았다. 그녀는 아무 말도 하지 않았고 그래서 나는 그대로 가만히 있었다. 눈에 들어오는 것은 온통 하늘뿐이었다. 하늘은 푸르고 금빛이었다. 나는 목덜미 아래에서 마리의 배가 조용히 오르내리는 것을 느꼈다. 우리는 부표 위에서 반쯤 졸며 오랫동안 그대로 있었다. 태양이 너무 뜨거워지자 그녀는 물 속으로 뛰어들었고 나도 그녀를 따라 들어갔다. 그녀를 붙잡아 한 손으로 그녀의 허리를 휘어감고 우리는 함께 수영을 했다. 그녀는 여전히 웃어댔다. 기슭에서 우리가 몸을 말리고 있는 동안 그녀는 "내가 당신보다 더 탔어요" 하고 말했다. 나는 그녀에게 저녁때 영화관에 가지 않겠느냐고 물어보았다. 그녀는 또 웃고 나서 페르낭델이 나오는 영화를 보고 싶다고 말했다. 우리가 옷을 다 입었을 때, 그녀는 내가 검은 넥타이를 매고 있는 것을 보고 놀라는 기색이었다. 그녀는 상중(喪中)이냐고 물었다. 어머니가 돌아가셨다고 말해 주었다. 언제부터인가를 그녀가 알고 싶어했기 때문에 "어제부터"라고 대답했다. 그녀가 약간 흠칫하기는 했지만 별로 눈에 띌 만한 일은 하지 않았다. 그것은 내 탓이 아니라고 그녀에게 말하고 싶었지만 사장에게 벌써 그 말을 써 먹었다는 것을 생각하고 그만두어 버렸다. 그것은 별 의미가 없는 것이다. 어쨌든 사람이란 늘 조금씩은 잘못을 저지르는 법이다.

밤에 마리는 모든 것을 잊어 버렸다. 영화는 때때로 우습기도 했으나 정말로 너무 어처구니가 없는 것이었다. 그녀는 자기 다리를 내 다리에 대고 있었다. 나는 그녀의 가슴을 애무했다. 영화가 끝나갈 무렵에 그녀에게 키스를 했지만 잘되지 않았다. 영화관을 나와 그녀는 내 집으로 왔다.

내가 잠에서 깨어났을 때 마리는 떠나고 없었다. 그녀는 자기 아주머니 댁에 가야 한다고 내게 말했었다. 오늘이 일요일이라는 생각이 들자 권태로워졌다. 일요일을 좋아하지 않기 때문이다. 그래서 나는 침대 속에서 다시 돌아누워, 마리의 머리칼이 남겨두고 간 소금 냄새를 긴 베개 속에서 찾아보려고 했다. 그러고는 열 시까지 잠을 잤다. 그러고 나서 담배를 피우고, 정오까지 여전히 자리에 누워 있었다. 나는 여느 때처럼 셀레스트네에서 점심을 들고 싶지 않았다. 그들은 분명 내게 질문을 해 댈 것이고 나는 그것이 싫었다. 계란 몇 개를 익혀서 빵도 없이 접시에다 입을 대고 먹어치웠다. 빵이 떨어진 데다가 그것을 사러 내려가고 싶지도 않았기 때문이다.

점심을 먹고 나니 약간 심심하기도 해서 아파트 속에서 서성거렸다. 어머니가 여기에 있었을 때는 편했다. 지금은 내게 너무 크다. 식당의 테이블을 침실로 옮겨 놓아야 될 것 같다. 나는 이 방 밖에서는 살지 않는다. 약간 패인 짚의자들과 거울이 누렇게 된 장롱과 화장대와 구리로 된 침대 사이에서 말이다. 나머지 것은 아무래도 괜찮다. 조금 후에 할 일두 없고 해서 묵은 신문을 펴들고 읽어 내려갔다. 나는 크류센의 소금 광고 중에서 하나를 오려내어, 신문에서 재미있는 것들을 모아두는 낡은 공책에다 붙여 놓았다. 그리고 다시 손을 씻고 발코니로 나갔다.

내 방은 변두리의 중심가를 향하고 있었다. 오후에는 날씨가 좋았다. 그러나 길은 끈적거렸고 사람들은 드문드문했으나 정말로 바삐 돌아갔다. 맨 먼저 지나간 것은 산책하러 가는 가족이었다. 무릎에 닿는 짧은 바지에다 수부(水夫) 복장을 한 두 소년들, 이들은 자기들이 입고 있는 뻣뻣한 옷 때문에 약간 거북스러워하고 있었다. 그리고 커다란 붉은 리본을 달고 검은 칠피구두를 신은 소녀 하나, 그 뒤로 밤색 비단옷을 입은 몸집이 거대한 어머니 그리고 어디선가 본 일이 있는 퍽 허약스런 키 작은 아버지. 그는 납작한 밀짚모자에 나비 넥타이를 매고 손에는 지팡이를 들고 있었다. 부인과 함께 있는 그를 바라보면서 왜 이 거리에서 그가 기품 있는 사람이라고들 하는지 그 이유를 알았다. 조금 있으니 변두리의 젊은이들이 지나갔다. 그들은 머리에 기름을 바르고 빨간 넥타이를 맸으며, 몸에 꼭 맞는 저고리에는 수를 놓은 장식 손수건을 꽂았고 끝이 네모진 구두를 신고 있었다. 그들은 중심가에 있는 영화관에 가는 모양이었다. 그들이 이렇게 일찍 떠나고 큰소리로 웃어대면서 전차 있는 데로 서둘러 가는 까닭도 그 때문인 것이다.

그들이 지나간 후, 거리는 점점 쓸쓸해졌다. 구경거리들이 곳곳에서 시작되었을 것이 틀림없다. 거리에는 이제 가게 주인들과 고양이밖에는 없었다. 하늘은 맑았지만 길가에 늘어서 있는 무화과 나무들 위로 빛이 쏟아지지는 않았다. 정면으로 보이는 길 위에는 담배 장수가 의자 하나를 들고 나와 문 앞에다 놓고, 양팔을 의자 등에 얹고 걸터앉았다. 조금 전까지 만원이었던 전차들은 거의 비어 있었다. 담배 장수 옆에 있는 '피에로네 집'이라는 작은 카페에서는 종업원이 사람이 없는 홀에서 톱밥을 쓸어내고 있었다. 정말 일요일이었다.

나는 담배 장수가 한 것처럼 의자를 돌려 놓았다. 그게 더 편하다고 생각했기 때문이다. 담배 두 대를 피우고 나서 초콜릿 한 조각을 가지러 안에 들어갔다가 창가에서 그걸 먹으려고 다시 돌아왔다. 조금 있으니 하늘이 어두워지고 여름 소나기라도 내릴 것 같았다. 그러나 하늘은 조금씩 개었다. 그래도 지나가는 먹구름은 거리를 더욱 어둡게 만들어 비를 불러들이는 조짐처럼 거리 위에 남아 있었다. 나는 하늘을 바라보느라고 오랫동안 그대로 있었다.

다섯 시에 전차들이 소리를 내며 도착했다. 전차는 발판이
나 난간에 앉아 있는 빽빽한 구경꾼의 무리들을 교외의 경기
장에서 도로 실어 온 것이다. 뒤따라 온 전차들은 선수들을
실어 왔다. 나는 그들이 가지고 있는 작은 가방을 보고 그들
이 선수들인 것을 알았다. 그들은 자기의 클럽은 패망하지
않을 것이라고 소리소리 지르며 아우성을 치고 노래를 불렀
다. 몇몇 사람은 내게 손짓을 했다. 그 중의 한 사람은 "이겼
어요" 하고 나에게 소리치기조차 했다. 나는 머리를 끄덕이
며 그러냐는 시늉을 해 보였다. 이때부터 자동차가 모여들기
시작했다.

해가 좀더 기울었다. 지붕들 위로 하늘이 불그스름해졌다.
그리고 저녁이 시작되면서 거리는 활기를 띠었다. 산보객들
도 하나둘 돌아온다. 나는 다른 사람들 가운데에서 그 기품
있는 신사를 알아보았다. 아이들은 울거나 질질 끌려왔다.
그 시간에 이 거리의 영화관들이 한 떼의 구경꾼들을 거리로
쏟아 놓았다. 그들 가운데서도 젊은이들은 여느 때보다도 더
대담한 몸짓을 했다. 그래서 나는 그들이 모험 영화를 보고
나온 것이라는 생각이 들었다. 시내 영화관에서 돌아오는 사
람들은 조금 후에 도착했다. 그들은 좀더 침착한 것 같았다.
그들은 웃고 있었지만 이따금 피곤하게 보여 생각에 잠긴 듯
했다. 그들은 맞은편 보도 위를 왔다 갔다 하면서 아직도 거
리에 그대로 남아 있었다. 모자를 쓰지 않은 이 지역의 소녀
들이 서로 팔짱을 끼고 있었다. 젊은이들이 소녀들을 놀리려
고 나란히 줄을 지어 서서 농담을 던지자 소녀들은 머리를
돌리며 웃었다. 내가 알고 있는 그들 중 몇몇 소녀들은 내게

손짓을 했다.

그때 가로등이 갑자기 켜져 밤하늘에 떠 있던 첫 별들을 창백하게 만들었다. 나는 사람들과 불빛으로 가득한 보도를 바라보기에 눈이 피로해짐을 느꼈다. 가로등은 젖은 도로를 번쩍이게 만들었고, 규칙적인 간격으로 들어오는 전차들은 반짝이는 머리칼 위에나 미소 띤 얼굴, 은팔목시계에 빛을 반사시켰다. 조금 후에 더욱 뜸해지는 전차와 나무와 가로등 위로 이미 밤이 짙어지는 것과 함께 이 거리는 조금씩 텅 비어 갔다. 첫 번째 나타나는 고양이가 다시금 적막한 거리를 천천히 가로질러가는 그때까지, 거리는 비게 되는 것이다. 그때 나는 저녁을 먹어야겠다는 생각을 했다. 오랫동안 의자 등에 기대 있느라고 목이 아팠다. 빵과 밀가루 반죽을 사러 아래로 내려갔다. 요리를 해서 선 채로 먹었다. 창가에서 담배를 피우고 싶었지만 공기가 차서 좀 추위를 느꼈다. 창문을 닫고 돌아오면서 나는 거울 속으로 알코올 램프와 빵 조각들이 나란히 놓여 있는 식탁 끝을 보았다. 여전히 초라한 일요일이었으며, 어머니는 지금 땅 속에 묻혀 있고, 나는 다시 일하러 가야 하며 그리고 결국 변한 것이라고는 아무것도 없다는 생각이 들었다.

3

오늘은 사무실에서 일을 많이 했다. 사장은 친절했다. 그는 내게 너무 피곤하지는 않느냐고 물었고 또 어머니의 나이를 알고 싶어했다. 나는 나이를 틀리게 댈까 봐 "한 60세 정도"라고 대답했다. 그러자 그가 한짐 덜었다는 표정을 짓고, 다 끝난 일이라고 생각하는 듯했는데, 왜 그랬는지 이유를 알 수가 없다.

책상 위에는 선하증권(船荷證券)이 수북이 쌓여 있었고 나는 그것을 모두 면밀히 조사해야만 했다. 점심을 먹으러 가기 위해 사무실을 나오기 전에 나는 손을 씻었다. 정오의 이때가 나는 참 좋다. 저녁에는 사람들이 공동으로 사용하는 회전식 수건이 완전히 젖어 있기 때문에 별로 유쾌하지가 않다. 수건을 온종일 사용하는 탓이다. 어느 날 사장에게 그것을 지적해 준 일이 있었다. 그는 그것을 안됐다고 생각은 하지만 어쨌든 그런 일은 별로 중요하지 않은 사소한 일이라는 답변을 했다. 조금 후 열두 시 반에 나는 발송부에서 일하는 에마뉘엘과 함께 밖으로 나왔다. 사무실은 바다에 면해 있어서 우리는 태양볕으로 이글거리는 항구에 정박 중인 화물선들을 잠시 바라보았다. 이때 한 대의 트럭이 쇠사슬 소리와 폭음 소리를 내면서 달려왔다. 에마뉘엘이 "저기에 탈까?" 하고 내게 물었다. 그래서 난 뛰기 시작했다. 트럭은 우리를 추월했고 우리는 기를 쓰고 쫓아갔다. 나는 시끄러운 소리와 먼지 속에서 어찌할 바를 몰랐다. 더 이상 아무것도 보이지 않았다. 다만 기중기와 기계들, 수평선에서 춤추고 있는 돛대들 그리고 우리가 따라가는 선체들 한복판으로 달리고 싶은 이 무모한 충동을 느낄 뿐이었다. 먼저 내가 자동차의 손잡이를 잡고 재빨리 뛰어올랐다. 그러고 나서 에마뉘엘이 올라올 수 있도록 도와 주었다. 우리는 숨이 찼다. 트럭은 먼지

와 볕으로 휩싸인 부두의 울퉁불퉁한 길 위로 뛰어올랐다. 에마뉴엘이 숨이 끊어질 정도로 웃어댔다.

우리는 땀에 흠뻑 젖은 몸으로 셀레스트의 집에 도착했다. 툭 불거져 나온 배에다 앞치마를 두르고 하얀 수염을 달고 있는 그가 변함없이 거기에 있었다. 그는 "어떻게 잘 돼 가나?" 하고 물었다. 나는 그렇다고 대답하며 배가 고프다고 말했다. 나는 아주 빨리 먹어치우고 커피를 마셨다. 그러고 는 집으로 돌아와서 조금 잤다. 포도주를 너무 마셨기 때문 이다.

잠에서 깨자 담배를 피우고 싶었다. 시간이 늦어서 전차를 잡아타려고 뛰어갔다. 오후 내내 일을 했다. 사무실은 너무 더웠다. 저녁에 퇴근하면서 부둣가를 따라 천천히 걸어 돌아 오는 것이 행복스러웠다. 하늘은 푸르고 나는 만족했다. 그 렇지만 곧장 집으로 돌아왔다. 감자를 삶을 준비를 하고 싶 어서이다.

올라가다가 어두운 계단에서 같은 층에 사는 살라마노 노 인과 마주쳤다. 그는 개를 데리고 있었다. 그들이 함께 있는 것을 본 것은 8년 전부터였다. 이 스파니엘종 개는 피부병을 앓고 있었는데, 그 병 때문에 털이(붉은 빛이었다는 생각이 든 다) 몽땅 빠져버렸고, 반점(斑點)과 누르스름한 부스럼 딱지 투성이가 되었다. 살라마노 노인은 비좁은 방에서 이 개와 단 둘이서 살았기 때문에 마침내 이 개를 닮게 되었다. 그의 얼굴에는 불그스름한 부스럼 딱지와 노랗고 듬성듬성한 털 이 나 있었다. 개, 그놈은 구부정한 걸음걸이와 앞으로 내민 주둥이와 처진 목이 주인을 빼닮았다. 그들은 마치 동족(同

族)같이 보였지만 서로 미워하고 있었다. 하루에 두 번, 열 시와 여섯 시에 노인은 개를 산보시키려고 데리고 나간다. 8년 동안 그들은 그들의 일정을 바꿔 본 적이 없다. 살라마노 노인이 발부리에라도 부딪쳐 비틀거릴 때까지 리옹가(街)를 따라 개가 사람을 끌고 가는 모습을 볼 수 있는 것이다. 노인이 비틀거리게 되면 그는 개를 때리고 욕을 퍼부어댄다. 개는 무서워 살살 기면서 질질 끌려간다. 이번엔 노인이 개를 끌고 가는 것이다. 개가 야단맞은 것을 잊어버리게 되면 다시 주인을 끌고 간다. 그리고 다시 매를 맞고 욕을 먹는다. 그러면 그들은 둘 다 보도에 선 채로, 개는 공포의 빛을 띠고 사람은 증오심으로 서로를 노려보는 것이다. 매일 이렇다. 개가 소변을 보고 싶어할 때도 노인은 그럴 틈을 주지 않고 끌고 간다. 그러면 스파니엘종 개는 노인 뒤에서 오줌 방울을 질금질금 흘리며 가는 수밖에 없다. 만일 뜻밖에라도 개가 방 안에서 소변을 보면 개는 또 얻어맞는다. 8년 동안이나 이런 일이 계속되고 있다. 셀레스트는 "불행한 일이야" 하고 늘 말하지만, 사실 그건 아무도 알 수 없는 것이다. 층계에서 그를 만났을 때 살라마노는 개에게 욕설을 퍼붓고 있는 중이었다. 노인은 "더러운 놈! 썩어질 놈!" 하고 말했고 개는 끙끙거렸다. 내가 "안녕하십니까?" 하고 저녁 인사를 했는데도 노인은 여전히 욕설만 퍼부어댔다. 그래서 개가 무슨 일을 저질렀느냐고 물어보았다. 그는 대답하지 않았다. 단지 "더러운 놈! 썩어질 놈!" 하고 말했을 뿐이었다. 나는 그가 개에게 몸을 숙이고 개목걸이 줄에서 무언가를 바로잡아 주고 있는 중임을 알았다. 내가 좀더 큰 소리로 말했다.

그러자 돌아보지도 않고 그가 화를 참는 듯이 "여태 여기 있었구면" 하고 대답했다. 그러고 나서 그는 네 발을 질질 끌며 신음하는 짐승을 잡아끌고 밖으로 나갔다.

　바로 그 순간에 같은 층에 사는 두 번째의 이웃이 들어왔다. 그는 이 동네에서 여자들 덕분에 사는 사람이라고 소문이 나 있다. 그렇지만 그에게 그의 직업을 물으면 그는 '창고 계원'이라고 한다. 대체로 그는 그다지 사랑을 받지 못한다. 하지만 그는 내게 종종 말을 걸고, 또 가끔 내 방에서 잠시 시간을 보내기도 한다. 내가 그의 이야기를 들어주기 때문이다. 그가 하는 이야기는 재미가 있다. 게다가 내가 그와 이야기를 나누지 않을 만한 어떤 이유도 없는 것이다. 그의 이름은 레이몽 셍테스라고 한다. 그는 키가 퍽 작았으며 넓은 어깨에다 권투선수 같은 코를 가지고 있었다. 그는 언제나 옷을 매우 단정하게 입는다. 그 사람 또한 살라마노에 대해 이야기하면서 "가엾기도 하지!" 하고 말했다. 그는 저런 것을 보고 내게 지겹게 생각하지 않느냐고 물어서 나는 그렇지 않다고 대답했다.

　우리는 층계를 올라갔고 내가 그와 헤어지려고 하자 그는 "내 방에 순대와 포도주가 있어요. 나랑 같이 좀 들지 않겠어요?" 하고 말했다. 그렇다면 내가 음식을 만들지 않아도 되겠다는 생각이 들어서 승낙을 했다. 그는 또한 창문이 없는, 부엌이 딸린 방 하나만을 쓰고 있었다. 침대 위에는 희고 붉은 석고로 만든 천사 하나와 선수들의 사진 그리고 벌거벗은 여자들의 시시한 사진이 두서너 장 붙어 있었다. 방은 더러웠고 침대는 흐트러져 있었다. 그는 우선 석유 램프를 켰다. 그러고 나서 주머니에서 매우 수상쩍은 붕대를 꺼내 오른손에다 감는 것이었다. 무슨 일이 있었느냐고 물었다. 그는 시비를 걸어오는 한 놈과 싸움을 벌였었노라고 했다.

"아시겠지만요, 뫼르소 씨" 하고 그가 말했다. "난 악의가 있는 사람은 아니에요. 그러나 흥분을 잘하지요. 어떤 놈이 '네가 남자라면 전차에서 내리시지' 하고 말하는 거예요. '얌전하게 있지 그래' 하고 내가 말했지요. 그랬더니 그놈이 내가 사내가 아니라는 거예요. 그래서 내렸지요. 그러고는 '자, 널 사람으로 만들어 주는 게 낫겠다' 하고 말했어요. 그가 '무엇이 어째?' 하고 대꾸하더군요. 그때 내가 그를 한 대 올려붙였지요. 그냥 나가떨어지더군요. 내가 그를 일으켜 주려고 했어요. 그런데 놈이 땅바닥에 누워 내게 발길질을 해대는 거예요. 그래서 무릎으로 한 번 내리누르고는 두어 번 쐐기를 박아 주었지요. 놈의 얼굴이 피투성이가 되더군요. 이제 소원 풀었느냐고 물었더니 그렇다고 대답하더군요."

이렇게 말하면서 생테스는 줄곧 붕대를 어루만졌다. 나는 침대 위에 앉아 있었다. 그는 "내가 그에게 시비를 걸지 않았다는 것을 아시겠지요. 나를 모욕한 사람은 바로 그 작자란 말입니다" 하고 말했다. 그건 사실이었다. 나는 그것을 인정했다. 그러자 그는 정확하게 이 사건에 대하여 어떤 조언을 내게 바라고 싶다고 말했고, 나는 남자이고, 인생을 알고 있으며, 또 내가 자기를 도울 수 있다면서, 그렇게 되면 그가 나의 친구가 된 것이라고 말하는 것이었다. 내가 아무 말도 하지 않으니까 그는 다시 내게, 자기의 친구가 되고 싶지 않느냐고 물었다. 어찌 되든 나는 상관 없다고 말했더니 그는 만족한 기색이었다. 그는 순대를 꺼내 프라이팬에 지지고 잔과 접시, 수저 그리고 포도주 두 병을 꺼내 놓았다. 말없이 그는 이 일을 했다. 우리는 자리잡고 앉았다. 음식을 먹으면서 그는 자기 이야기를 내게 하기 시작했다. 처음에는 조금 망설였다. "어떤 여자를 사귀었어요……. 한마디로 말하자면 내 정부(情婦)지요." 그와 싸움을 벌였던 그 사람은 그 여자의 오빠였다. 그는 자기가 그 여자를 먹여 살려 왔다고 말했다. 내가 아무런 대꾸도 하지 않자, 그는 이 구역에서 쑥덕거리고 있는 소문을 자기도 알고 있다고 얼른 덧붙였다. 그렇지만 자기는 양심에 거리끼는 것이 없으며 또 자기는 창고 계원이라고 했다.

"이야기로 돌아가자면," 하고 그가 말했다. "나는 거기에 속임수가 있다는 것을 알아차렸어요." 그는 그녀에게 꼬박꼬박 생활비를 주었다. 여자의 방값을 그 자신이 치렀고 매일 식비조로 20프랑을 주었다. "방값으로 3000프랑, 식비 600프랑, 가끔 양말 한 켤레도 사 주니까 1000프랑이 돼요. 그런데 여자는 일을 하지 않았어요. 그녀는 그것이 당연하다고 말했고, 또 내가 주는 돈 가지고는 어림없다고 말하곤 했지요. 그래서 그녀에게 말했어요. '왜 반나절이라도 일을 하지 않지? 소소한 것에 쓰이는 것쯤이야 날 덜어 줄 수도 있을 텐데. 이번 달에는 앙상블도 사 주었고 매일 20프랑을 네게 주잖아. 방세도 지불하고 말이야. 그런데 넌 오후에는 친구들과 어울려 커피나 마셔 대고 있어. 넌 그들에게 커피와 설탕을 주고 있어, 난 네게 그 돈을 주고 있고. 난 네게 잘 대해 주고 있는데 넌 그렇지도 못하잖아.' 그래도 그녀는 일도 하지 않았지요. 그러고는 늘 생활해 나가기가 힘들다고만 말하는 거예요. 그래서 나는 거기에는 속임수가 있다는 것을 알아차렸던 겁니다."

그러고 나서 그는 그녀의 핸드백 속에서 복권 한 장을 찾아냈다는 것과 그녀가 어떻게 그것을 사게 됐는지 자기에게 설명하지 않더라는 이야기를 했다. 얼마 후에 그는 그녀의 집에서 그녀가 팔찌 두 개를 저당잡혔다는 것을 증명하는 전당포의 '쪽지'를 발견했다. 그때까지 그는 이런 팔찌가 있었는지도 몰랐다. "나는 속임수가 있다는 것을 분명히 알게 된 거예요. 그래서 그 여자와 헤어졌어요. 하지만 그 전에 나는 그 여자를 두들겨 팼어요. 그러고 나서 그녀에게 그녀의 본색이 무엇인지를 말해 주었지요. 그리고 그녀가 바라는 것은 너의 그것 가지고 재미보는 일이 고작이라고 말해주었어요. 그러고는 '넌 내가 너에게 준 행복에 대하여 세상이 부러워하고 있다는 것을 몰라. 훗날 너는 네가 가졌던 행복을 알게 될 거야'라고 말해주었지요. 아시겠어요, 뫼르소 씨."

그는 피가 나도록 여자를 때려 주었다. 이전에는 그녀를 때린 적이 없었다. "때리긴 했어요. 이를테면 부드럽게 살살 때렸었죠. 그녀는 조금 소리를 지르곤 했었요. 내가 덧문을 닫으면 일은 여느 때와 다름없이 끝나곤 했지요. 그런데 지금은 심각해요. 나로서는 그녀를 실컷 벌주지도 못했고 말입니다."

그가 조언을 바라는 것은 그것 때문이라고 내게 설명했다. 그는 그을음이 나는 램프의 심지를 조절하기 위해 말을 중단했다. 나는 계속 그의 말을 듣고 있었다. 포도주를 거의 1리터 가량 마셨더니 관자놀이가 매우 후끈거렸다. 담배가 떨어져서 나는 레이몽의 담배를 태웠다. 마지막 전차들이 지나갔다. 전차들이 시끄러운 소리를 실어 왔지만 지금은 교외 밖으로 멀리 사라져갔다. 레이몽이 말을 계속했다. 그를 난처하게 만드는 것은 ‘아직도 그녀와의 정사(情事)에 어떤 미련을 가지고 있다는 바로 그것’이었다. 그러면서도 그는 그 여자를 벌하고 싶은 것이다. 그는 스캔들을 일으키기 위해 우선 여자를 호텔로 데리고 가서 ‘창녀 단속반’을 불러들여 그녀를 카드에 올려 놓아야겠다는 생각을 했다. 그러고 나서 그는 뒷골목 사회에서 노는 친구들과 상의했다. 그들은 아무것도 생각해 내지 못했다. 레이몽을 보고 그렇게 느낀 것이지만 뒷골목 사회에 가담한다는 것도 매우 힘든 일이었다. 그가 그들에게 그런 얘기를 들려주자 그들은 ‘그녀에게 흔적을 남겨 주는 것이 어떠냐’고 제의를 했다. 하지만 그것은 그가 바라는 것이 아니었다. 그는 곰곰이 생각해 보려고 했다. 그러기 전에 그는 내게 어떤 것을 부탁하고 싶어했다. 게다가 나에게 그것을 부탁하기 전에, 그는 내가 이 이야기에 대해 어떻게 생각하는지를 알고 싶어했다. 별로 생각되는 일은 없었지만 재미있다고 대답했다. 그는 내게 속임수가 있다고 생각하느냐고 내게 물었다. 내가 듣기에도 속임수가 있는 것 같기는 했다. 내가 그녀를 벌해야 된다고 생각한다 하더라도 그의 입장에서 무엇을 해야 할지 전혀 알 수가 없다고 말해 주었다. 그러나 그가 그녀를 벌하고 싶어하는 것은 이해가 갔다. 나는 술을 또 조금 마셨다. 그는 담배에다 불을 붙이고 나서 나에게 자기 생각을 털어놓았다. 그는 그녀에게 '발길로 차 버리면서도 동시에 그녀로 하여금 미련을 느끼게 만드는 그 어떤 것으로' 편지를 쓰고 싶어했다. 그러고 난 후에 그녀가 돌아온다면, 그는 그녀와 함께 자리에 누울 것이며, '일을 끝내는 바로 그 순간에' 그는 여자의 얼굴에 가래침을 뱉고 밖으로 내쫓아 버리고 싶은 것이었다. 아닌게 아니라 이렇게 하면 그녀는 벌을 받는 것이라고 나는 생각했다. 그러나 레이몽은 그런 훌륭한 편지를 쓸 수 없을 것 같은 느낌이 들어서 내게 편지를 써 달래야겠다는 생각을 했었다고 말했다. 내가 아무 말도 하지 않으니까 그는 당장 그 일을 하는 것이 난처하냐고 물었다. 나는 그렇지 않다고 대답했다. 그러자 그는 포도주 한 잔을 마시고 나서 일어섰다. 그는 접시들과 우리가 먹다 남긴 약간의 식은 순대를 치웠다. 정성스럽게 길이 잘 든 식탁보를 닦았다. 그는 나이트 테이블의 서랍 속에서 원고지 한 장과 노란 봉투, 붉은 나무로 만든 작은 펜대 그리고 보랏빛 잉크가 든 네모진 잉크병을 꺼내 놓았다. 그가 그 여자의 이름을 내게 말했을 때 나는 그녀가 모오르 여자라는 것을 알았다. 나는 편지를 썼다. 약간 아무렇게나 쓰기는 했지만 레이몽을 만족시켜 주려고 열중했다. 그를 만족시켜 주지 못할 이유가 없었기 때문이다. 그러고 나서 나는 목소리를 높여 편지를 읽었다. 그는 담배를 피우며 머리를 끄덕이면서 듣고 있다가 그것을 다시 읽어 달라고 부탁했다. 그는 아주 만족스러워했다. 그는 "나는 자네가 인생이 무엇인지를 아는 사람이라는 것을 잘 알고 있었지" 하고 말했다. 처음에는 그가 내게 말을 놓은 것을 알지 못했다.

그가 "지금은 자네가 내 진실한 친구일세" 하고 분명히 말했을 때에서야 비로소 나는 깜짝 놀랐다. 그는 자기의 말을 되풀이했고 나는 "그렇군" 하고 말했다. 그의 친구가 된다는 것은 나와 상관없는 일이었지만 그는 진실로 그러고 싶은 모양이었다. 그는 편지를 봉했고 우리는 술을 다 마셔 버렸다. 그러고 나서 우리는 아무 말 없이 담배를 피우며 잠시 그대로 있었다. 밖은 만물이 고요했고, 우리는 자동차 한 대가 미끄러지듯 지나가는 소리를 들었다. "밤이 깊었군" 하고 내가 말했다. 레이몽도 역시 그것을 생각하고 있었다. 그는 시간이 빨리 지나간 것을 알았다. 어떤 의미에서는 그건 사실이었다. 나는 졸음이 왔지만 얼른 일어설 수가 없었다. 내가 피곤한 표정을 짓고 있었던 것 같다. 왜냐하면 레이몽이 자포자기해서는 안 된다는 말을 내게 했기 때문이다. 처음에는 무슨 말인지 이해가 되지 않았다. 그러자 그는 어머니의 죽음을 알고 있었다는 것과 그런 일은 어느 때든지 일어나게 마련이라는 것을 내게 설명했다. 내 의견 또한 그랬다.

나는 일어섰다. 레이몽이 아주 힘있게 악수를 하고는 남자들 사이는 언제나 서로 이해하게 마련이라는 말을 했다. 그의 방을 나오면서 나는 문을 닫았다. 그러고는 캄캄한 층계참에서 잠시 그대로 서 있었다. 집은 고요했고 계단 밑에서는 어둡고 습기 찬 기운이 피어오르고 있었다. 들리는 것이라고는 귀에서 피가 윙윙거리는 소리뿐이었다. 나는 그대로 꼼짝하지 않고 있었다. 그러나 살라마노 노인 방에서 개가 낮은 소리로 끙끙거리는 소리가 났다.

4

나는 이 한 주일 내내 일을 많이 했다. 레이몽이 와서 편지를 보냈다고 말했다. 스크린 위에서 무슨 일이 벌어지고 있는지 늘 이해하지 못하는 에마뉘엘과 함께 두 번 영화관에도 갔었다. 그래서 그에게는 설명을 해주어야 한다. 어제는 토요일이라서 우리가 그러기로 합의한 대로 마리가 왔다. 나는 그녀에게서 심한 욕망을 느꼈다. 그녀가 붉고 흰 줄무늬가 쳐진 예쁜 옷을 입은 데다가 가죽샌들을 신고 있었기 때문이었다. 유방이 탄탄한 것을 알 수 있었고 또 햇볕에 탄 갈색 얼굴은 꽃처럼 아름다웠다. 우리는 버스를 타고 알제에서 몇 킬로미터 떨어져 있는 어느 해변으로 갔다. 그 곳은 바위로 사방이 둘러싸여 있었으며 기슭으로는 갈대들이 죽 가장자리를 이루고 있는 그런 해변이었다. 네 시의 태양은 그다지 뜨겁지는 않았으나 길고 느린 잔물결을 일으키고 있는 물은 미지근했다. 마리가 장난 하나를 내게 가르쳐 주었다. 헤엄을 치면서 파도가 뛰어오르는 그 꼭대기에서 물을 마시고, 입 속에다 거품을 잔뜩 모으고 나서는 똑바로 누워 하늘에 대고 거품을 뿜어내야 한다는 것이었다. 그렇게 하니까 그것은 물거품으로 만든 레이스처럼 공중으로 사라져 가기도 하고 혹은 미지근한 빗물이 되어 얼굴 위로 도로 떨어지기도 했다. 그러나 얼마쯤 지나니 입이 소금의 짠맛으로 타들어 가는 것 같았다. 이때 마리가 다가 오더니 물 속에서 내게 달라붙었다. 그녀는 자기 입을 내 입에 대었다. 그녀의 혀가 내 입술을 시원하게 해 주었고 우리는 한동안 물결 속에서 뒹굴었다.

　우리가 해변에서 옷을 입을 때 마리는 반짝이는 눈으로 나를 바라보았다. 나는 그녀에게 키스를 했다. 그때부터 우리는 더 이상 말을 하지 않았다. 나는 그녀를 내 쪽으로 끌어당겼다. 그리고 서둘러 버스를 잡아타고 돌아왔고, 내 집으로 와서 침대 위에 우리는 몸을 던졌다. 나는 창문을 열어 놓은 채로 두었고, 밤이 우리의 갈색 육체 위로 흐르고 있음을 느끼는 것이 좋았다.

　오늘 아침, 마리는 그대로 머물러 있었고 나는 그녀에게 함께 조반을 들지 않겠느냐고 말했다. 나는 고기를 사러 아래로 내려갔다. 다시 올라오다가 레이몽의 방에서 여자의 목소리가 나는 것을 들었다. 조금 있으니 살라마노 노인이 자기 개를 야단쳤고 우리는 층계의 나무 계단에서 구두 소리와 발톱으로 긁는 소리가 나는 것을 들었다. 그러고 나서 "더러운 놈! 썩어질 놈!" 하는 소리를 들었다. 그들은 거리로 나갔다. 나는 마리에게 그 노인에 대한 이야기를 들려 주었고 그녀는 웃었다. 그녀는 내 파자마를 입고 있었으므로 소매를 걷어올려야 했다. 그녀가 웃었을 때 나는 또 그녀에 대해 욕망을 느꼈다. 잠시 후에 그녀는 내가 자기를 사랑하고 있느냐고 물었다. 나는 그런 것은 아무런 의미가 없는 일이라고 말하면서, 하지만 사랑하지 않는 것 같다고 대답했다. 그녀는 침울한 표정을 지었다. 그러나 아침 식사를 준비하면서 괜히 그녀가 또 웃어 댔기 때문에 나는 그녀에게 키스를 했다. 바로 이때 싸우는 소리가 레이몽의 방에서 터져 나왔다.

　처음에는 여자의 날카로운 소리가 들려왔고 이어서 레이

몽이 "네가 나를 망쳐 놓았어, 날 망쳐 놓았단 말이야. 나를 망하게 하면 어떻게 되는지 가르쳐 줄 테다" 하고 말하는 소리가 들렸다. 몇 마디 알아들을 수 없는 소리가 나고 여자가 울부짖었다. 그러나 너무도 무시무시한 소리라서 층계참은 당장 사람으로 가득 메워졌다. 마리와 나 역시 나가 보았다. 여자는 여전히 악을 쓰고 있었으며 레이몽은 그래도 계속 때리고 있었다. 마리는 너무 지나치다고 말했지만 나는 아무 대꾸도 하지 않았다. 그녀는 경관을 찾으러 가자고 내게 청했지만 나는 경찰들을 좋아하지 않는다고 그녀에게 말해 주었다. 그러나 3층에 세든 연관공(鉛管工)과 함께 경관 한 사람이 도착했다. 그가 문을 두드렸다. 이제는 아무 소리도 들리지 않는다. 경관이 좀더 세게 두드렸다. 조금 있으니 여자가 울음을 터뜨렸고 레이몽이 문을 열었다. 그는 입에다 담배를 물고 있었으며 사뭇 부드러운 표정을 짓고 있었다. 여자가 문가로 달려와서는 레이몽이 자기를 때렸다고 경관에게 고발했다. "자네 이름은?" 하고 경관이 말했다. 레이몽이 대답했다. "말할 때는 입에서 담배를 빼" 하고 경관이 말했다 레이몽이 주저하며 나를 바라보더니 자기가 물고 있는 담배를 빨았다. 그때 경관이 두껍고도 묵직한 손바닥으로 그의 뺨을 힘껏 후려쳤다. 담배가 몇 미터쯤 멀리 나가떨어졌다. 레이몽의 얼굴색이 변했으나 그 당장에는 아무 말도 하지 않았다. 그러다가 그는 겸손한 목소리로 자기의 담배 꽁초를 주워도 괜찮겠느냐고 물었다. 경관은 그래도 된다고 말하며 이렇게 덧붙였다. "그러나 다음번에는 경관이 꼭두각시가 아니라는 걸 알게 될 거야." 이러는 동안 여자는 울어 대면서 "이 사람이 나를 때렸어요. 이 사람은 뚜쟁이예요"라는 말을 되풀이했다 —— 그러자 "경관님, 남자에게 뚜쟁이라고 말하는 것도 법이 허용하는 건가요?" 하고 레이몽이 물었다. 그러나 경관은 그에게 "입 닥쳐"라고 명령했다. 그러자 레이몽이 여자 쪽으로 돌아서서 그녀에게 말했다. "기다려, 너. 다시 만나게 될 테니까." 경관이 그에게 입 다물라고 말했다. 그러고는 여자는 가도 되지만 레이몽에게는 경찰서에서 출두 명령을 내릴 때까지 방에서 기다리고 있으라고 말했다. 그는 레이몽이 그렇게 몸을 떨 만큼 취해 있는 것을 부끄럽게 여겨야 한다는 말을 덧붙였다. 이때 레이몽이 그에게 다음과 같이 해명했다. "나는 취하지 않았습니다, 경관님. 다만 여기 당신 앞에 있으니 떨리는 거예요. 그건 당연한 일이지 않아요?" 그는 문을 닫았고 사람들은 모두 떠났다. 마리와 나는 조반 식사 준비를 끝냈다. 그러나 그 여자는 배가 고프지 않았으므로 내가 거의 다 먹어치웠다. 그녀는 한 시에 갔다. 그리고 나는 잠을 좀 잤다.

세 시경에 누가 내 문을 두드리더니 레이몽이 들어왔다. 나는 그대로 자리에 누워 있었다. 그가 내 침대 가에 걸터앉았다. 그는 잠시 그대로 말없이 있었다. 어떻게 해서 그런 일이 일어나게 되었느냐고 그에게 물었다. 그는 자기가 바라던 대로 실행했지만 그녀가 자기 뺨을 때렸기 때문에 그녀를 때려 주었다고 얘기했다. 그 나머지 것은 내가 보았다. 지금으로서는 그녀가 벌을 받은 것처럼 보이니 당신도 만족해야 된다고 그에게 말해 주었다. 그의 의견도 역시 같았다. 그는 경관이 어떻게 해 본다 해도, 여자가 얻어맞았다는 것에 대해서는 아무것도 바꾸어 놓지 못할 것이라는 사실을 지적했다. 그는 경관들을 잘 알고 있으며 또 그들하고는 어떻게 처신해야 한다는 것도 알고 있다는 말을 덧붙였다. 그러면서 그는 경관이 따귀를 때렸을 때 자기가 대항하기를 내가 기대했느냐고 물었다. 전혀 아무것도 기대하지 않았다는 것과 또 게다가 나는 경관이라는 사람들을 좋아하지 않는다고 대답했다. 레이몽은 아주 흡족스러운 표정이었다. 그는 자기와 함께 외출하지 않겠느냐고 물었다. 나는 일어나 머리를 빗기 시작했다. 그는 내가 자기의 증인 노릇을 해 주어야 한다고 말했다. 나는 아무래도 상관없었지만 무어라고 그에게 말해야 될지 몰랐다. 레이몽의 말에 의하면, 여자가 자기를 망하게 했다는 것만 분명히 말해 주면 된다고 했다. 나는 그의 증인이 될 것을 승낙했다.

우리는 외출을 했다. 레이몽은 내게 고급 브랜디를 대접했다. 그러고 나서 그는 당구를 한판 치고 싶어했다. 나는 잘 맞지가 않았다. 그 다음에는 그가 창녀집에 가고 싶어했으나 나는 그런 곳을 좋아하지 않았기 때문에 싫다고 말했다. 그래서 우리는 조용히 돌아왔다. 그는 자기의 정부(情婦)를 혼내 주는 일이 성공해서 얼마나 기쁜지 모르겠다고 나에게 말했다. 그가 나와 함께 있을 때는 매우 친절한 사람처럼 생각된다. 그때는 아마 즐거운 때일 것이라는 생각이 들었다.

흥분한 것 같은 살라마노 노인이 멀리 출입문 앞에 있는 것이 보였다. 우리가 가까이 갔을 때 그의 개가 없는 것을 알았다. 그는 사방팔방으로 맴을 돌며 찾고 있었으며, 캄캄한 복도를 뒤졌고, 밑도 끝도 없는 말들을 중얼거리면서 그 작고 붉은 눈으로 거리를 다시 뒤지는 것이었다. 레이몽이 그에게 무엇을 하는 거냐고 묻자 그는 얼른 대답을 하지 못하는 것이었다. 나는 "잡것, 썩어질 놈" 하고 중얼거리는 소리를 어렴풋이 들었다. 그는 여전히 흥분해 있었다. 나는 개가 어디에 있느냐고 물어보았다. 개는 떠나 버렸다고 그가 퉁명스럽게 말했다. 그러고는 단숨에 다음과 같이 입심좋게 말하는 것이었다. "여느 때처럼 그놈을 연병장(練兵場)으로 데리고 갔었어요. 그 너절한 유랑극장의 둘레에는 사람들이 많았지요. 나는 '도피의 왕'을 보기 위해 걸음을 멈췄습니다. 그러고 나서 다시 가려고 하니까 그놈이 거기에 없더란 말입니다. 물론 오래 전부터 꼭 끼는 목걸이를 사 주어야겠다고 생각을 했었어요. 그러나 그 썩어질 놈이 그렇게 가 버릴 수 있으리라고는 전혀 생각하지 못했었거든요."

그러자 레이몽이 개는 길을 잃어 버렸을지도 모르는 일이며 곧 돌아올 거라고 그에게 설명을 했다. 그리고 주인을 찾으려고 수십 킬로를 걸어온 개들의 예를 들었다. 그랬는데도 불구하고 노인은 더 흥분하는 것처럼 보였다. "하지만 그 사람들은 내게서 그놈을 빼앗아갈 거예요, 아시겠어요? 만일 어느 누가 정말로 그놈을 주워 간다면. 그러나 그럴 리는 없죠. 그 부스럼딱지 때문에 사람들이 싫어할 테니까. 순경들이 그놈을 붙잡았을 거예요, 틀림없어요." 그래서 내가 노인에게 보호소로 가 보라는 말과 벌금 몇 푼만 주면 개를 돌려줄 거라고 말했다. 노인은 벌금이 많냐고 물었다. 내가 알 리가 없다. 그러자 노인이 "그 썩어질 놈 때문에 돈을 내야 한다니. 아! 아주 죽어 버려라!" 하고 화를 냈다. 그러고는 개

에게 욕을 해 대기 시작했다. 레이몽이 웃으며 집으로 들어
갔다. 나도 그를 따라 들어갔다. 우리는 계단의 층계참에서
헤어졌다. 잠시 후에 노인의 발소리를 들었다. 노인이 내 문
을 노크했다. 내가 문을 열자 노인은 잠시 문간에 그대로 서
서 "용서하세요, 용서하세요" 하고 말했다. 내가 들어오라고
했지만 그는 그러려고 하지 않았다. 그는 자기의 구두 끝을
바라보고 있었고 딱지가 앉은 손은 떨고 있었다. 나를 마주
바라보지도 않으면서 "그 사람들이 내게서 그놈을 빼앗아
가지는 않을 거예요. 말해 보세요, 뫼르소 씨. 그 사람들은
내게 그놈을 돌려줄 거예요. 그렇지 않으면 나는 어떻게 되
는 거지요?" 하고 물었다. 보호소에서는 주인을 도와 주려고
사흘간 개들을 보호해 주지만 그 다음에는 거기에서 임의대
로 처분한다는 것을 그에게 말해 주었다. 그는 말없이 나를
바라보았다. 그러더니 "안녕히 주무세요" 하고 말했다. 그가
자기 방문을 닫았다. 그러나 나는 그가 왔다 갔다 하는 소리
를 들었다. 그의 침대가 삐걱거렸다. 벽을 통해 어렴풋이 들
려 오는 이상한 소리에 나는 그가 울고 있음을 알았다. 내가
왜 어머니에 대한 생각을 했었는지 모르겠다. 그러나 나는
다음날 빨리 일어나야 했다. 배가 고프지 않아서 나는 저녁
도 들지 않고 자리에 누웠다.

5

　레이몽이 내게 전화를 했다. 그의 친구들 중의 한 사람이

(그 친구에게 그는 벌써 나에 관한 이야기를 한 것이다) 알제 근처에 있는 그의 작은 별장에서 일요일 하루를 보내는데 나를 초대했다고 말했다. 나는 그러고 싶지만 여자 친구와 약속이 있다고 대답했다. 레이몽은 금방 그 여자 친구도 또한 초대한다고 말했다. 자기 친구의 부인은 남자들 가운데에서 혼자 있지 않게 된 것을 매우 기뻐할 것이라고 했다.

나는 얼른 전화를 끊고 싶었다. 왜냐하면 누가 밖에서 우리에게 전화를 걸어 오는 것을 사장이 좋아하지 않기 때문이었다. 그러나 레이몽은 기다려 달라고 부탁하면서 이런 초대는 저녁에 전해 줄 수도 있겠지만 그는 다른 것을 내게 알리고 싶어서였다고 말했다. 그는 하루 종일 아랍인 일당에게 미행을 당했다는 거였다. 그 중에 자기 예전 정부(情婦)의 오빠가 있었다고 했다. "만일 자네가 오늘 저녁 귀가하면서 집 근처에서 그 자를 보면 내게 알려 주게." 나는 알았다고 말했다.

조금 있으니 사장이 나를 불렀다. 그러자 금방 짜증이 났다. '그가 나에게 전화 좀 덜 하고 일은 더 하라고 말하겠지' 하는 생각을 했기 때문이었다. 그러나 전혀 그런 것이 아니었다. 그는 아직도 매우 막연한 어떤 계획에 대해서 말하려고 한다는 의사 표시를 했다. 그는 다만 이 문제에 대해서 내 의견이 어떤지를 알고 싶어할 뿐이었다. 그는 파리에다 사무실을 하나 차릴 계획인데, 그 사무실에서는 그 곳의 일을 큰 상사(商社)들과 직접 거래하게 될 것이었다. 그런데 내가 거기로 갈 의향이 있는지를 알고 싶어하는 것이었다. 그렇게 되면 나는 파리에서 살게 될 것이고 또한 일년 중의 얼마는 여행을 할 수도 있게 되는 것이다. "당신은 젊어. 그래서 이런 생활이 당신의 마음에 들 거라고 생각되는데." 나는 좋다고는 생각했지만 사실은 어찌 되든 내게는 상관이 없다고 말했다. 그러니까 그는 생활의 변화에 대해서 흥미가 없느냐고 물었다. 나는 생활이란 절대로 변화되는 것이 아니며 어쨌든 모든 생활은 값어치가 있는 것이고, 여기에서의 내 생활도 전혀 마음에 들지 않는 것은 아니라고 대답했다. 그는 불만스런 표정을 짓더니 내가 늘 요령부득의 대답을 하고 야심이 없는데, 그건 장사하는 일에 있어서는 곤란한 일이라고 말하는 것이었다. 그러고는 일을 하려고 돌아왔다. 그를 만족스럽게 했으면 나도 좋았을 테지만 나는 내 생활을 바꾸어야 할 하등의 이유가 없었다. 그런 것에 대해서 곰곰이 생각해 보아도 나는 불행하지는 않았다. 학생이었을 적에는 이런 종류의 야심을 많이 가졌었다. 그러나 학업을 포기해야만 했을 때 나는 이런 모든 것이 현실적으로는 중요하지 않다는 것을 재빨리 깨달았던 것이다.

저녁에 마리가 날 찾아와서, 자기와 결혼하고 싶은 생각이 없느냐고 물었다. 나는 어찌 되든 상관없다고 말하면서 그녀가 그러기를 원한다면 우리는 결혼할 수도 있는 것이라고 말했다. 그러자 그녀는 내가 자기를 사랑하는지를 알고 싶어했다. 나는 이미 언젠가 한 번 그렇게 대답한 것처럼, 그런 것은 아무런 의미가 없는 것이기는 하나 아마 사랑하고 있지 않을 거라고 대답해 주었다. "그렇다면 왜 나하고 결혼하려고 하는 거지?" 하고 그녀가 말했다. 나는 그녀에게 그런 것은 별로 중요하지 않으며, 만일 그녀가 원한다면 우리는 결혼할 수 있을 것이라고 설명해 주었다. 그런데다가 결혼을 요청해 온 것은 바로 그녀이고 나는 그저 그러자고 말하는 것으로 만족하는 터였다. 그러자 그녀가 결혼이란 중대한 것이라는 사실을 지적했다. 나는 "그렇지 않아" 하고 대답했다. 그녀는 잠시 입을 다물고 있더니 말없이 나를 쳐다보았다. 그러고 나서 말했다. 만일 그녀와 똑같은 식으로 관계가 맺어진 어떤 여자가 그와 똑같은 제의를 해 왔어도 내가 받아들였겠는지를 그녀는 알고 싶어했다. "물론이지" 하고 내가 말했다. 그러자 그녀는 자기가 나를 사랑하고 있는지 어떤지를 생각해 보는 듯했다. 그러나 그 점에 관해서는 내가 아무것도 알 수 없는 노릇이었다. 또 잠시 침묵이 흐른 뒤에 그녀는 내가 이상한 사람이라고 말하며, 자기는 아마 그런 것 때문에 나를 사랑하고 있지만 언젠가 내가 그와 똑같은 이유로 해서 자기를 싫어하게 될지 모른다고 중얼거리는 것이었다. 내가 보텔 말도 없고 해서 입을 다물고 있었더니 그녀는 미소를 지으면서 내 팔을 잡고 나와 결혼하고 싶다고 분명히 말했다. 나는 그녀가 결혼하고 싶은 생각이 들면 바로 하자고 대답했다. 그러고 나서 그녀에게 사장의 제안에 대해 이야기를 해 주었더니 마리는 파리를 알고 싶다고 말했다. 내가 한때 파리에서 생활한 적이 있다고 알려 주자 그녀는 그 곳이 어떻더냐고 물었다. "더러운 곳이지. 비둘기하고 침침한 마당들이 많아. 사람들의 피부는 하얗고 말이야."

그러고 나서 우리는 걸었고, 큰길로 해서 거리를 가로질렀다. 여자들은 아름다웠고, 마리에게 그렇게 생각하지 않느냐고 물어 보았다. 그녀는 그렇다고 말하며 나를 이해할 수 있을 것 같다고 했다. 잠시 동안 우리는 더 할 말이 없었다. 그러나 나는 그녀가 나와 함께 있어 주기를 바랐다. 그래서 셀레스트의 집으로 같이 저녁을 먹으러 갈 수 있느냐고 말했다. 그녀도 그러고는 싶었지만 해야 할 일이 있었다. 내 집 가까이에서 나는 그녀에게 작별 인사를 했다. 그녀가 나를 쳐다보았다. "내가 무엇을 하려는지 알고 싶지 않은 거야?" 나도 알고는 싶었지만 그것에 대해 생각하지는 않았다. 그런데 그녀는 그것이 못마땅한 모양이다. 그래서 내가 난처한 표정을 짓자 그녀는 또 웃으면서 내게로 온몸으로 다가오며 자기 입술을 내미는 것이었다.

나는 셀레스트의 집에서 저녁을 먹었다. 내가 이미 먹기를 시작했을 때 어떤 이상하고 키 작은 여인이 들어왔고 그 여자는 내 식탁에 앉아도 되느냐고 물었다. 물론 그렇게 하라고 했다. 그녀의 행동은 서두르는 듯했고, 사과같이 작은 얼굴에서 눈이 반짝거렸다. 그녀는 윗옷을 벗고 앉더니 열에 들뜬 듯이 메뉴를 들여다보았다. 그러고는 셀레스트를 불러 즉각, 분명하면서도 급한 소리로 음식을 모두 주문했다. 오르되브르(식사 전에 먹는 간단한 요리)를 기다리면서 그녀는 가방을 열고 작고 네모진 종이 한 장과 연필을 꺼내 미리 계산을 해 보고 나서 팁을 더한 정확한 값을 포켓에서 꺼내 자기 앞에 놓았다. 그때 오르되브르를 가져왔는데 그녀는 그것을 잽싸게 먹어치웠다. 다음 요리를 기다리면서 그녀는 또 가방에서 파란 연필과 금주의 라디오 방송 프로그램이 실려 있는 잡지를 꺼냈다. 그러고는 아주 정성을 기울여 그 모든 방송 프로그램의 거의 하나하나에다 금을 그었다. 잡지는 12

페이지였기 때문에 그녀는 식사를 하는 동안 내내 그 일을 꼼꼼히 계속했다. 내가 벌써 식사를 끝냈는데도 그녀는 아직도 여전히 열심히 금을 긋고 있었다. 이윽고 그녀가 일어나서 그 자동 인형과 같은 정확한 몸짓으로 윗옷을 입고 밖으로 나갔다. 아무 할 일도 없고 해서 나도 밖으로 나와 한동안 그녀의 뒤를 따라갔다. 그녀는 보도의 가장자리를 따라서 믿을 수 없을 정도로 빨리 그리고 정확하게, 빗나가지도 않고 뒤돌아보지도 않으면서 자기 길을 걸어가고 있었다. 마침내 나는 시야에서 그녀를 놓치고 할 수 없이 되돌아오고 말았다. 이상한 여자라고 생각했지만 곧 잊어 버렸다.

현관 앞에서 살라마노 노인을 만났다. 그를 들어오게 했더니 노인은 개가 보호소에도 없으니 잃어 버린 것이라고 일러주었다. 그 곳의 사무원들은 아마 개가 차에 치였을 거라고 말했을 것이다. 그는 경찰서에서 그 사실을 알 수는 없느냐고 물었다. 그랬더니 그런 일은 매일 일어나기 때문에 흔적을 남겨두지 않는다는 대답이었다. 나는 살라마노 노인에게 다른 개를 가질 수도 있지 않느냐고 말했다. 그러자 그는 그 개에게 정이 들었다는 점을 내게 강조했는데, 그것은 당연한 일이었다.

나는 침대 위에 쭈그리고 있었고 살라마노는 테이블 앞 의자에 앉아 있었다. 그는 나와 마주 앉아 두 손을 무릎 위에 올려놓고 있었다. 그는 낡은 펠트 모자를 여전히 쓴 채로였다. 그는 노란 코밑 수염 아래로 말끝을 우물우물 씹었다. 노인은 나를 약간 지루하게 했지만 나는 할 일도 없고 졸립지도 않았다. 어떤 것이라도 말하려고 나는 그의 개에 관해 물어 보았다. 노인은 자기 아내가 죽은 후에 그 개를 기르게 되었다고 말했다.

그는 퍽 늦게 결혼을 했다. 젊었을 때는 연극에 관한 일을 하고 싶어했다. 그래서 군(軍)에서는 군대의 소연극에 출연하기도 했었다. 그러나 결국에는 철도국에 들어갔는데 그것을 후회하지는 않았다. 왜냐하면 적지만 지금 연금이 나오기 때문이다. 그는 자기 아내하고는 행복스럽지 못했으나 전체적으로 본다면 그는 아내에게 적응이 잘되어 있었다. 아내가 죽었을 때 그는 아주 고독하다는 느낌이 들었다. 그래서 공장에 있는 친구에게 개 한 마리를 부탁해서 아주 어린 그 개를 가지게 된 것이었다. 우유로 개를 키워야만 했다. 그러나 개는 사람보다 수명이 짧기 때문에 마침내 그들은 함께 늙게 된 것이다.

"그놈은 성질이 나빴어요" 하고 살라마노가 말했다. "이따금 말다툼을 하기도 했지요. 그래도 역시 좋은 개였어요." 내가 그 개는 혈통이 좋았다고 말하자 살라마노는 흡족한 모양이었다. "그리고 게다가," 그가 말을 덧붙였다. "당신은 병을 앓기 전의 그놈을 모르죠. 그놈에게서 가장 좋은 것은 바로 그 털이었어요." 살라마노는 개가 피부병을 앓으면서부터는 매일 아침 저녁으로 개에게 연고를 발라 주었다. 그러나 그의 말에 의하면, 그놈의 진짜 병은 바로 노쇠(老衰)였고, 그리고 노쇠란 치유되는 것이 아니었다. 이때 내가 하품을 하자 노인은 가겠다고 말했다. 내가 더 있어도 괜찮은데 개에 관한 이야기가 지루했었다고 말하니 그가 내게 감사하다고 말했다. 노인은 어머니가 자기 개를 무척 사랑했었다는 이야기를 했다. 어머니에 관한 이야기를 하면서 그는 어머니를 "당신의 불쌍한 어머니"라고 불렀다. 그는 내가 어머니가 돌아가시고부터는 아주 불행한 것이라고 추측해서 나는 아무 대답도 하지 않았다. 그러자 그는 매우 빨리 그리고 난처한 표정으로, 내가 어머니를 양로원에 보냈기 때문에 이 구역에서 나를 나쁘게 비평했던 것을 그도 알고 있지만, 자기는 나를 이해하며 내가 어머니를 사랑한 것도 알고 있다고 말했다. 나는 그 점에 있어서 사람들이 나를 나쁘게 평을 했다는 것을 지금까지 몰랐다는 것과 하지만 어머니를 간호할 만큼 충분한 돈이 없었기 때문에 양로원에 가시게 한 것은 당연한 것처럼 생각되었다는 대답을 했는데, 왜 그런 대답을 했었는지 지금도 그 이유를 모르겠다. "게다가 어머니는 오래 전부터 내게 할 말이 없었고 그래서 혼자 지루해하셨어요" 하고 내가 덧붙였다. "그래요, 적어도 양로원에서는 친구들을 사귀게 되거든요" 하고 그가 말했다. 그러고 나서 그는 양해를 바랐다. 그는 잠을 자고 싶은 것이다. 그의 생활은 지금 변해 버렸다. 그런데 그는 무엇을 해야 할지 너무 모르고 있는 것이다. 그를 알고 난 후 처음으로 그는 은밀한 몸짓으로 내게 손을 내밀었다. 나는 그의 살갗이 비늘 같다는 것을 느꼈다. 그는 조금 미소를 지어 보였다. 그리고 방을 나가기 전에 이렇게 말했다. "오늘 밤 개들이 짖지 말았으면 좋겠습니다. 내 개가 아닐까 하는 생각이 항상 들거든요."

6

일요일, 얼른 잠에서 깨어날 수가 없었다. 그래서 마리가 내 이름을 부르고 나를 흔들어 깨워야 했다. 우리는 일찍 해수욕을 하고 싶었기 때문에 식사도 하지 않았다. 나는 아주 허탈한 느낌이었고 머리도 조금 아팠다. 담배 맛이 썼다. 마리는 내가 '우울한 얼굴'을 하고 있다고 말하면서 나를 놀려 댔다. 그녀는 흰 마직(麻織) 옷을 입고 있었고 머리칼은 느슨하게 풀어 놓았다. 아름답다고 그녀에게 말해 주었더니 그녀는 기쁜 듯이 웃었다.

아래층으로 내려오면서 우리는 레이몽의 문을 두드렸다. 그는 내려간다고 우리에게 대답했다. 거리에 나서니, 내가 피곤한 탓으로 또 우리가 덧문들을 열지 않았던 탓으로, 벌써 햇빛으로 충만해진 대낮이 뺨을 치듯 나를 후려쳤다. 마리는 기뻐서 깡총거리며 날씨가 좋다는 말을 수없이 지껄여 댔다. 나는 기분이 좋아졌고 배가 고픈 것도 느꼈다. 내가 그 말을 마리에게 했더니, 그녀는 우리 둘의 수영복과 타월이 들어 있는, 방수(防水) 천으로 된 그녀의 가방을 내게 가리켜 보였다. 이제는 기다리는 수밖에 없다. 레이몽이 자기 방 문을 닫는 소리가 들렸다. 그는 파란 바지에다 짧은 소매가 달린 흰 셔츠를 입고 있었다. 그러나 꼭대기가 납작한 밀짚 모자를 쓰고 있어서 마리가 그것을 보고 웃음을 터뜨렸다. 그의 팔뚝은 아주 희었으나 시커먼 털로 덮여 있었다. 그것이 난 좀 불쾌스러웠다. 그는 내려오면서 휘파람을 불었다. 아주 흡족한 표정이었다. 그는 내게 "여보게, 잘 잤나?" 하고 말했고 마리를 보고는 "아가씨"라고 불렀다.

　전날 우리는 경찰서에 갔었다. 그래서 나는 그 여자가 레이몽을 '망하게 했다'는 것을 증언했다. 그는 경고처분으로 그 사건에서 풀려났다. 내가 단정적으로 한 말을 확인해 보지도 않았다. 문 앞에서 우리는 레이몽과 의논하다가 버스를 타고 가기로 결정을 내렸다. 해변은 그다지 멀지 않았지만 버스를 타야 더 빨리 갈 수 있었던 것이다. 레이몽은 자기 친구가 일찍 오는 우리를 보고 기뻐하겠지 하는 생각을 했다. 우리가 막 떠나려고 할 때 레이몽이 내게 앞을 쳐다보라는 시늉을 얼른 해 보였다. 담배 가게의 진열장에 등을 기대고 있는 한 떼의 아랍인들이 보였다. 그들은 말없이 우리를 바라보고 있었지만 그들의 태도는 마치 우리를 돌멩이나 죽은 나무 정도로밖에는 여기지 않는다는 투였다. 레이몽이, 왼쪽에서부터 두 번째 사람이 바로 그놈이라는 말을 해 주었는데 그는 걱정이 되는 표정을 지었다. 그러나 그는 이젠 끝난 이야기라는 말을 덧붙였다. 마리는 잘 납득이 안 가서 무슨 일이 있느냐고 물었다. 그래서 저 사람들이 레이몽에게 원한을 품고 있는 아랍인들이라는 것을 말해 주었다. 그녀는 지체하지 말고 떠났으면 했다. 레이몽이 몸을 젖히며 서둘러야 한다고 말하면서 웃었다.

　우리는 약간 멀리 있는 버스 정류장으로 갔다. 레이몽이, 아랍인들이 우리를 따라오지 않는다고 내게 일러 주었다. 내가 돌아다보았다. 그들은 여전히 똑같은 장소에 있었으며 또 똑같이 무관심한 태도로 우리가 방금 떠나온 장소를 쳐다보고 있었다. 우리는 버스를 탔다. 완전히 마음을 놓은 것같이 보이는 레이몽은 마리에게 쉬지 않고 농담을 했다. 그녀가 그의 마음에 들었다는 것을 나는 알 수 있었다. 하지만 그녀는 거의 그에게 대꾸를 하지 않았다. 이따금 그녀는 웃으면서 그를 바라보곤 했다.

우리는 알제의 교외에서 내렸다. 해변은 버스 정류장에서 멀지 않았다. 그러나 바다가 내려다보이고 해변가로 경사져 있는 한 작은 고원(高原)을 가로질러 가야 했다. 고원은 노르스름한 돌과 벌써 새파래진 하늘을 향해 온통 하얗게 피어 있는 수선화로 덮여 있었다. 마리는 그녀의 방수(防水) 가방을 크게 휘둘러 꽃잎을 흐트러뜨리며 재미있어 했다. 우리는 녹색이나 흰색의 울타리가 쳐진 작은 별장들이 죽 늘어서 있는 가운데로 걸어갔다. 그 중의 어떤 것들은 베란다까지도 위성류(渭城柳)로 파묻혀 있었고, 어떤 것들은 바위 한가운데에 그대로 드러나 있는 것도 있었다. 고원의 기슭에 도달하기 전에 벌써 잠잠한 바다가 보였고, 더 멀리로는 맑은 물 속에서 졸고 있는 육중한 갑(岬)이 보였다. 경쾌한 모터 소리가 고요한 대기 속에서 우리가 있는 곳까지 올라왔다. 그리고 우리는 아주 멀리, 반짝이는 바다 위로 서서히 가고 있는 작은 트롤선(船) 한 척을 보았다. 마리는 바위에 핀 붓꽃을 몇 송이 땄다. 바다로 내려가는 비탈길에서 보니 벌써 몇몇 해수욕객들이 보였다.

레이몽의 친구는 해변 맨 끝에 있는 목조로 된 작은 별장에서 살고 있었다. 그 집은 바위에 기대어 세워져 있었고, 앞쪽에서 집을 받치고 있는 말뚝들은 물 속에 잠겨 있었다. 레이몽이 우리를 소개했다. 그의 친구 이름은 마송이라 했다.

그는 키가 크고 어깨가 벌어진 덩치가 큰 사내였고, 그의 아내는 파리 말투를 쓰는, 몸이 작고 뚱뚱한 상냥스러운 여자였다. 그는 얼른 우리에게 편하게 있으라고 말하면서 자기가 바로 그날 아침에 잡은 생선을 프라이한 것이 있다고 말했다. 나는 그에게 얼마나 그의 집이 아름다운지를 말했다. 그는 토요일과 일요일 그리고 휴일은 모두 여기에서 지낸다고 내게 알려 주었다. "아내와는 아주 뜻이 잘 맞거든요" 하고 그가 말을 덧붙였다. 그러자마자 그의 아내가 마리와 함께 웃었다. 아마 그때 처음으로, 곧 내가 결혼하게 되리라는 생각을 나는 정말로 했었던 것 같다.

마송은 해수욕을 하러 가고 싶어했지만 그의 아내와 레이몽은 그럴 생각이 없었다. 우리는 셋이서만 해변가로 내려갔다. 마리는 곧장 물 속으로 뛰어들었다. 마송과 나는 잠시 기다렸다. 그는 천천히 이야기를 했는데, 그는 자기가 주장하는 모든 것에 '그리고 뿐만 아니라'라는 말로 보충하는 버릇을 가지고 있음을 알았다. 사실 자기 말에다 아무런 의미를 덧붙일 것이 없을 때조차도 그랬다. 마리에 대해서도 그는 내게 "저 여자는 멋있군요. 그리고 뿐만 아니라 매혹적이구요" 하고 말했다. 하지만 나는 더 이상 그 버릇에 주의를 하지 않았다. 왜냐하면 건강에 좋은 태양을 맛보기에 바빴기 때문이다. 모래가 발 밑에서 뜨거워지기 시작했다. 나는 물에 들어가고 싶은 욕망을 좀더 지연시켰지만 마침내 마송에게 "들어갈까요?" 하고 말하고 말았다. 나는 뛰어들었다. 그는 천천히 물 속으로 들어와서 발이 닿지 않게 되자 뛰어들었다. 그는 평영(平泳)을 했는데 퍽 서툴렀다. 그래서 그를 내버려 두고 마리와 합류하려고 나아갔다. 물이 차서 헤엄치는 것이 즐거웠다. 마리와 함께 우리는 멀어져 갔다. 그리고 우리는 우리의 동작과 만족감 속에서 서로가 일치되고 있음을 느꼈다.

난바다에서 우리는 몸을 띄웠다. 하늘로 향한 내 얼굴 위에서 태양이 입 속으로 흘러드는 물의 베일을 헤쳐 주고 있었다. 우리는 마송이 해변가로 되돌아가서 햇볕 아래 길게 누워 있는 것을 보았다. 멀리에서도 그는 거대하게 보였다. 마리는 우리가 함께 수영하기를 바랐다. 나는 그녀 뒤로 가서 그녀의 허리를 안았다. 내가 발장구를 치면서 그녀를 도와 주는 동안에 그녀는 팔 힘만으로 나아갔다. 찰싹거리는 작은 물소리가 내가 피로를 느낄 때까지 이 아침에 줄곧 우리를 붙어다녔다. 피곤해져서 나는 마리를 그대로 둔 채 숨을 충분히 쉬며 규칙적으로 헤엄을 쳐 돌아왔다. 마송 곁에 배를 깔고 엎드려 모래 속에다 얼굴을 묻었다. 나는 그에게 “기분이 좋은데요” 하고 말했다. 그의 의견도 마찬가지였다. 조금 후에 마리가 왔다. 나는 몸을 돌려 다가오는 그녀를 바라보았다. 그녀는 소금물 때문에 온몸이 끈적거렸고 머리칼은 뒤로 넘겨 고정시켰다. 그녀는 나와 함께 나란히 몸을 펴고 누웠다. 그녀의 몸뚱어리와 태양의 열기(熱氣)가 나를 잠에 빠져들게 했다.

마송은 집으로 돌아갔고 마리가 나를 흔들며 점심을 먹어야 되지 않겠느냐고 말했다. 배가 고팠기 때문에 나는 얼른 몸을 일으켰다. 그런데 마리가 오늘 아침부터 자기에게 키스를 해 주지 않았다는 말을 했다. 그건 사실이었다. 물론 나도 키스하고 싶었다. "물 속으로 들어가요" 하고 그녀가 말했다. 우리는 달려가서 제일 잔잔한 물결 속에 드러누웠다. 우리는 몇 번 평영(平泳)을 했고 그녀는 내게 달라붙었다. 그녀의 다리가 내 다리에 감겨드는 것을 느끼자 나는 그녀에게 육체적 욕망을 느꼈다.

  우리가 돌아가자 마송이 우리를 불렀다. 내가 배고프다고 말하자 그는 얼른 자기 아내에게, 내가 그의 마음에 들었다고 말하는 것이었다. 빵은 맛있었고, 나는 내 몫의 생선을 게걸스럽게 먹어치웠다. 그 다음으로는 고기와 튀긴 감자가 있었다. 우리는 모두 이야기도 나누지 않고 식사를 했다. 마송은 자주 포도주를 마셨고 또 내게 쉴 새 없이 대접을 했다. 커피 시간에 나는 조금 머리가 무거웠고 담배도 많이 피웠다. 마송과 레이몽과 나는 공동 출자를 해서 8월 한 달을 해변에서 같이 보낼 궁리를 했다. 마리가 우리에게 속사포처럼 말했다. "지금 몇 시인지나 아세요? 열한 시 반이에요." 우리는 모두 놀랐다. 하지만 마송은, 매우 빨리 식사를 하기는 했으나 그건 자연스러운 일이라고 말했다. 왜냐하면 점심 시간이란 바로 배고플 때 먹는 시간이기 때문이라고 했다. 그 말에 왜 마리가 웃었는지 이유를 모르겠다. 그녀가 술을 너무 마셨다고 생각했다. 그때 마송이 자기와 함께 해변을 산책하지 않겠느냐고 물었다. "아내는 점심 후에 언제나 낮잠을 자지요. 나는 낮잠 자는 것을 좋아하지 않아요. 난 걸어야 해요. 건강을 위해서는 그게 좋은 거라고 늘 그녀에게 말하지요. 그러나 결국 그건 자기 마음에 달린 거니까요." 마리는 설거지를 해야 하는 마송 부인을 도와 주기 위해 남아 있겠다고 말했다. 그 키가 작은 파리 여자는 그러기 위해서는 남자들을 밖으로 내몰아야 한다고 말했다. 우리 셋은 모두 해변으로 내려갔다.

태양은 모래 위로 거의 수직으로 내리쬐었고, 바다 위에 반사되는 그 강렬한 빛은 견딜 수 없을 지경이었다. 해변에는 이제 아무도 없었다. 고원(高原)의 가장자리에 늘어서 있으며 바다 위로 불쑥 튀어나온 별장들 속에서는 접시와 수저가 부딪치는 소리가 들려왔다. 땅에서 올라오는 돌의 열기(熱氣)로 숨을 쉬기가 힘들었다. 처음에 레이몽과 마송은 내가 알지 못하는 일과 사람들에 관해 이야기를 했다. 그들이 안 지는 오래 되었고 한때는 함께 생활하기까지 했다는 것을 알았다. 우리는 물가로 가서 바다를 따라 걸었다. 이따금 다른 것보다 긴 잔잔한 물결이 우리의 헝겊 신을 적셔오곤 했다. 나는 아무것도 생각하지 않았다. 왜냐하면 모자를 쓰지 않은 머리 위로 내리쬐는 태양 때문에 반쯤 졸고 있었기 때문이었다.

그때 레이몽이 마송에게 뭐라고 말했는데 나는 잘 듣지 못했다. 그러나 그와 동시에 해변의 맨 끝에, 그러니까 우리가 있는 곳으로부터는 아주 멀리, 작업복을 입은 두 명의 아랍인이 우리들 쪽으로 오고 있는 것이 언뜻 보였다. 내가 레이몽을 쳐다보았더니 그는 내게 "그놈이다" 하고 말했다. 우리는 계속해서 걸었다. 마송은 그들이 어떻게 여기까지 우리를 따라올 수 있었느냐고 물었다. 나는 그들이 비치 백을 들고 버스를 타는 우리를 보았음에 틀림없다고 생각했으나 아무 말도 하지 않았다.

아랍인들은 천천히 걸어왔고 벌써 상당히 가까워졌다. 우리는 우리의 보조(步調)를 바꾸지 않았다. 그러나 레이몽이 "만약 싸움판이 벌어지면 마송 자네는 두 번째 놈을 맡아. 나는 그놈을 맡을 테니까. 자네, 뫼르소는 다른 놈이 나타나면 그놈을 책임지게" 하고 말했다. "그러지" 하고 내가 말했다. 그런데 마송은 주머니 속에다 두 손을 찔러넣었다. 너무 뜨거워진 모래가 지금 내게는 빨갛게 보였다. 우리는 아랍인들 쪽으로 똑같이 한걸음 나아갔다. 우리 사이의 거리는 규칙적으로 좁혀져 갔다. 우리가 서로 몇 발자국밖에 안 되는 거리까지 왔을 때 아랍인들이 멈추어 섰다. 마송과 나는 발걸음을 늦추었다. 레이몽은 그 녀석을 향해 곧바로 나아갔다. 나는 레이몽이 그에게 무슨 말을 했는지 잘 듣지는 못했으나 상대방이 그를 머리로 들이받으려고 하는 듯이 보였다. 그래서 레이몽이 먼저 한 대 후려갈겼다. 그러고는 얼른 마송을 불렀다. 마송이 자기에게 지적해 주었던 그놈에게로 갔다. 그러고는 있는 힘을 다해서 두 번 후려쳤다. 아랍인은 물속으로 엎어지며 얼굴을 바닥에 처박았다. 그는 그런 상태로 잠시 그대로 있었다. 머리 주위의 수면(水面)에는 거품이 끓어올랐다. 이러는 동안 레이몽도 또한 구타를 해서 상대방은 얼굴이 피투성이가 되었다. 레이몽이 나를 돌아다보면서 "이놈이 어떻게 되는지 두고 보라구" 하고 말했다. 나는 "조심해, 칼을 가졌어" 하고 소리쳤다. 그러나 벌써 레이몽은 팔을 찔리고 입이 베였다. 마송이 앞으로 껑충 뛰었다. 그러나 상대방 아랍인은 다시 몸을 일으켜 무기를 가진 사나이 뒤에 가서 섰다. 우리는 감히 움직일 수가 없었다. 그들은 우리에게서 눈을 떼지 않고 또 칼로 위협을 하면서 천천히 뒷걸음을 쳤다. 그들이 충분한 거리를 가졌다고 생각이 들자 재빨리 달아났다. 그러는 동안 우리는 태양 아래에서 꼼짝도 못하고 그대로 서 있었고 레이몽은 피가 뚝뚝 떨어지는 팔을 꼭 잡고 있었다.

마송이 얼른, 이 고원(高原)에서 일요일마다 시간을 보내는 의사가 한 사람 있다고 말했다. 레이몽은 당장 그리로 가고 싶어했다. 그러나 그가 말을 할 적마다 상처의 피가 그 구멍에서 거품을 일으켰다. 우리는 그를 부축하여 될 수 있는 한 빨리 별장으로 돌아왔다. 거기에서 레이몽은 자기 상처는 외상(外傷)이며 또 혼자 의사한테 갈 수 있다고 말했다. 그는 마송과 함께 떠났고 나는 여자들에게 무슨 일이 일어났었는지를 설명해 주려고 남았다. 마송 부인은 울고 마리는 새파랗게 질렸다. 나는 그들에게 설명해 주는 일이 귀찮았다. 마침내 나는 입을 다물어 버리고 바다를 바라보면서 담배를 피웠다.

한 시 반경에, 레이몽이 마송과 함께 돌아왔다. 팔에는 붕대를 감았고 입 가장자리에 반창고를 붙였다. 의사는 그에게 대단치 않다고 말했었지만 그래도 레이몽은 매우 침울한 표정이었다. 마송이 그를 웃기려고 애를 썼다. 그러나 그는 말을 하지 않았다. 그가 해변가로 내려가겠다고 말해서 나는 어디로 가겠느냐고 물었다. 마송과 내가 그를 따라가겠노라고 말했다. 그랬더니 화를 발칵 내면서 우리에게 욕설을 퍼부어 댔다. 마송은 그의 기분을 건드릴 필요가 없다고 말했다. 그러나 나는 어쨌든 그의 뒤를 따라갔다. 오랫동안 우리는 해변을 걸었다. 지금 태양은 견디기 힘들 만큼 작열했다. 모래 위로 바다 위로 태양은 산산조각으로 부서지고 있었다. 나는 레이몽이 자기가 어디로 가고 있는지 알고 있다는 느낌이 들었으나 어쩌면 그것은 잘못된 생각일지도 모르는 일이었다. 우리는 마침내 해변의 맨 끝에 있는 작은 샘에 다다랐다. 그 샘은 큰 바위 뒤에서 모래사장으로 물이 흘러내리고 있었다. 거기에서 우리는 그 두 명의 아랍인을 만났다. 그들은 기름이 묻은 작업복을 입고 누워 있었다. 그들은 아주 평온해 보였고 거의 만족스러운 표정까지 짓고 있었다. 우리가 왔다고 해서 변한 것은 아무것도 없었다. 레이몽을 찌른 그 자가 아무 말 없이 그를 바라보았다. 다른 녀석은 작은 갈대로 피리를 불며, 우리를 곁눈질하면서 그 갈대가 낼 수 있는 세 가지 소리를 쉬지 않고 반복해 댔다.

이러는 동안 내내, 이곳에는 태양과 침묵과 이 샘에서 들리는 작은 소리와 피리의 세 가지 음(音)밖에는 없었다. 이윽고 레이몽이 권총 주머니에 손을 갖다 대었는데도 상대방은 움직이지 않았으며, 그들은 여전히 서로를 바라보고 있을 뿐이었다. 나는 피리를 불고 있는 그 자의 발가락이 매우 벌어져 있는 것을 주의해 보았다. 레이몽이 그의 적수에게서 눈을 떼지 않고 "저 자를 때려눕힐까?" 하고 내게 물었다. 내가 그러지 말라고 한다면 그는 자기 혼자 흥분해서 분명 총을 쏠 것이라는 생각이 들었다. 나는 그에게 "아직 저자는 자네에게 말을 걸지 않았어. 그런데 총을 쏜다는 것은 비열한 짓일 것 같군" 하고 말했을 뿐이었다. 아직도 이 침묵과 무더위 속에서 작은 물 소리와 피리 소리가 들려왔다. 그러자 레이몽이 "그렇다면 놈에게 욕설을 퍼부어 주겠어. 그래서 그자가 대꾸를 하면 그때 때려눕히지" 하고 말했다. "그렇게 해. 그러나 저자가 칼을 꺼내지 않으면 자넨 총을 쏠 수 없는 거야" 하고 내가 대답했다. 레이몽이 약간 흥분하기 시작했다. 상대방은 여전히 피리를 불고 있었고, 둘은 모두 레이몽의 동작 하나하나를 주시하고 있었다. "안 되겠어, 사나이답게 행동해. 그리고 권총은 내게 줘. 만일 딴 놈이 끼여들거나 혹은 저자가 칼을 뽑으면 내가 해치울 테니까" 하고 레이몽에게 말했다. 레이몽이 내게 권총을 줄 때 햇빛이 그 위로 스쳐 지나갔다. 그러나 우리는 마치 모든 것이 우리 주위에 막혀져 있는 것처럼 여전히 움직이지 않고 그대로 서 있었다. 우리는 시선을 떨구지 않고 서로를 바라보았다. 모든 것이 여기 바다와 모래와 태양 그리고 피리와 물의 이중 침묵 사이에 멈추어 있었다. 나는 이때 총을 쏠 수도 있고 총을 쏘지 않을 수도 있다는 생각을 했다. 그런데 갑자기 아랍인들이 뒷걸음질을 쳐서 바위 뒤로 기어 들어갔다. 그래서 레이몽과 나는 왔던 길로 되돌아갔다. 그는 기분이 좋은 것 같아 보였고, 또 돌아갈 버스에 대한 이야기를 하였다.

　나는 별장이 있는 곳까지 그와 동행했다. 그가 나무 계단을 올라가고 있는 동안 나는 햇빛으로 머리가 윙윙거리고, 나무 층계를 올라가야 하고 또 여자들에게 말을 걸려고 다가가야만 하는 수고에 미리 맥이 빠져, 첫 번째 계단 앞에 그대로 서 있었다. 그러나 하늘에서 쏟아지는 눈부신 이 빛줄기 속에 꼼짝하지 않고 그대로 있는 것조차 고통스러울 만큼 더위는 심했다. 여기에 그대로 남아 있거나 나가거나 결국 그것은 마찬가지 이야기가 된다. 잠시 후에 나는 해변 쪽으로 몸을 돌려 걷기 시작했다.

여전히 아까와 다름없는 시뻘건 햇살이 부서지고 있었다. 모래 위로는 잔물결로 숨이 가쁜 바다가 급한 숨결로 조금씩 헐떡거리고 있었다. 나는 바위들이 있는 곳으로 천천히 걸어 갔다. 그리고 햇빛 아래에서 이마가 부풀어오르는 것을 느꼈다. 이 뜨거운 열이 모두 내게 의지하여 내 갈 길에 장애가 되었다. 그래서 태양의 굉장히 뜨거운 입김을 얼굴에 느낄 때마다 나는 이를 악물고, 바지 주머니 속에서 주먹을 불끈 쥐며, 태양과 태양이 내게 내리쏟는 이 불투명한 흥분을 이겨 내려고 아주 긴장했다. 모래나 하얀 조가비나 유리 파편 같은 것이 내쏘는 빛이 칼날처럼 번득일 때마다 내 턱은 경련을 일으키곤 하였다. 나는 오랫동안 걸었다.

나는 멀리에서, 빛과 바다의 포말로 눈이 부시는 광륜(光輪)에 둘러싸인 바위의 작고 어두운 덩어리를 보았다. 나는 바위 뒤에 있는 시원한 샘을 생각했다. 그 샘물의 속삭임을 다시 듣고 싶었으며, 태양과 수고와 여자의 눈물에서 도망치고 싶었고, 마침내는 그늘과 휴식을 되찾고 싶어졌다. 그러나 내가 아주 가까이 다가갔을 때 나는 레이몽의 적수가 되돌아와 있는 것을 보았다.

그는 혼자였다. 그는 목 밑에다 두 손을 대고, 얼굴은 바위 그늘 속에, 온몸은 햇빛에 드러내놓고 반듯이 누워 쉬고 있었다. 그의 작업복은 더위 속에서 김을 발산하고 있었다. 나는 약간 놀랐다. 나는 이제는 끝난 일이라고 생각했기 때문에 전의 일에 대해서는 생각지 않고 이 곳에 온 것이었다.

나를 보자마자 그는 몸을 조금 일으키고는 손을 주머니 속에 넣었다. 나는 물론 저고리 속에서 레이몽의 권총을 거머쥐었다. 그러자 다시 그는 몸을 뒤로 젖혔지만 주머니에서 손을 꺼내지는 않았다. 나는 그에게서 제법 멀리, 십여 미터 떨어진 곳에 있었다. 나는 때때로 반쯤 감고 있는 그의 눈꺼풀 사이로 그의 시선을 가늠했다. 그러나 줄곧 그의 모습은 내 눈앞에서, 불타는 듯한 대기 속에 춤을 추었다. 파도 소리는 정오 때보다 더욱 완만했고 더욱 잠잠했다. 여기에서 연장되고 있는 것은 똑같은 모래 위의 똑같은 태양이며 똑같은 빛이있다. 한낮은 벌써 두 시간 전부터 흐름을 멈추었고, 끓어오르는 금속 같은 대양에 닻을 내린 지도 두 시간이나 되었다. 수평선으로는 작은 기선 한 척이 지나갔다. 나는 그것을 내 시선의 가장자리에 비치는 검은 얼룩으로 알아냈다. 왜냐하면 내가 그 아랍인에게서 눈을 떼지 않았기 때문이었다.

나는 내가 할 일은 되돌아가는 것이고 그러면 일은 끝나게 되리라는 생각을 했다. 그러나 태양에 떨고 있는 해변이 온통 내 뒤로 밀려드는 것이었다. 나는 샘 쪽으로 몇 발자국 걸었다. 아랍인은 움직이지 않았다. 그래도 그는 아직 먼 거리에 있었다. 아마 그의 얼굴 위에 드리워진 그늘 때문인지 그는 웃고 있는 것처럼 보였다. 나는 기다렸다. 태양의 열기가 내 뺨에 와 닿았고 눈썹에 땀방울이 고이는 것을 느꼈다. 어머니를 매장하던 그날의 태양과 똑같은 태양이었다. 그때처럼 특히 이마가 따가웠으며 혈맥은 모두 살갗 밑에서 일제히 뛰고 있었다. 더 이상 견딜 수 없는 열기 때문에 나는 앞으로 나아갔다. 나는 이것이 어리석은 짓이라는 것과 한 발자국 옮겨 놓았다고 해서 태양을 피하지는 못한다는 것도 알았다. 그러나 나는 한 발자국, 단 한 발자국을 앞으로 내디뎠다. 그런데 이번에, 몸을 일으키지도 않고, 아랍인은 칼을 꺼내 그것을 햇빛에 비추어 보였다. 빛이 강철 위에서 뿜어 나왔다. 그것은 마치 내 이마에 와 닿는 번득이는 긴 칼날과도 같았다. 그때 눈썹에 고여 있던 땀이 일시에 눈꺼풀로 흘러내려서 미지근하고 두꺼운 베일이 눈꺼풀을 덮어 씌웠다. 내 눈은 땀과 소금의 장막 뒤에서 보이지가 않았다. 나는 다만 이마에 울리는 태양의 심벌즈와 그리고 줄곧 칼에서 발하는 번득이는 칼날을 내 면전에서 느꼈을 뿐이다. 이 타는 듯한 칼이 내 속눈썹을 찌르고 고통스러운 눈을 후벼 파는 것 같았다. 바로 그때 모든 것이 흔들렸다. 바다가 확확 달은 짙은 입김을 휩쓸어 왔다. 하늘은 비오듯 불을 내리쏟기 위해 있는 대로 활짝 열려 있는 것 같았다. 나의 모든 것이 긴장되었고 손이 권총 위에서 경련을 일으켰다. 방아쇠가 꺾였다. 나는 손잡이의 반들반들한 아랫부분을 만졌다. 바로 그때 삭막하고도 귀를 째는 듯한 소리와 함께 모든 것은 시작되었다. 나는 땀과 태양을 흔들어 떨어뜨렸다. 나는 한낮의 균형과 행복스러웠던 해변의 특이한 침묵을 내가 망쳐 버려 놓은 것을 알았다. 그러자 나는 또다시 움직이지 않는 몸뚱어리에다 네 발을 쏘았다. 총알은 그럴 것 같지 않으면서도 깊이 박혔다. 그런데 그것은 마치 내가 불행의 문을 두드린 네 번의 짧은 노크 소리와도 같았다.

제 2 부

1

체포되자마자 나는 여러 번 신문을 받았다. 그러나 오래 계속되지 않는 인정 신문에 그쳤다. 처음에 경찰서에서는 내 사건에 아무도 흥미를 갖지 않는 것 같았다. 여드레가 지나자 예심 판사가 이와는 반대로 나를 호기심을 갖고 주시했다. 우선 그는 나의 이름과 주소와 직업 그리고 생년월일과 출생지에 대해서만 물었다. 그리고 나서 내가 변호사를 선임했는지 알고 싶어했다. 나는 그러지 않았다고 말하고 나서 변호사를 반드시 내세워야 하느냐고 그에게 질문했다. "왜 그러시죠?" 하고 그가 말했다. 나는 내 사건을 아주 단순한 것으로 생각한다는 대답을 했다. "그건 의견이지요. 그러나 법이 있는 겁니다. 만일 당신이 변호사를 선임하지 않으면 우리가 직권으로 임명하게 됩니다" 하고 말하면서 그가 미소를 지어 보였다. 나는 사법이라는 것이 이런 세부적인 일까지 책임지고 있다는 것은 아주 편리한 일이라는 생각이 들었다. 나는 그것을 그에게 말했다. 그는 내 말에 동의를 하고 는 법은 잘 만들어져 있다는 결론을 내렸다.

처음에는 그를 대수롭지 않게 여겼다. 그는 커튼을 둘러친 방에서 나를 맞아들였다. 그의 책상 위에는 램프가 하나 달랑 놓여 있었으며, 그 램프가 나에게 앉으라고 의자 하나를 비추고 있었다. 그런데 그 자신은 어둠 속에 있었다. 나는 책에서 이와 비슷한 묘사를 읽은 적이 있었는데 이 모든 것이 내게는 무슨 장난처럼 여겨졌다. 우리가 이야기를 마치고 난 후 반대로 내가 그를 바라보았다. 나는 그가 섬세한 얼굴 윤곽에 깊숙한 푸른 눈을 가졌으며 키가 크고, 길고 회색빛 나는 콧수염에다 거의 반백이 된 숱이 많은 머리칼을 가진 남자라는 것을 알았다. 그는 매우 이지적인 사람처럼 보였다. 입을 실룩거리는 신경질적인 몇 가지 버릇이 있기는 하지만 어쨌든 그가 마음에 들었다. 나오면서 나는 그에게 손을 내밀려고까지 했다. 그러나 그때 내가 한 사람을 죽였다는 사실이 생각났다.

이튿날 어느 변호사가 형무소로 나를 만나러 왔다. 그는 몸이 작고 뚱뚱했으며, 머리를 정성들여 빗어 붙인 매우 젊은 사람이었다. 더운데도 불구하고(나는 셔츠 바람이었다) 그는 어두운 빛깔의 양복을 입고 있었으며, 접는 칼라에다 검고 흰 굵은 줄무늬가 진 이상한 넥타이를 매고 있었다. 그는 내 침대 위에다 옆구리에 끼고 있던 가방을 내려놓았다. 자기 소개를 하고 나서는 내 서류를 검토했다는 말을 했다. 내 사건이 미묘하긴 하지만 내가 자기를 신뢰하면 성공을 의심하지 않는다고 했다. 나는 그에게 감사를 표했다. 그러자 그가 "문제의 핵심으로 들어갑시다" 하고 말했다.

　그는 침대에 앉아서 내 사생활에 관해 조회를 했었노라는 설명을 했다. 그는 내 어머니가 최근에 양로원에서 사망했다는 것을 알아냈으며 마랑고에 조회도 했다. 예심 판사들은 내가 엄마의 장례식 날 '태연했었다'는 것도 알게 되었다. "당신도 이해하시겠지만, 이런 것을 당신에게 묻는 것이 약간 거북합니다. 그러나 그것은 매우 중요한 일입니다. 그리고 내가 대답할 것이 아무것도 없다면, 이것은 기소(起訴)를 하는데 중요한 논거가 될 것입니다" 하고 변호사가 말했다. 그는 내가 자기를 도와 주기를 원했다. 그리고 내가 그날 괴로웠었는지를 물었다. 이 질문은 나를 매우 놀라게 했다. 그리고 만일 내가 그런 질문을 던져야 한다면 매우 난처할 것 같은 느낌도 들었다. 그러나 나는 내가 자신에게 반문하는 습관을 약간 상실했다는 것과 그래서 그것을 말해 주는 일이 나로서는 어려운 일이라고 대답했다. 물론 나는 어머니를 매우 사랑했었다. 그러나 그것은 아무것도 의미하지 못한다. 건강한 사람들은 누구나 자기가 사랑하는 사람들의 죽음을 다소간 바라는 수가 있다. 여기서 변호사는 내 말을 중단시켰다. 매우 흥분한 것 같았다. 그는 법정에서도 예심 판사 방에서도 그런 말은 하지 말 것을 내게 약속시켰다. 그러나 나는 내가, 내 육체적인 요구가 종종 내 감정을 흐트려뜨리는 그런 성격을 가지고 있다는 것을 그에게 설명했다. 어머니를 매장하는 날, 나는 매우 피곤했었고 또 졸렸다. 그래서 무슨 일이 일어났었는지 알 수가 없었다. 확실히 말할 수 있는 것은 어머니가 죽지 않았으면 좋았을 텐데 하고 생각했던 것뿐이었다. 그러나 변호사는 만족한 표정이 아니었다. "그것으로서는 충분하지 못해요" 하고 그가 말했다.

그는 곰곰이 생각하였다. 그러고 나서 내가 그날 내 자연스러운 감정을 억제했었다는 말을 할 수 있느냐고 물었다. "그럴 수는 없습니다. 그건 거짓말이기 때문입니다" 하고 그에게 말했다. 그는 내가 자기에게 약간의 혐오감을 불러일으켜 주기라도 한 것처럼 이상한 태도로 나를 바라보았다. 어쨌든 양로원의 원장과 원생이 증인으로 신문을 받게 될 것이며, 그렇게 되면 '그것이 나에게 나쁜 장난을 칠 수도 있다'며 거의 심술궂게 내게 말했다. 나는 이 이야기는 내 사건과는 관계가 없다는 것을 그에게 지적해 주었지만, 그는 다만 내가 재판소에 드나든 적이 없는 사람임이 분명하다는 대답만을 했을 뿐이었다.

그는 화가 난 모습으로 나가 버렸다. 나는 그를 붙잡고 싶었고, 그의 공감을 얻고 싶다는 설명을 그에게 해 주고 싶었다. 좀더 잘 변호해 달라는 뜻에서가 아니라, 그것은 다만 자연스러운 감정이었다고 말할 수 있겠다. 특히 무엇보다도 내가 그를 기분 나쁘게 했다는 것을 알았다. 그는 나를 이해하지 못했다. 그리고 내게 약간 유감을 품고 있기도 했다. 나는 그에게 나도 모든 사람들과, 분명히 모든 여느 사람들과 똑같은 사람이라는 것을 주장하고 싶은 욕망이 일었다. 그러나 사실 그 모든 것은 큰 소용이 없는 일이었고 또 게으름 때문에 그만두어 버렸다.

조금 후에 나는 다시 예심 판사 앞으로 인도되었다. 오후 두 시였다. 이번에는 그의 사무실이 커튼을 통해 겨우 새어

들어오는 빛으로 가득 차 있었다. 무척 더웠다. 그가 나에게 앉으라고 하고는 대단히 예의를 차리면서, 내 변호사가 '갑작스럽게 생긴 일로 해서' 올 수 없다는 말을 했다. 그러나 나는 그의 신문에 대답하지 않아도 되는 권리와 내 변호사가 입회할 수 있을 때까지 기다릴 권리가 있다. 그렇지만 나는 혼자 대답할 수 있다고 말했다. 그는 책상 위의 누름 단추를 손가락으로 눌렀다. 젊은 서기 한 사람이 들어와 내 등 뒤쪽에 자리를 잡았다.

우리 두 사람은 모두 안락의자에 푹 파묻혀 있다. 신문이 시작되었다. 그는 우선, 내가 말이 적고 흉금을 털어놓지 않는 성격을 가진 사람이라고들 하는데 거기에 대해서 어떻게 생각하는지를 알고 싶어했다. 나는 "그것은, 내가 도무지 이야기할 거리가 없어서입니다. 그래서 입을 다물고 있는 겁니다" 하고 대답했다. 그는 처음처럼 웃어 보였다. 그는 그것이 가장 좋은 해명이라는 것을 인정한 것이다. 그래서 그는 이렇게 말을 덧붙였다. "하기야 그건 중요한 일이 못 되지요." 그는 입을 다물고 나를 바라보았다. 그러더니 아주 갑작스럽게 몸을 곧추세우며 "내 관심을 끄는 것은 바로 당신입니다" 하고 재빨리 말을 하는 것이었다. 그것이 무슨 뜻인지 잘 납득이 안 가서 나는 아무 대답도 하지 않았다. "당신의 행동에는 알 수 없는 것들이 있습니다. 나는 당신이 그것을 내가 이해하도록 도와 줄 것이라고 확신합니다" 하고 말을 덧붙였다. 모든 것은 아주 간단하다고 내가 말했다. 그는 그날 하루의 일을 돌이켜 이야기해 보라고 재촉했다. 나는 이미 내가 진술했던 것을 다시 그에게 되새겨 주었다. 즉 레이몽, 해변, 해수욕, 싸움 또 해변, 작은 샘, 태양 그리고 권총 다섯 발. 한마디 말을 할 적마다 그는 "좋아요, 좋아요" 하고 말했다. 내가 마침내 늘어진 시체에 대한 말을 하자, 그는 "좋아요" 하면서 인정했다. 나는 그렇게 똑같은 이야기를 반복하는 데 지쳐 있었다. 그토록 말을 많이 한 적은 없었던 것 같았다.

침묵이 흐른 후 그는 일어나서, 나를 돕고 싶다는 것과 내가 자기의 관심을 끈다는 것 또 신의 가호로 자기가 나를 위해 무엇인가를 할 수 있을 것이라는 말을 했다. 그러나 그 전에 그는 나에게 또 몇 가지 질문을 더 하고 싶어했다. 느닷없이 그는 내가 어머니를 사랑했었느냐고 물었다. 나는 "네, 모든 사람들처럼" 하고 말했다. 그랬더니 그때까지 규칙적으로 타이프를 치고 있던 서기가 틀림없이 키를 잘못 누른 것 같았다. 왜냐하면 그가 당황해하며 뒤로 다시 돌아가지 않으면 안 되었기 때문이다. 언제나 명백한 논리성이 없는 판사는 그때, 내가 연달아 다섯 발의 권총을 쏘았느냐고 물었다. 곰곰이 생각하고 나서 나는 처음에는 단 한 발을 쏘았고 조금 후에 네 발을 쏘았다고 분명히 말했다. "왜 첫번째와 두 번째 발사 사이에서 뜸을 들였습니까?" 하고 그가 물었다. 나는 다시 한 번 붉은 해변이 생각났고 또 이마에 태양의 뜨거움을 느꼈다. 그러나 이번에는 아무 대답도 하지 않았다. 침묵이 계속되는 동안 판사는 흥분된 표정을 짓고 있었다. 그가 자리에 앉더니, 자기의 머리칼을 헝클어뜨리며 팔꿈치를 책상 위에 올려놓았다. 그러고는 이상한 표정을 짓고 내 쪽으로 약간 몸을 굽혔다. "도대체 왜, 왜 당신은 땅에 있는 시체에다 대고 총을 쏘았습니까?" 그때도 또한 나는 대답할 말을 몰랐다. 판사는 이마에다 두 손을 갖다대고는 좀 목소리를 바꾸어 질문을 반복했다. "왜 그랬습니까? 그것을 당신은 내게 말해야 합니다. 왜 그랬죠?" 나는 여전히 입을 다물고 있었다.

갑자기 그가 일어서더니, 사무실 끝 쪽으로 성큼성큼 걸어갔다. 그리고 서류함 속에서 서랍 하나를 열었다. 그는 그 속에서 은 십자가 하나를 꺼내더니 내 쪽으로 돌아오면서 그것을 흔들었다. 그리고 아주 달라진, 거의 떨리는 목소리로 그는 이렇게 외쳤다. "이것을 알죠? 이것 말이에요." 나는 "네, 물론이고 말고요" 하고 말했다. 그때 그는 재빨리 그리고 열정적인 태도로, 자기는 하느님을 믿는다는 것과 어떠한 사람도 하느님이 용서할 수 없을 정도로 죄를 짓지는 않는다는 것이 자기의 신념이라고 하며, 그렇지만 그러기 위해서는 인간은 회개를 통하여 마음을 비우고 모든 것을 받아들일 준비가 되어 있는 어린아이와 같이 되어야만 한다고 말했다. 그는 책상 위에다 온몸을 구부리고 있었다. 그리고 거의 내 머리 위에서 십자가를 흔들어 댔다. 솔직히 말하자면, 그의 추론(推論)이 계속되는 동안 나는 그것을 고통스럽게 듣고 있었다. 첫째로 더웠기 때문이며, 또 그의 사무실에는 커다란 파리들이 날아다녀 내 얼굴에 와 앉곤 했기 때문이며, 또한 그가 나를 약간 겁나게 했기 때문이었다. 그와 동시에 이것은 우스운 일이라는 생각이 들었다. 왜냐하면 결국 죄인은 나이기 때문이었다. 그러나 그는 말을 계속했다. 그의 의견에 의하면, 내 자백에는 애매한 점이 단 하나 있는데, 그것은 내가 두 번째 권총을 발사하기 위해 기다렸다는 사실이었다. 그럴 만도 했다. 그 밖의 것에 대해서는 납득이 가지만 그것만은 그가 이해할 수 없었던 것이다.

나는 그가 고집부리는 것은 잘못이라는 말을 하려고 했다. 그 마지막 의문점은 그렇게 중요하지가 않았던 것이다. 그러나 그는 내 말을 잘라 버리고 나서는 마지막으로 설교를 했다. 그리고 내가 하느님을 믿느냐고 물으면서 벌떡 일어났다. 나는 아니라고 대답했다. 그는 분개하여 도로 주저앉았다. 그는 그것은 있을 수 없는 일이며, 모든 사람들이 하느님의 얼굴에서 멀어진 사람들조차도 신을 믿고 있다고 내게 말했다. 그것이 바로 자기의 신념이며, 만일 이전에 그것을 의심해야만 했다면 자기의 인생은 무의미해져 버렸을 것이라고 말했다. "당신은 내 인생이 무의미해지기를 원합니까?" 하고 그가 외쳤다. 내 생각으로는 그것은 나와는 상관이 없는 일이었다. 나는 그 말을 그에게 했다. 그러나 책상 너머에서 그는 벌써 내 눈 밑에다 그리스도상을 내밀었다. 그리고 이렇게 이해하기 곤란한 태도로 소리를 질렀다. "난 말이야, 기독교 신자야. 나는 하느님에게 자네의 죄를 사하여 달라고 간구하고 있어. 그런데 자네는 어떻게 하느님이 자네 때문에 괴로워하셨다는 것을 믿지 못하는 거지?" 나는 그가 나를 자네라고 부르고 있음을 똑똑히 알았으나 이젠 진저리가 났다. 더위는 점점 심해졌다. 이야기를 듣고 싶지 않은 사람에게서 벗어나고 싶을 때 언제나 그러듯이, 나는 동의하는 표정을 지었다. 내 뜻밖의 태도에 그는 의기양양해했다. 그래서 "그것 봐, 그것 봐, 자네도 하느님을 믿고 신뢰하는 것 아냐?"

하고 말했다. 나는 분명하게 한 번 더 아니라고 말했다. 그는 의자에 다시 주저앉았다.

그는 매우 피로한 기색이었다. 잠시 입을 다물고 있었다. 그러는 동안 쉬지 않고 대화를 따라가는 타자기는 아직도 마지막 말들을 찍어 대고 있었다. 그러고 나서 그는 나를 주의 깊게 그리고 약간 침울하게 바라보았다. 그는 "난 한 번도 당신같이 냉혹한 사람을 본 적이 없었소. 내 앞에 왔던 죄인들은 이 고통의 성상(聖像) 앞에서 언제나 눈물을 흘렸습니다" 하고 중얼거렸다. 나는 그것은 바로 죄인들에 관계되는 것이기 때문이라고 대답하려고 했다. 그러나 나 역시 그들과 같은 사람이라는 생각이 들었다. 이것은 내가 익숙해질 수 없는 생각이었다. 그때 판사가 일어났다. 그것은 신문이 끝났다는 것을 내게 암시하는 것 같았다. 그는 다만 조금 지친 듯한 똑같은 표정으로 내가 내 행동에 대해 후회하고 있느냐고 물었을 뿐이다. 나는 곰곰이 생각해 보고 나서, 진정으로 후회한다기보다는 어떤 권태감을 느끼고 있다고 말했다. 그가 나를 도무지 이해하지 못하는 것 같은 인상을 받았다. 그러나 이날은 일이 더 진척되지 않았다.

계속해서 나는 종종 예심 판사를 만났다. 다만 매번 변호사를 동반하였다. 그 만남은 앞서 진술한 것에서 몇몇 의문점을 내게 명확히 밝히게 하는 것으로 그치곤 했다. 아니면 그 위에 또 판사가 내 변호사와 함께 피고의 불리한 조건들에 관해 토론을 벌였다. 그런데 사실 그들은 그때만은 나를 절대로 개입시키지 않았다. 어쨌든 조금씩 신문하는 투가 달라져 갔다. 판사는 나에 대해 이제는 흥미가 없는 것 같았고 또 어떻게 보면 그가 내 사건을 일단 매듭지은 것처럼 보이기도 했다. 이제는 나한테 더 이상 신에 대해 이야기하지도 않았고 또 그 첫날처럼 흥분하는 그는 더 이상 보지 못했다. 그 결과 우리의 대담은 더 진지해졌다. 몇 마디 질문과 변호사와의 약간의 대화, 이것으로 신문은 끝나곤 했다. 판사의 표현에 의하면, 내 사건은 순조롭게 진전되고 있었다. 때때로 또한 대화가 일반적인 범주에 속하는 것일 때는 나도 거기에 가담했다. 나는 안도의 숨을 내쉬기 시작했다. 그럴 때에는 아무도 나에게 냉혹하게 굴지 않았다. 내가 '가족의 일원'인 것 같은 터무니없는 느낌이 들 만큼 모든 것이 아주 자연스럽고, 아주 순조로웠으며, 또 조심성 있게 진행되어 갔다. 이와 같이 예심이 계속되어 열한 달이 지나자 판사가 내 어깨를 두드리며 또 다정한 태도로 "오늘은 이것으로 끝났네, 무신론자 선생" 하고 말하면서 자기 사무실 문이 있는 데까지 나를 배웅해 주는 그 흔하지 않은 순간 말고 다른 어느 것에서도 나는 결코 즐거움을 찾아 보지 못했다. 이것은 내게는 거의 놀라울 지경이었다고 말할 수 있겠다.

그의 방에서 나온 나는 헌병들의 손에 인도되곤 했다.

2

절대로 이야기하고 싶지 않은 것들도 있다. 내가 형무소에 들어오고 나서 며칠이 지난 후, 나는 내 생에 있어서 이 부분에 대한 것은 이야기하고 싶지 않을 것이라는 생각이 들었다.

　좀더 시간이 흐르자 나는 이러한 혐오감에 대해서는 더 이상 대수롭지 않게 여기게 되었다. 사실, 처음에는 내가 형무소에 있다는 실감이 나지 않았다. 나는 막연히 어떤 새로운 사건을 기다리고 있었던 것이다. 그러나 모든 것이 시작된 것은 처음이자 단 한 번인 마리의 방문이 있고 난 후부터이다. 그녀의 편지를 받고 난 날부터(그녀는 자기가 내 아내가 아니기 때문에 더 이상 면회가 허용되지 않는다는 말을 했었다) 바로 그날부터 나는 내 독방에서 내 집에 있는 것 같은, 또 내 생이 이곳에 정지된 듯한 느낌이 들었다. 검거되는 날, 처음에 나는 몇 사람의 수감자가 이미 들어 있는 방 속에 처넣어졌다. 그 사람들은 대부분이 아랍인이었다. 그들은 나를 보며 웃었다. 그러고 나서 내가 무슨 일을 저질렀느냐고 물었다. 내가 아랍인 한 사람을 죽였다고 말하자 그들은 조용해졌다. 잠시 후에 밤이 되었다. 그들은 내가 깔고 자야 할 돗자리를 어떻게 정돈해야 하는지 내게 설명해 주었다. 한쪽 끝을 굴려서 베개를 만들 수 있었다. 밤새껏 빈대들이 내 얼굴 위로 기어다녔다. 며칠이 지나자 나를 독방 속에 격리시켰는데, 거기에서는 나무 판자 위에서 잠을 잤다. 변기(便器)용의 함지와 쇠 대야도 가지게 되었다. 형무소는 도시의 맨 꼭대기에 있었고, 작은 창문 하나를 통해 나는 바다를 내다볼 수 있었다. 어느 날 내가 창살에 달라붙어 얼굴을 햇빛이 있는 쪽으로 내밀고 있을 때, 간수가 들어와서 면회하러 온 사람이 있다는 말을 하였다. 나는 마리일 것이라는 생각이 들었다. 정말 그녀였다.

나는 면회실로 가기 위해 긴 복도를 따라갔다. 그 다음에는 계단을 오르고 마지막으로 다른 복도를 지나갔다. 넓은 창문을 통해서 빛이 환히 들어오는 매우 큰 방으로 들어섰다. 세로로 칸을 막는 커다란 두 개의 살창 칸막이가 그 방을 세 부분으로 나누고 있었다. 두 살창 칸막이 사이에는 8미터에서 10미터쯤 되는 간격이 있었는데 그것이 죄수를 면회자와 갈라놓고 있었다. 나는 내 정면에 서 있는, 줄무늬 옷을 입고 얼굴이 햇볕에 그을은 마리를 알아보았다. 내 옆에는 열 명 가량의 수감자들이 있었는데 대개 아랍인들이었다. 마리는 모르 사람들에게 둘러싸여 있었고 두 명의 여자 면회인 가운데 서 있었다. 그 하나는 입술을 꽉 다물고 있는 검은 옷차림의 작고 늙은 여자였으며, 또 한 여자는 모자를 쓰지 않은 뚱뚱한 여자였는데 손짓을 많이 해 가며 아주 큰 소리로 떠들고 있었다. 살창 칸막이 사이의 거리 때문에 면회인과 죄수들은 아주 큰 소리로 이야기해야만 했다. 내가 들어서자, 그 방의 장식이 없는 넓은 벽에 부딪쳐 되돌아오는 목소리와 유리 위의 하늘에서 쏟아져 들어와 방 안에 반사되는 눈부신 햇빛이 내게 현기증 같은 것을 일으키게 했다. 내 독방은 보다 더 조용했고 어두웠다. 내가 이런 것에 적응되려면 짧은 시간이 필요했다. 마침내 나는 이 환한 빛 속에 드러난 하나하나의 얼굴을 뚜렷하게 볼 수 있었다. 간수 하나가 살창 칸막이 사이의 복도 끝에 앉아 있는 것을 보았다. 그들의 가족들이 서로 마주보며 웅크리고 앉아 있는 것처럼 대부분의 아랍인 죄수들도 그러고 있었다. 그들은 소리치지 않았다. 소란스러운 가운데에서도 그들은 아주 나지막이 말을 나누며 의사 소통을 할 수 있었던 것이다. 보다 낮은 곳에서 울려 나오는 그들의 은은한 중얼거림은 그들의 머리 위에서 주고받은 이야기에 대해 마치 계속되는 저음부(低音部)를 형성하고 있는 것 같았다. 이 모든 것을 나는 마리가 있는 쪽으로 나아가면서 재빨리 알아낼 수 있었다. 벌써부터 살창 칸막이에 붙어 있던 그녀가 있는 힘을 다해서 내게 미소를 지어 보였다. 그녀가 매우 예쁘다고 생각했지만 그 말을 그녀에게 어떻게 해야 할지 알 수가 없었다.

"어때요?" 그녀가 아주 높은 소리로 내게 말을 걸었다. "이래, 보는 대로지." "건강이 좋아 보이는군요. 필요한 것은 모두 있나요?" "있어, 모두 다."

우리는 입을 다물었다. 마리는 여전히 미소를 짓고 있었다. 뚱뚱한 여자가 내 옆에 있는 남자에게 아우성을 치고 있었다. 아마 그녀의 남편인가 본데, 순진한 눈길에 금발이며 키가 큰 사나이였다. 그들은 아까부터 시작한 이야기를 계속하고 있었다.

"잔느가 그를 돌보려고 하지 않아요." 그녀는 목청을 다하여 소리를 질렀다 —— "그래, 그래." 사나이가 말했다 —— "당신이 나오는 길로 그를 다시 데려올 거라고 얘기해 주었는데도 그 여자가 그를 맡으려고 하지 않는 거예요."

마리가 그쪽에서, 레이몽이 안부를 전하더라고 소리를 질러서 내가 "고맙다"고 말했다. 그러나 내 목소리는 "그는 잘 있나?" 하고 묻는 내 옆사람 때문에 지워져 버렸다. "도무지 건강이 좋아지지가 않아요" 하고 말하면서 그의 아내가 웃었다. 내 옆에 있는, 키가 작고 손이 섬세한 젊은이는 아무 말도 하지 않았다. 나는 그가 작은 노파 앞에 서 있었고 또 그들 두 사람이 서로를 뚫어지게 쳐다보고 있는 것을 주의해 바라보았다. 그러나 그들을 더 오래 지켜볼 겨를이 없었다. 마리가 희망을 가져야 한다고 내게 소리쳤기 때문이다. 나는 "그래" 하고 말했다. 그와 동시에 나는 그녀를 바라보았고 그녀의 옷 위로 어깨를 껴안아주고 싶은 생각이 들었다. 나는 그 고운 옷감이 탐났다. 이것 말고 무엇에 희망을 가져야 할지 도무지 알 수가 없었다. 그러나 그것은 아마도 마리가 말하고 싶은 것일지도 모른다. 왜냐하면 그녀가 여전히 미소를 짓고 있었기 때문이다. 나는 반짝이는 그 이〔齒〕와 눈가에 지는 잔주름밖에는 쳐다보지 않았다. 그녀가 다시 "당신이 나오게 되면 우리 결혼해요!" 하고 소리쳤다. 나는 "그러겠어?" 하고 대답했지만 그것은 무엇보다도 아무 말이라도 하기 위해 그랬던 것이다. 그러자 그녀가 재빨리 그리고 여전히 매우 높은 소리로 그러겠다고 말하고, 내가 무죄 석방이 될 거라고도 얘기하면서 그때 다시 해수욕하러 가자고 말했다. 그런데 그쪽에 있는 다른 여자가 소리를 지르면서 서기과(書記課)에 바구니를 두고 왔다고 말했다. 그녀는 거기에 들어 있는 것을 모두 주워섬겼다. 그 모든 것들이 비싼 것이었기 때문에 확인을 해야만 했다. 내 곁에 있는 사나이와 그의 어머니는 여전히 서로를 쳐다보고 있었다. 아랍인들의 중얼거리는 소리는 우리 밑에서 계속되고 있었다. 밖에서는 빛이 유리창에 부딪쳐 부풀어오르는 것 같았다.

 나는 약간 몸살이 난 것 같은 느낌이 들어서 빨리 자리를 뜨고 싶었다. 시끄러운 소리가 나를 괴롭게 했던 것이다. 그러나 한편으로는 마리를 좀더 보고 싶기도 했다. 시간이 얼마나 지났는지 알 수가 없다. 마리는 자기 일에 대해 내게 이야기를 했고 쉬지 않고 미소를 짓고 있었다. 중얼거림, 외침, 대화들이 서로 엇갈렸다. 유일하게 침묵을 지키고 있는 사람은 내 곁에서 서로 쳐다보고 있는 그 젊은이와 키 작은 노파 뿐이었다. 간수가 아랍인들을 조금씩 데리고 나갔다. 첫번째 사람이 나가자 모든 사람이 거의 입을 다물어 버렸다. 그 작은 노파가 창살로 다가왔다. 그 순간 간수가 그의 아들에게 신호를 했다. 그는 "엄마, 안녕히 가세요"라고 말했고 그녀는 두 창살 사이로 손을 넣어 길고도 오래 손을 저었다.

노파가 나가자 손에 모자를 든 한 남자가 들어와 그녀의 자리를 차지했다. 죄수 한 사람이 안내되자 그들은 힘찬 어조로 말을 나누다가 목소리의 톤을 낮추었다. 방이 다시 조용해졌기 때문이었다. 내 오른편에 있던 남자를 데리러 오자 그의 부인은 이제는 소리칠 필요가 없음을 알지 못하는 것처럼 목소리를 낮추지도 않고 그에게 "건강에 유의하시고 조심하세요" 하고 소리쳤다. 그러자 내 차례가 왔다. 마리가 내게 키스하는 시늉을 해 보였다. 방을 나가기 전에 나는 뒤를 돌아다보았다. 마리는 움직이지 않은 채 얼굴을 으스러지도록 살창에 대고, 처참하면서도 경련이 이는 듯한 미소를 짓고 있었다.

그녀가 내게 편지를 보낸 것은 그후 얼마 안 돼서였다. 내가 절대로 이야기하고 싶지 않은 일들이 시작된 것은 바로 그 순간부터였다. 하여간에 아무것도 과장해서는 안 된다. 그런데 그것이 내게 있어서는 다른 사람들보다 훨씬 쉬웠다.

그러나 내가 구류되던 초기에 가장 곤란했던 것은 바로 내가 자유로운 사람이 갖는 그러한 생각들을 품고 있다는 그것이었다. 가령 예를 들자면, 해변으로 가서 바닷가로 내려가고 싶다는 그런 욕망에 사로잡히는 것 따위였다. 발바닥에 와 닿는 물결의 소리, 물 속에 뛰어드는 몸뚱어리 그리고 해방감 같은 것을 마음속에 그려보면, 갑자기 감방의 벽이 얼마나 가까이 있는지를 느끼게 되는 것이었다. 그러나 이런 일은 몇 달 동안만 계속되었을 뿐이었다. 그 다음에는 오로지 죄수가 갖는 생각밖에는 나지 않았다. 나는 구내 마당에서 매일 산책을 하거나 내 변호사의 방문을 기다렸다. 그 나머지 시간은 아주 잘 조절되었다. 그때 나는, 내가 마른 나무 줄기 속에서 살고 있는 것은 아닌가 하는 생각이 종종 들었으며, 내 머리 위로 보이는 하늘에 피어 있는 꽃을 바라보는 일밖에는 다른 일이 없다 해도 차차로 그것에 익숙해질 거라는 생각이 들었다. 나는 이곳에서 변호사의 이상한 넥타이를 기다리는 것처럼, 또 다른 세계에서 내가 마리의 육체를 껴안기 위해 토요일까지 참고 기다렸던 것처럼, 나는 새들이 지나가는 것이나 구름이 서로 만나는 것을 기다리게 될 것이다. 그런데 곰곰이 생각해보면 내가 마른 나무 속에 있는 것만은 아니었다. 나보다도 더 불행한 사람들이 있었던 것이다. 게다가 이것은 어머니의 생각이었다. 또 어머니는 그 말을 자주 되풀이하곤 했었는데, 사람이란 무엇에든 익숙해지게 마련인 것이다.

나는 일반적인 것에서 극단으로 필요 이상 치우치지 않았다. 처음 몇 달은 괴로웠다. 그러나 바로 자기 억제로써 나는 그것을 극복했다. 예를 들자면, 나는 여자에 대한 욕망으로 번민도 했었다. 그건 자연스러운 일이었다. 나는 젊었기 때문이다. 특별하게 마리를 생각한 적은 없었다. 그러나 나는 어떤 한 여자를, 여러 여자들을, 내가 알았던 모든 여자들을 생각했기 때문에 내 독방은 온갖 얼굴들로 채워졌고 내 욕망으로 가득 찼다. 어떤 의미에서 이런 일은 내 머리를 산란케 했다. 그러나 다른 의미에서 본다면 시간을 죽이는 일이 되었다. 나는 마침내, 식사 시간에 취사장의 보이를 따라오는 간수장의 동정을 사게 되었다. 처음에 여자에 관한 이야기를 내게 한 사람은 바로 그였다. 그는 다른 사람들이 불평하는 첫 번째 것이 바로 여자에 관한 것이라고 내게 말했다. 나도 그들과 같다는 것을 그에게 말하면서 지금의 대우를 부당하게 생각한다는 말을 했다. "하지만 당신네들을 형무소에 집어넣는 것도 바로 그것 때문인걸요" 하고 그가 말했다. "왜 그것 때문이라는 거지요?" "네, 자유, 바로 그것이에요. 당신들에게서 그 자유를 빼앗는 거지요." 나는 한 번도 그런 것에 대해서는 생각해보지 않았다. 나는 그의 말에 동의했다. 그러고는 "사실이 그렇군요. 그렇지 않으면 어디에다 처벌을 가하겠어요?" 하고 그에게 말했다. "그럼요, 당신은 사리를 아는군요. 다른 사람들은 몰라요. 그러나 그들도 마침내는 자기 자신을 편하게 만들지요." 간수는 이렇게 말하고 가 버렸다.

또한 담배도 있었다. 형무소에 들어갈 때 나는 허리끈과 구두끈, 넥타이 그리고 주머니 속에 들어 있는 모든 것과 특히 담배를 빼앗겼다. 독방에서 지낼 때 한 번은 담배를 돌려

달라고 청했다. 그러나 그건 금지되어 있다는 답변을 들었다. 처음 며칠은 매우 고통스러웠다. 나를 가장 낙심케 했던 것은 아마 바로 이것이었을 것이다. 나는 침대 널빤지에서 뜯어낸 나뭇조각들을 씹기도 했다. 하루 종일 구역질을 계속했다. 아무에게도 화가 되지 않는 그것을 왜 빼앗아 갔는지 알 수가 없었다. 나중에서야 이것도 또한 형벌의 하나라는 것을 알았다. 그러나 그때는 담배를 피우지 않는 것에 습관이 되었고 그래서 이 형벌이 내게는 형벌이 되지 못했다.

이러한 걱정 말고는 그다지 불행하지 않았다. 다시 한 번 말하면, 문제가 되는 것은 시간을 죽이는 일이었다. 그러나 회상하는 것을 배우고 난 순간부터 나는 마침내 전혀 권태를 느끼지 않게 되었다. 가끔 나는 내 방에 대해서 생각하기도 했다. 상상 속에서 나는 방 한 모퉁이에서부터 출발하여 도중에 있는 것을 모두 마음속으로 열거하면서 제자리로 돌아오곤 하였다. 처음에는 빨리 되었다. 그러나 다시 시작할 때마다 조금씩 더 길어졌다. 왜냐하면 가구 하나하나에 대해서 생각했고, 또 가구 하나하나에 대해서는 거기에 들어 있는 하나하나의 물건들을 생각했으며, 하나하나의 물건에 대해서는 세세한 것들까지 모두 생각해 냈고, 그 세세한 것들에 대해서는 장식이나 균열이나 이가 빠진 가장자리에 대해서 생각했으며, 또 그것들의 색깔이나 무늬 같은 것도 생각해 냈기 때문이었다. 그러는 것과 동시에 나는 그것들을 내 재산 목록 중에서 하나도 빠뜨리지 않으려고 애썼고 또한 완전히 열거하려고 애썼다. 몇 주일이 지나자 나는 내 방에 있던 것을 세어 나가는 일만으로도 시간을 보낼 수 있게 되었다.

그래서 내가 생각하면 할수록 나는 기억 속에서 대수롭지 않게 생각한 것들이나 잊어 버렸던 것들을 끄집어내곤 했다. 그때 나는 단 하루밖에 살지 못할 사람이라도 형무소 안에서는 백 년을 어렵잖게 살 수 있으리라는 것을 알았다. 그 사람은 권태를 느끼지 않을 만큼의 충분한 추억을 가지게 될 것이다. 어떤 의미에서 생각하면 그것은 하나의 특권이라고도 할 수 있는 것이다.

또한 수면에 관한 것도 있었다. 처음에는 밤에 잠을 잘 이루지 못했고 낮에는 전혀 자지 못했다. 그런데 차차로 밤에도 잠을 푹 잘 수 있게 되었고 낮에도 또한 그랬다. 요 몇 달 동안은 하루에 열여섯 시간 내지 열여덟 시간을 잤다. 그러니까 그 나머지 여섯 시간은 식사를 하고, 용변을 보고, 추억에 잠기고, 체코슬로바키아에서 일어난 일을 읽는 것으로 보냈다.

짚을 넣은 매트와 침대 널빤지 사이에서 나는 실제로 낡은 신문지 조각 하나를 발견했는데, 그것은 거의 천에 달라붙어 있었고, 노랗게 찌든은 데다가 얇아 투명하게 비치는 그런 것이었다. 첫머리는 없어졌으나 체코슬로바키아에서 일어난 것 같은 어떤 잡보(雜報)가 실려 있었다.

한 사나이가 돈을 벌기 위해서 체코족(族) 마을을 떠났다. 25년 후에, 부자가 된 그는 부인과 아이 하나를 데리고 돌아왔다. 그의 어머니는 고향 마을에서 그의 누이와 함께 호텔을 경영하고 있었다. 그들을 놀라게 해 주려고 그는 자기 아내와 아이를 다른 곳에 남겨두고 그의 어머니에게로 갔으나 어머니는 그가 들어설 때 그를 알아보지 못했다. 장난으로 그는 방 하나를 빌려야겠다는 생각을 했다. 그리고 그는 자기 돈을 내 보였다. 밤중에 그의 어머니와 누이는 그 돈을 훔치기 위해 망치로 그를 무참하게 죽이고 나서 시체를 강물에 던져 버렸다. 그 다음날 아침, 그의 아내가 와서 그런 사실도 모르고 여행자의 신분을 밝힌다. 그래서 그 어머니는 목매달아 죽고 누이는 우물에 몸을 던진다.

나는 이 이야기를 수천 번 읽었을 것이다. 한편으로 생각하면 이 이야기는 거짓말 같은 이야기이고 다른 한편으로 생각하면 있음직한 이야기이다. 어쨌든 나는 이 여행자가 그렇게 당할 만했다고 생각했으며, 또 절대로 장난을 쳐서는 안 되는 일이었다고도 생각했다.

이렇게 잠자는 시간과 회상, 잡보를 읽는 것과 빛과 어둠의 교체와 더불어 시간은 흘러갔다. 형무소에서는 시간 관념을 잃어 버리게 된다는 것을 읽은 적이 있다. 그러나 그것은 내게는 대단한 의미를 주지 않았다. 어떤 점에서 세월이란 길고도 또한 짧을 수 있다는 것을 나는 이해하지 못했다. 물론 살아가는 데 있어서는 길다. 그러나 너무나도 늘어나서 마침내는 서로에게 넘쳐 흐르게 되고 만다. 그들은 그 속에서 자기들의 이름을 잃어 버린다. 어제라든지 내일이라는 말만이 나에게는 의미를 지니고 있는 유일한 것들이다. 어느 날 간수가 내가 이곳에 들어온 지 다섯 달이 되었다고 말해 주었을 때 나는 그 말을 믿기는 했지만 이해하지는 못했다. 내게 있어서는 끊임없이 내 독방 속에서 부서지는 똑같은 날이었고 또 내가 계속해 나가는 똑같은 임무였을 뿐이었다. 그날 간수가 나간 후, 나는 쇠 밥그릇에 비친 나를 들여다보았다. 내 모습은 내가 미소를 띠어 보려고 애쓸 때에도 여전히 심각한 것처럼 보였다. 밥그릇을 눈앞에서 흔들었다. 나는 미소를 짓고 있는데, 내 모습은 여전히 엄숙하고도 슬픈 표정을 하고 있었다. 날이 저물었다. 이 시간은 내가 이야기하고 싶지 않은 시간이다. 형언할 수 없는 이 시간에, 침묵이 줄지어 선 속에서 형무소의 모든 층계로부터는 저녁의 소리가 피어오른다. 나는 천창(天窓)으로 다가가 마지막 저무는 빛 속에서 내 모습을 다시 한 번 바라보았다. 내 모습은 여전히 심각했다. 그런데 이 순간에 내가 정말로 그렇게 심각해 있다고 해서 놀랄 일이 무엇이란 말인가? 그러니 그와 동시에 그리고 수개월 이래 처음으로 나는 나의 목소리를 분명하게 들었다. 나는 내 목소리가 내 귀에 오래 전부터 울려왔던 그 목소리라는 것을 알았고, 그러자 나는 지금까지 내가 혼자 말하고 있었다는 것을 깨달았다. 나는 그때 어머니의 장례식에서 간호원이 했던 말이 생각났다. 정말이지 어찌 할 도리가 없는 것이다. 그리고 그 어느 사람도 형무소에서의 밤이 어떠한 것이라는 것을 상상할 수는 없는 것이다.

3

　사실, 그 여름은 빨리 지나가고 다른 여름이 왔다고 말할 수 있다. 나는 첫더위가 시작되면서 내게 어떤 새로운 일이 들이닥칠지도 모른다는 것을 알았다. 내 사건은 중죄(重罪) 재판소의 마지막 개정기(開廷期)에 들어가 있었는데 이 개정기는 6월로 끝나게 될 것이다. 공판이 열렸을 때에 바깥 세상은 태양으로 충만해 있었다. 변호사는 공판이 2, 3일 이상은 계속되지 않을 것이라고 나를 안심시켰다. "게다가 당신 사건이 이 개정기에 가장 중요한 것은 아니기 때문에 재판소 측에서도 서두를 겁니다. 그 다음에 곧 이어서 존속 살해에 관한 공판이 열리거든요" 하고 덧붙였다.

아침 일곱 시 반에 나를 데리러 와서 나는 호송차에 실려 재판소로 인도되었다. 헌병 두 사람이 어두워 보이는 어떤 작은 방으로 나를 들어가게 했다. 우리는 어느 문 옆에 앉아 기다렸다. 그 문 뒤에서는 사람들의 목소리, 호출하는 소리, 의자 소리 그리고 음악회가 끝난 다음 춤을 출 수 있도록 홀을 정돈하는, 거리의 축제를 생각나게 하는 소란스러운 움직임의 소리가 들려왔다. 헌병들이 재판에 대기하고 있어야 한다고 말했고, 그 중 한 사람은 내게 담배를 권했지만 내가 거절을 했다. 조금 후에 그가 내게 "겁을 집어먹고 있느냐"고 물었다. 나는 아니라고 대답했다. 그런데 어느 의미에서는 소송 광경을 지켜본다는 것은 흥미롭기까지 한 일이었다. 내 생에 있어서 그런 기회는 한 번도 없었던 것이다. "그래요, 그런데 나중에는 피로해지고 말아요" 하고 두 번째 헌병이 말했다.

잠시 후에, 작은 벨 소리가 방 안에 울려왔다. 그때 헌병들이 내 수갑을 벗겼다. 그리고 문을 열더니 나를 피고석으로 들어가게 했다. 법정은 초만원이었다. 블라인드가 내려져 있는데도 햇빛이 군데군데 스며들어 있었고, 공기는 이미 질식할 것 같았다. 유리창은 닫힌 채 있었다. 나는 자리에 앉았고 헌병들이 나를 둘러쌌다. 바로 그때 나는 내 앞에 줄지어 있는 얼굴들을 알아보았다. 모두 나를 바라보고 있었다. 나는 그들이 배심원이라는 것을 알았다. 그러나 그들을 무엇으로 서로 구별했는지는 말할 수가 없다. 다만 나는 하나의 인상만을 받았을 뿐이었다. 마치 내가 전차 좌석 앞에 서 있는데, 그 이름도 모르는 여행자들이 모두, 우스운 점이 없나 알아보려고 새로 탄 승객을 살피는 것 같은 인상이었다. 여기에서 그들이 찾고 있는 것은 우스운 점이 아니라 '죄(罪)'인 만큼 그 생각은 어리석은 것이라는 것을 잘 알고 있었다. 그러나 그 차이는 별다를 게 없었고 또 어쨌든 그런 생각이 내게 떠올랐던 것이다.

이 폐쇄된 방에서 이 모든 사람들 때문에 나는 약간 현기증을 일으켰다. 그리고 법정 안을 둘러보았지만 어떠한 얼굴도 구별이 되지 않았다. 처음에 나는 이 모든 사람들이 나를 보려고 모여들었음을 알아차리지 못했다고 생각한다. 여느 때는 사람들이 나 개인에 대해서 별로 관심이 없었던 것이다. 내가 이 모든 흥분의 원인이 되고 있다는 것을 깨달으려면 노력이 필요했다. 나는 "사람도 많군요!" 하고 헌병에게 말했다. 그는 그것이 신문들 때문이라고 대답하면서 배심원석 아래에 있는 테이블 옆에 자리잡고 있는 한 떼거리를 가리켜 보였다. "저기들 있잖아요" 하고 그가 내게 말했다. "누가 말입니까?" 내가 되물었다. 그랬더니 그가 "신문 기자들 말이오" 하고 되풀이 말했다. 그는 신문 기자들 중의 한 사람을 알고 있었는데, 그때 그가 헌병을 보고 우리가 있는 쪽으로 왔다. 그는 나이 지긋한 남자로 약간 얼굴을 찡그리고는 있었지만 호감이 가는 사람이었다. 그는 매우 열렬하게 헌병의 손을 쥐었다. 이때 나는 마치 어느 클럽에서 같은 세계의 사람들끼리 서로 다시 만나는 것이 행복스럽게 여겨지는 것처럼, 모든 사람이 서로 만나 묻고 이야기하고 있는 것을 알았다. 나는 내 자신이 불청객같이 약간 성가신 존재라는 이상한 느낌도 들었다. 그러나 그 신문 기자는 내게 웃으면서 말을 걸었다. 그는 모든 것이 나를 위해 유리하게 되기를 바란다고 말했다. 나는 그에게 감사하다고 말했다. 그러자 그가 "아시겠지만, 우리는 당신의 사건을 약간 부각시켰지요. 여름이란 신문들에게는 기삿거리가 없는 계절이거든요. 그래서 무언가 뉴스 가치가 되는 것이라고는 단지 당신 사건하고 존속 살해범 사건뿐이었어요" 하고 덧붙여 말했다. 그러고 나서 그는 방금 빠져나온 무리 속에서 검은 테의 커다란 안경을 쓰고 살찐 족제비같이 생긴 한 작은 남자를 내게 가리켜 보였다. 그가 파리에 있는 어떤 신문의 특파원이라고 말해주었다.

"하긴 저 사람이 당신 때문에 온 건 아닙니다. 그러나 저 사람은 존속 살해범의 소송에 대해 보고할 임무가 있었고 동시에 당신의 사건도 함께 송고(送稿)하라는 지시를 받은 거예요." 그 말에 또 나는 그에게 감사하다는 말을 할 뻔했다. 그러나 이것은 우스운 일이 될 거라는 생각을 했다. 그는 내게 다정한 손짓을 까딱 해 보이고 우리에게서 떠났다. 우리는 또 몇 분간을 기다렸다.

법복(法服)을 입은 내 변호사가 여러 다른 동료들에 둘러싸여 도착했다. 그는 신문 기자들 쪽으로 가서 악수를 했다.

그들은 농담하고 웃어 댔으며 아주 만족스러운 표정을 짓고 있었다. 법정에 벨 소리가 울려퍼졌다. 모든 사람들이 자기 자리로 돌아갔다. 변호사가 내게로 와 나와 악수를 했다. 그러고는 던지는 질문에 짧게 대답할 것과 이쪽에서 먼저 뭐라고 말하지 말 것과 그 나머지는 자기에게 맡기라고 일렀다.

내 왼쪽에서, 나는 의자를 뒤로 미는 소리를 들었다. 그리고 코안경을 걸치고, 붉은 옷을 입은 키 크고 마른 남자가 조심스럽게 옷을 여미면서 자리에 앉는 것을 보았다. 검사였다. 정리(廷吏)가 개정을 알렸다. 그때 커다란 두 대의 선풍기가 윙윙거리며 돌아가기 시작했다. 세 명의 판사가 서류를 들고 들어와 법정을 내려다보는 단상을 향해 빠른 걸음걸이로 걸어갔다. 앞의 두 사람은 검은 옷을 입었고 세 번째 사람은 붉은 옷을 입었다. 붉은 옷을 입은 남자 판사는 가운데에 있는 의자에 앉아 법모(法帽)를 자기 앞에 벗어 놓고는, 손수건으로 대머리가 다 된 자기의 작은 머리를 닦고 나서 재판을 시작한다는 말을 공표했다.

신문 기자들은 벌써 손에 만년필을 들고 있었다. 그들은 모두 냉담하면서도 약간 비웃는 듯한 표정들을 짓고 있었다. 그러나 그들 중에서 회색 플란넬 양복에 하늘색 넥타이를 맨 아주 젊은 기자 한 사람만이 만년필을 앞에다 놓은 채 나를 바라보고 있었다. 약간 균형이 잡히지 않은, 그의 얼굴에서 보이는 것이라고는 매우 맑은 그의 두 눈뿐이었는데, 그 눈은 아무것도 명확하게 드러내 보이지는 않으면서 나를 주의 깊게 살피고 있었다. 그래서 나는 나 자신이 나를 바라보는 것 같은 이상한 느낌이 들었다. 아마 이런 것 때문에, 그리고 또 이런 곳의 관례를 몰랐기 때문에 나는 그 다음에 일어났던 일을 모두 확연하게 이해할 수가 없었다. 즉 배심원의 추첨, 재판장이 변호사에게, 검사에게 그리고 배심원에게 던지는(그때마다 배심원들의 머리가 모두 동시에 재판장석으로 쏠리곤 했다) 질문, 기소장의 빠른 낭독——그 속에서 나는 지명과 사람들의 이름을 알아들었다——그리고 다시 변호사에게 던지는 질문 등.

그러나 재판장이 곧 증인을 호출하겠다고 말했다. 서기가 내 주의를 끄는 이름들을 읽어 내려갔다. 조금 전까지 알아볼 수 없었던 그 방청인들 가운데에서 몇 명이 한 사람씩 일어나더니 옆문으로 사라지는 것이 보였다. 양로원의 원장과 수위, 토마 페레 노인, 레이몽, 마송, 살라마노, 마리, 그녀는 내게 살짝 근심스러운 몸짓을 해 보였다. 나는 좀더 일찍 그들을 알아보지 못한 것이 이상스러웠다. 마지막으로 자기 이름이 불려지자 셀레스트가 일어섰다. 나는 그의 곁에서, 언젠가 레스토랑에서 본 적이 있었던 그 키 작은 여자를 알아보았다. 그녀는 재킷을 입고 있었으며 분명하면서도 결단성이 있는 표정을 짓고 있었다. 그 여자는 나를 뚫어지게 바라보고 있었다. 그러나 재판장이 말을 시작했기 때문에 생각에 잠겨 있을 시간이 없었다. 재판장은 이제부터 정식 변론(辯論)을 시작한다고 말하고, 방청인에게는 조용히 해 달라고 부탁할 필요도 없을 줄 안다는 말을 했다. 그의 말에 의하면, 자기는 이 사건의 변론을 공정하게 진행시키기 위해 여기에 있는 것이며, 이 사건을 객관적으로 고찰하고 싶다고 했다. 배심원들에 의해 내려지는 판결은 정의의 정신에 입각해서 이루어질 것이며, 어쨌든 아주 조그만 말썽이라도 있으면 퇴장을 명할 것이라고 말했다.

더위가 기승을 부리기 시작했고, 나는 방청석에서 방청인들이 신문으로 부채질하는 것을 보았다. 종이가 구겨지는 작은 소리가 계속해서 들려왔다. 재판장이 신호를 하자 서기가 짚으로 엮은 부채 세 개를 가져왔다. 세 명의 판사들은 곧장 그것으로 부채질을 했다.

나에 대한 신문이 곧 시작되었다. 재판장이 온화하게, 온정이 어린 듯이 보이기조차 하는 어조로 내게 질문을 했다. 본인인가를 알아보는 인정 신문을 또 해서 짜증이 났지만 사실 그것은 아주 당연한 일이라는 생각이 들었다. 한 사람을 다른 사람으로 알고 재판한다는 것은 너무 중대한 잘못이 될 것이기 때문이다. 이어서 재판장은 내가 저지른 것에 대한 이야기를 처음부터 다시 했는데, 서너 마디 하고는 으레 "그렇지요?" 하고 내게 물었다. 그럴 적마다 나는 변호사가 일러주는 대로 "네, 재판장님" 하고 대답했다. 재판장은 이야기를 퍽 상세하게 했기 때문에 시간이 오래 걸렸다. 이러는 동안 줄곧 신문 기자들은 받아쓰고 있었다. 나는 신문 기자들 중에서 가장 젊은 그 기자의 시선과 그 자동 인형같이 작은 여자의 시선을 느꼈다. 나를 향해 있던 전차의 좌석은 이제 완전히 재판장 쪽으로 돌려져 있었다. 재판장은 기침을 하고 나서 서류를 넘기더니 부채질을 하면서 내게로 몸을 돌렸다.

재판장은 지금 언뜻 보아서는 내 사건과 관계가 없는 것처럼 보이나 어쩌면 매우 밀접한 관계가 있을지도 모르는 문제들에 착수해야겠다고 내게 말했다. 나는 또 어머니에 대해서 이야기하려 한다는 것을 알았으며, 동시에 그것이 얼마나 지루하겠는가 하는 것을 느꼈다. 재판장은 왜 내가 어머니를 양로원에 보냈느냐고 물었다. 나는 어머니를 보살펴 드리고 간호해 드릴 만한 돈이 없어서 그랬다고 대답했다. 재판장은 그것이 개인적으로 내 부담이었느냐고 물어서 나는 어머니도, 나도 서로에게 아무것도 기대하지 않았으며 그 밖의 사람에게도 기대하지 않았었다고 대답했다. 그리고 우리는 둘 다 우리의 새로운 생활에 익숙해져 있었다고 대답했다. 그러자 재판장은 그 점에 대해서는 계속하고 싶지 않다고 말하면서 검사에게 내게 물어 볼 다른 질문이 없느냐고 물었다.

검사는 내게 반쯤 등을 돌리고 있었는데, 나를 쳐다보지도 않고, 재판장의 허가가 있으니 내가 그 아랍인을 죽일 의사가 있어서 혼자 샘 있는 쪽으로 되돌아갔었는지를 알고 싶다고 말했다. "아닙니다" 하고 내가 말했다. "그렇다면 무기는 왜 가지고 있었으며, 왜 바로 그 장소로 다시 갔습니까?" 나는 그것은 우연이었다고 말했다. 그러자 검사가 "지금은 이 정도로 하겠습니다" 하고 거친 어조로 말했다. 그 다음부터는 모든 것이 약간 엉망으로 되었다. 적어도 내게는 그런 느낌이었다. 그러나 무엇인가 잠시 의논을 하더니 재판장은 폐정(閉廷)을 선언하고 증인 신문은 오후로 미룬다고 말했다.

나는 생각해 볼 시간이 없었다. 그들은 나를 데리고 나가 죄수 호송차에 태워 형무소로 인솔해 왔으며, 나는 형무소에서 식사를 했다. 조금 후, 내가 노곤해지려고 하는 바로 그때 나를 데리러 다시 왔다. 모든 것이 다시 시작되었으며 나는 똑같은 방 속에, 똑같은 얼굴 앞에 앉아 있었다. 다만 더위가 더욱 심해져서 마치 기적처럼, 배심원들과 검사와 변호사 그리고 몇몇 신문 기자들도 역시 짚부채를 들고 있었다는 점이 다를까, 그 젊은 신문 기자와 그 키 작은 여자도 변함없이 거기에 있었다. 그러나 그들은 부채질은 하지 않았다. 아무 말 없이 그저 여전히 나를 쳐다보고 있을 뿐이었다.

나는 얼굴로 흘러내리는 땀을 닦았다. 그리고 양로원 원장을 호명하는 소리를 들었을 때 비로소 나는 법정이라는 이 장소와 나 자신에 대한 의식을 약간 되찾을 수 있었다. 어머니가 나에 대해서 불평을 하더냐고 그에게 물었다. 원장은 그렇기는 했지만 근친(近親)에 대하여 불평을 하는 것은 재원자(在院者)들의 약간 편집(編執) 같은 것이라고 말했다. 재판장이, 내 어머니가 자기를 양로원에 넣은 나를 못마땅하게 여겼는지 원장에게 분명히 말하라고 하자 그는 그렇다고 말했다. 그러나 이번에는 아무 말도 보태지 않았다. 다른 질문에 대해서 원장은 장례식 날 내 태연한 태도를 보고 놀랐었다고 대답했다. 태연하다는 것은 무엇을 뜻하느냐고 그에게 물었다. 그러자 원장은 자기의 구두 끝을 내려다보았다. 그리고는 내가 어머니를 보고 싶어하지 않았다는 것과 한 번도 내가 울지 않았다는 것 그리고 장례식이 끝난 후 무덤에 묵도도 올리지 않고 곧장 떠나 버렸다는 말을 했다. 원장을 놀라게 했던 일이 또 하나 있었다. 그것은 장의사의 고용인 한 사람이 내가 어머니의 나이를 모르더라고 원장에게 말해 준 일이었다. 한순간 침묵이 흐른 뒤, 재판장은 당신이 진술한 것이 분명 나에 대한 것이었느냐고 원장에게 물었다. 원장이 그렇게 묻는 뜻을 이해하지 못했기 때문에 재판장은 "법률상 그렇게 묻는 것입니다" 하고 원장에게 말했다. 그러고 나서 재판장은 차장 검사에게 증인에게 할 질문이 없느냐고 물었다. 그러자 검사는 "아! 없습니다. 그것으로 충분합니다" 하고 소리쳤다. 그 소리가 너무나 자신만만하고 내게로 향하는 그 시선이 너무도 의기 양양해서 나는 수년 이래 처음으로 바보같이 울고 싶은 생각마저 들었다. 내가 이 모든 사람들에게 얼마나 미움을 받고 있는가를 느꼈기 때문이었다.

배심원과 내 변호사에게 할 질문이 있느냐고 묻고 난 다음 재판장은 양로원의 수위의 증언을 청취했다. 다른 모든 사람들과 마찬가지로 그에 대해서도 똑같은 의식(儀式)이 되풀이되었다. 증인석으로 오면서 수위는 나를 쳐다본 후 눈길을 돌렸다. 그는 물어 보는 말에 대해 대답을 했다. 그는 내가 어머니를 보고 싶어하지 않았다는 것, 담배를 피웠다는 것과 잠이 들었었다는 것 그리고 밀크커피를 마셨다는 것을 말했다. 이때 나는 온 법정을 자극시키는 그 무엇을 느꼈다. 그리고 처음으로 내가 죄인이라는 것을 깨달았다. 수위에게 밀크커피에 대한 이야기와 담배에 관한 이야기를 반복시켰다. 차장 검사는 눈에 조소를 띠고 나를 쳐다보았다. 그때 내 변호사가 수위에게 그가 나와 함께 담배를 피우지 않았느냐고 물었다. 그러자 검사가 이 질문을 듣고 벌떡 일어났다. "여기서 누가 죄인입니까? 증언의 불리함을 은폐하기 위해 검찰 측 증인들을 몰아세우려는 방법은 언어 도단입니다. 이 증언이 결정적인 것임에는 변함이 없습니다!" 하고 소리쳤다. 그러나 재판장은 수위에게 질문에 대답하라고 명했다. 노인이 난처한 듯이 이렇게 말했다. "내가 잘못했다는 것은 잘 압니다. 그렇지만 저분이 내게 주는 담배를 도저히 거절할 수가 없었습니다." 마지막으로 덧붙일 말이 없느냐고 내게 물었다. "없습니다, 다만 증인의 말이 옳다는 것밖에는요. 내가 저분에게 담배를 권했던 것은 사실입니다" 하고 나는 대답했다. 그러자 수위가 약간 놀라운 듯이 그리고 어떤 감사의 뜻이 담긴 시선으로 나를 바라보았다. 그는 주저하다가 밀크 커피를 내게 준 사람은 바로 자기였노라고 말했다. 내 변호사는 떠들썩하게 의기 양양해하며, 배심원들이 그 말을 고려할 것이라고 분명히 말했다. 그러나 검사는 우리 머리 위에서 고함을 지르며 이렇게 말했다. "네, 그렇고말고요. 배심원님들께서 고려하실 겁니다. 배심원들께서는, 제삼자는 커피를 권할 수 있어도 아들은 자기를 낳아 준 어머니의 시신(屍身) 앞에서 그것을 거절해야만 한다는 결론을 내리실 겁니다" 했고 수위는 자기 자리로 되돌아갔다.

토마 페레의 차례가 왔을 때는 서기가 증언대까지 그를 부축해야만 했다. 페레는 내 어머니를 특히 잘 알고 있었다는 것과 장례식 날 나를 단 한 번 보았다는 말을 했다. 그날 내가 어떻게 행동했느냐고 그에게 묻자 그는 "아시겠지만, 나 자신이 너무 괴로워서 아무것도 보지 못했습니다. 볼 수 없었던 것은 바로 마음의 고통 때문이었습니다. 내게는 너무 큰 슬픔이었거든요. 정신을 잃기까지 했습니다. 그래서 나는 저분을 볼 수 없었던 겁니다" 하고 대답했다. 차장 검사는, 그렇다 해도 눈물을 흘리고 있는 나를 보았을 것이 아니냐고 그에게 물었다. 페레는 보지 못했다고 대답했다. 그러자 검사가 이번에는 "배심원님들께서는 이 점을 고려하실 겁니다" 하고 말했다. 그러자 내 변호사는 화가 나서, 내게는 좀 과장해서 말하는 투로 페레에게 "그가 울지 않는 것을 당신이 보았느냐"고 물었다. 페레는 "보지 못했습니다" 하고 말했다. 방청인들이 웃었다. 그러자 내 변호사는 소매 하나를 걷어올리면서 단호한 어조로 "이것이 이 소송의 이미지입니다. 모든 것이 사실이면서 또한 사실인 것은 아무것도 없는 것입니다!" 하고 말했다. 검사는 속마음을 짐작할 수 없는 얼굴을 하고 자기 서류의 제목들을 연필로 찔러 대고 있었다.

5분간 쉬는 동안 변호사는 내게 모든 일이 잘되어간다고 말했다. 휴식 시간이 끝난 후 피고측에서 호출한 셀레스트의 증언을 청취했다. 피고측이란 바로 나였다. 셀레스트는 이따금 내 쪽으로 시선을 던졌으며 두 손으로 파나마 모자를 돌리고 있었다. 그는 새 양복을 입고 있었는데 그 옷은 일요일에 가끔 나와 함께 경마 경기를 보러 갈 때 입던 그 옷이었다. 그러나 셔츠를 채우기 위해 구리 단추만 달은 것을 보면 칼라를 붙일 수 없었던 모양이다. 검사가 내가 그의 손님이냐고 묻자 그는 "네, 하지만 내 친구이기도 합니다" 하고 말했다. 나에 대해서 어떻게 생각하느냐고 묻자 그는 내가 '사나이'라고 대답했다. 그것이 무슨 뜻이냐고 하자 그는 사람들은 모두 그 말이 무엇을 의미하는지 안다고 분명히 말했다. 내가 틀어박혀 있기를 잘하는 사람인지 알고 있었느냐고 묻자 그는 다만 쓸데없는 말은 하지 않는 사람이라는 것만을 인정했다. 차장 검사가 내가 꼬박꼬박 식비는 치렀느냐고 묻자, 셀레스트는 웃으면서 "그런 것은 우리 사이에 있어서는 대단치 않은 일입니다" 하고 분명히 말했다. 또 내 죄에 대해서 어떻게 생각하느냐고 묻자, 그는 증언대 위에 두 손을 올려놓았다. 무슨 말을 하려고 준비했던 것처럼 보였다. 그는 "내 생각으로는 그것은 불행입니다. 불행이라는 것이 무엇인가는 누구나 다 알고 있습니다. 우리는 불행에 어찌할 도리가 없는 겁니다. 에에, 내 생각으로는 그것은 불행입니다" 하고 말했다. 그는 더 계속하려고 했지만, 재판장이 그만하면 됐다고 말하면서 수고했다고 치하를 했다. 그러자 셀레스트가 잠시 어리둥절해했다. 그러나 그는 좀더 말하고 싶다고 분명히 말했다. 간결하게 말하라고 그에게 명했다. 그는 또 그건 불행이라는 말을 되풀이했다. 그러자 재판장이 "네, 알아들었습니다. 그러나 우리들은 이런 유(類)의 불행들을 재판하기 위해서 여기 있는 겁니다. 수고하셨습니다" 하고 그에게 말했다. 자기의 수완도 선의(善意)도 이젠 끝이 나 버렸다는 것처럼 셀레스트는 내가 있는 쪽을 돌아보았다. 그의 눈이 번쩍이고 입술은 떨리는 듯했다. 그는 자기가 더 할 수 있는 일이 무엇인가를 나에게 묻고 있는 것 같았다. 나는 아무 말도, 아무런 몸짓도 하지 않았지만 한 사람을 껴안고 싶다는 충동을 느꼈던 것은 그때가 난생 처음이었다. 재판장은 그에게 증인석에서 물러나라고 다시 명령했다. 셀레스트가 방청인석에 가 앉았다. 나머지 신문이 계속되는 동안 그는 거기서 줄곧 몸을 앞으로 좀 숙인 채 무릎에다 팔꿈치를 괴고, 두 손으로 파나마 모자를 잡고, 주고받는 이야기를 모두 듣고 있었다. 마리가 들어왔다. 그녀는 모자를 쓰고 있었는데 여전히 예뻤다. 그러나 머리칼을 풀어 놓았을 때의 그녀를 나는 더 좋아했었다. 내가 있는 곳에서도 그녀의 유방이 가뿐함을 알 수 있었고 그녀의 아랫입술이 여전히 약간 부풀어 있는 것도 알아볼 수 있었다. 그녀는 매우 안절부절 못했다. 곧 그녀에게 언제부터 나를 알았느냐고 물었다. 그녀는 우리 회사에서 처음 일했던 때를 말했다. 재판장이 나와의 관계가 어떤 것이었는가를 알고 싶어했다. 그녀는 자기가 내 친구였다고 말했다. 다른 질문에서 그녀는 자기가 나와 결혼하기로 되어 있는 것은 사실이라고 대답했다. 검사가 서류 한 장을 넘기더니 갑자기 우리의 남녀 관계가 언제부터 시작되었는지를 물었다. 그녀가 날짜를 대 주었다. 검사가 냉담한 표정으로 그것은 어머니가 죽은 다음날 같다고 지적했다. 그러고 나서 그는 약간 빈정거리는 투로 그러한 미묘한 상황을 강조하고 싶지는 않지만, 또 마리가 주저하는 것도 잘 이해는 가지만 그러나 (여기에서 그의 말투는 더 엄격해졌다) 자기의 의무는 예의를 초월해서 일어난 일을 그녀에게 물어야 하는 것이라고 말했다. 그래서 검사는 내가 그녀를 경험했던 바로 그날 하루의 일을 요약해서 말하라고 마리에게 요청했다. 마리는 말하고 싶어하지 않았으나 검사의 강요에 못 이겨, 우리가 해수욕을 했다는 것, 영화관에 갔었다는 것 그리고 내 집으로 함께 돌아왔다는 것을 이야기했다. 차장 검사는 예심에서 마리의 진술에 따라 그 날짜의 프로그램들을 조사했었다고 말하고, 그때 무슨 영화가 상영되었는지 마리 자신의 입으로 말해 주기를 바란다고 덧붙였다. 실제로 거의 억양이 없는 목소리로 그녀는 페르낭델의 영화였다고 진술했다. 그녀가 말을 마쳤을 때 침묵이 법정을 가득 채웠다. 그러자 검사가 자리에서 일어나 매우 엄숙하게 그리고 정말로 놀란 것 같은 목소리로 나를 손가락으로 가리키며 천천히 또박또박 이렇게 말했다.

"배심원 여러분, 자기 어머니가 죽은 그 이튿날 이 사람은 해수욕을 했고, 불순한 관계를 시작했으며 또 코미디 영화를 보고 웃으려고 영화관엘 갔습니다. 여러분들께 더 이상 드릴 말씀이 없습니다."

검사가 자리에 앉았다. 법정은 여전히 침묵 속에 싸여 있었다. 그런데 갑자기 마리가 울음을 터뜨렸다. 그러고는 그런 것이 아니고, 다른 일도 있었으며, 자기가 생각하는 것과는 반대되는 것을 말하라고 강요당했으며, 그녀는 나를 잘 알고 있는데 내가 나쁜 짓은 아무것도 하지 않았다고 말했다. 그러나 재판장의 신호로 서기는 그녀를 데리고 나갔으며 신문은 계속되었다.

곧 이어서 마송이, 나는 정직한 사람이며 뿐만 아니라 '선량한 사람'이라는 말을 분명히 했으나 거의 그의 말을 들어 주지 않았다. 살라마노가 자기 개에게 내가 잘 대해 주었던 것을 회상했을 때도, 내 어머니와 나에 관한 물음에 내가 어머니에게 더 이상 할 말이 없었고, 그런 이유로 어머니를 양로원에 들어가게 했다고 대답했을 때도 역시 그 말을 거의 들어 주는 사람이 없었다. 살라마노는 "이해해야만 합니다. 이해하지 않으면 안 됩니다" 하고 말했지만 아무도 이해한 것 같아 보이지는 않았다. 그도 끌려나갔다.

뒤이어 레이몽의 차례가 왔다. 그는 마지막 증인이었다.

레이몽은 내게 살짝 손짓을 하고는 대뜸, 나는 죄가 없다고 말했다. 그러자 재판장이 그에게 묻는 것은 판정이 아니니 사실만 말하라고 분명히 말했다. 재판장은 그에게, 질문을 기다려서 대답하라고 권고했다. 그러고는 피해자와의 관계를 분명히 밝히라고 말했다. 레이몽은 그 틈을 이용해서 자기가 피해자의 누이의 뺨을 때린 이후로 피해자가 미워한 것은 바로 자기였다고 말했다. 그러나 재판장은 피해자가 나를 미워할 이유는 없었느냐고 그에게 물었다. 레이몽이, 해변에 내가 있었던 것은 우연의 일치였다고 말했다. 그러자 검사가 이 비극의 발단이 되었던 그 편지가 어떻게 해서 나에 의해 씌어지게 되었는가를 물었다. 그건 우연이라고 레이몽이 대답했다. 검사는 우연이라는 것이 이 사건에 있어서 이미 많은 양심상의 피해를 가지고 왔다고 반박했다. 그는 레이몽이 자기 정부(情婦)의 뺨을 때렸을 때 내가 말리지 않은 것도 우연인지, 내가 경찰서에서 증인 노릇을 해 준 것도 우연인지 또 증언을 한 그때 내 진술이 순전히 호의적이었던 것도 우연히 그렇게 된 것인지를 알고 싶어했다. 끝으로 그는 레이몽에게 무엇을 해서 생계를 꾸려 가느냐고 물었다. 이 물음에 레이몽이 자기 직업이 '창고 계원'이라고 대답하자, 차장 검사는 증인이 매춘부의 기둥서방 노릇을 한다는 것은 다 아는 사실이라고 배심원들에게 분명히 말했다. 나는 그의 공범자이며 친구였다. 그러므로 문제는 최하류의 외설 사건이며, 파렴치한에 상관되는 행위라는 것이 사건을 악화시키고 있었다. 레이몽이 자기 변호를 하려고 했고, 변호사가 항의를 했지만 검사가 말을 끝내도록 내버려 두라고 그들에게 말했다. 검사가 "추가할 것이 좀 있습니다. 저 사람은 당신 친구이지요?" 하고 레이몽에게 물었다. "네, 내 친구입니다." 레이몽이 대답했다. 그때 차장 검사가 내게 똑같은 질문을 했다. 나는 레이몽을 쳐다보았는데 그는 시선을 외면하지 않았다. 나는 "그렇습니다" 하고 대답했다. 그러자 검사가 배심원 쪽으로 돌아서서 이렇게 분명히 말했다. "어머니가 죽은 다음날 가장 수치스러운 정사(情事)에 빠졌던 바로 이 사람은 하찮은 이유로 또 말도 안 되는 풍기 문란 사건을 처리하기 위해서 살인을 한 것입니다."

검사는 자리에 앉았다. 그러나 참다 못한 변호사가 두 팔을 쳐들면서 고함을 질렀다. 그 바람에 걷어올렸던 소매가 내려지면서 풀먹인 셔츠의 주름이 드러나 보였다. "도대체 피고는 어머니를 매장한 것으로 기소된 것입니까, 아니면 사람을 죽인 것으로 기소된 것입니까?" 방청인들이 웃었다. 그러자 검사가 다시 또 일어나 법복(法服)이 구겨진 채로, 이 일련의 두 사건 사이에 심오하고도 비장스러우며 본질적인 어떤 관계가 있다는 느낌을 주지 않으려면 존경하는 변호인은 솔직해야 한다고 분명히 말했다. "그렇습니다" 하고 그는 힘차게 외쳤다. "범죄적인 기분으로 어머니를 매장했던 이 사람을 나는 고발하는 것입니다." 이 논고는 방청인들에게 중대한 효과를 준 것 같아 보였다. 내 변호사가 어깨를 으쓱하고 나서 이마에 흐르는 땀을 닦았다. 그러나 그 자신도 타격을 받은 것 같았다. 그리고 나는 일이 나에게 불리하게 진전되고 있음을 깨달았다.

신문이 끝났다. 재판소에서 나와 차를 타러 가면서 나는 아주 순간적이지만 여름 저녁이 풍기는 냄새와 빛깔을 느꼈다. 어두운 호송차 속에서 나는 내가 사랑했던 도시와 만족감을 느꼈던 그 어느 시각에서 들려오는 친숙한 모든 소리를 마치 내 피곤함 속에서 찾아 내듯 하나하나 생각해 냈다. 이미 가라앉은 대기 속에서 퍼지는 신문팔이들의 외침, 거리의 작은 공원에서 마지막까지 놀던 새들, 샌드위치 장수가 부르는 소리, 거리의 높은 커브길에서 울리는 전차의 비명 소리, 밤이 항구 위에 기울기 전에 들리는 하늘의 그 소음, 그 모든 것이 나를 위하여 장님의 길 안내서처럼 다시 꾸며져 있었다. 형무소에 들어오기 전에는 내가 잘 알고 있었던 것들이다. 그렇다, 지금은 아주 오래 전에 내가 만족감을 느꼈던 바로 그 시각이었다. 그때 나를 기다리고 있었던 것은 언제나 꿈도 꾸지 않고 잠드는 기분좋은 수면이었다. 그러나 지금은 무엇인가가 변해 버렸기 때문에 나는 내일에 대한 기대를 안고 내 독방으로 다시 돌아가는 것이다. 마치 여름 하늘에 그려진 그 친숙한 길이 죄없는 수면으로 이끄는 것과 같이 형무소로도 이끌어 갈 수 있는 것처럼.

4

　비록 피고석에 앉아 있을지라도 자신에 대한 이야기를 듣는 것은 언제나 흥미있는 일이다. 검사의 논고와 변호사의 변론이 계속되는 동안 그들은 나에 관한 이야기를 많이 했다. 아니, 어쩌면 내 죄에 관해서보다도 나 자신에 관한 이야기를 더 많이 했다고도 할 수 있다. 그런데 그 변론들이 그렇게도 다를 수가 있을까? 변호사는 팔을 들어올리며, 죄는 인정했지만 변명을 붙여 변호를 했고, 검사는 손을 내두르며 죄상(罪狀)을 폭로했지만 변명은 하지 않았다. 나는 약간 갑갑했다. 그래서, 그러지 않으려고 하면서도 나는 이따금 끼어들고 싶어지는 것이었다. 그럴 때마다 변호사가 "잠자코 있어요, 그것이 당신 사건에 유리해요" 하고 내게 말하곤 했다. 어떻게 보면 당사자인 나는 제쳐 놓고 이 사건을 다루고 있는 것 같기도 했다. 모든 것은 내 개입이 없이 전개되었다. 내 운명은, 내 의견이 받아들여지지 않은 채 결정되어 갔다. 때때로 나는 사람들의 이야기를 가로막고 이렇게 말하고 싶었다. '아니 도대체 누가 피고입니까? 피고라는 것은 중요한 겁니다. 나도 할 말이 있단 말입니다.' 그러나 곰곰이 생각해보면 아무 할 말도 없었다. 그런 데다가 사람들이 갖는 흥미라는 것이 오래 지속되지는 않는다는 것을 인정하지 않을 수 없는 것이다. 예를 들면 검사의 변론은 나를 매우 빨리 지치게 만들었다. 그것은 단지 단편적인 말들이나 제스처가 아니면, 전체에서 벗어난 장광설일 뿐이었다. 그런데 그것이 나를 놀라게 하거나 내 흥미를 일깨우곤 하였다.

내가 잘 이해를 했다면, 검사가 생각하는 요점은 내가 미리 범죄를 계획했다는 것이었다. 그래서 그는 그것을 입증하려고 애를 썼다. 그 자신이 그것을 이렇게 말했기 때문이었다. "여러분, 나는 그것을 입증하겠습니다. 이중으로 입증해 보이겠습니다. 우선은 명확한 사실에 비추어서, 그 다음에는 이 범죄적인 영혼의 심리가 나에게 제시해 주는 어두운 측면에서 입증해 보일 것입니다." 검사는 어머니가 죽은 이후부터의 사실들을 요약했다. 검사는 나의 그 냉담함과 어머니의 나이를 몰랐다는 것과 이튿날 여자와 함께 해수욕을 했고 페르낭델의 영화를 보았으며, 나중에는 마리와 함께 귀가했다는 것을 상기시켰다. 그때 나는 그의 말을 이해하는 데 시간이 걸렸다. 그가 '그의 정부'라는 말을 썼기 때문이다. 내게 있어서 그녀는 그저 마리였을 뿐이었다.그 다음으로는 레이몽의 이야기를 했다. 사건을 보는 그의 태도가 명확하다고 생각했다. 그가 하는 말은 그럴듯했다. 내가 레이몽과 작당하여 그의 정부를 유인해서 '품행이 의심스러운' 남자의 학대에 그녀를 넘겨 주기 위해 편지를 썼다는 것이다. 해변에서는 내가 레이몽의 적수들에게 도전했고, 그래서 레이몽이 상처를 입었다는 것이다. 내가 레이몽에게 그의 권총을 달라고 했고 그것을 사용하려고 혼자서 되돌아갔다는 것이다. 계획대로 나는 그 아랍인을 쏘아 죽이고 조금 기다렸으며, 그러고 나서는 '일이 잘 처리되었나 확인하기 위해서' 또다시 네 발의 탄환을 침착하게, 실수없이, 말하자면 깊이 생각하는 태도로 쏘았다는 것이다.

"이렇게 된 것입니다, 여러분" 하고 차장 검사가 말했다. "나는 여러분께 이 사람이 실정을 환히 알면서 살인을 하게 된 사건의 경위를 다시 돌이켜 말씀드렸습니다. 나는 그 점을 강조하는 바입니다. 왜냐하면 이것은 평범한 살인, 즉 정상을 참작하여 관대하게 보아줄 수도 있는 지각없는 행위가 아니기 때문입니다. 여러분, 이 남자는 지성인입니다. 여러분도 그의 진술을 들으셨지 않습니까? 그는 대답할 줄 압니다. 말의 의미도 알고 있습니다. 그러므로 그가 저지르는 것이 무엇인지를 모르고 행동했다고는 말할 수 없을 것입니다."

나는 듣고 있었다. 그리고 나를 지성인으로 판단하는 말도 들었다. 그러나 평범한 사람이 갖는 특성들이 어떻게 해서 죄인에게는 결정적으로 불리한 조건이 될 수 있는 건지 잘 이해가 안 갔다. 어쨌든 나를 놀라게 했던 것은 바로 그 점이었다. 그러고 나서 나는 더 이상 검사의 말에 귀를 기울이지 않았다. 이러한 말이 들려올 때까지, "그가 후회하는 빛이라도 보였습니까? 전혀 그러지 않았습니다, 여러분, 예심을 하는 동안에도 이 사람은 자기의 가증할 만한 대죄(大罪)에 대해서 단 한 번도 뉘우치는 빛이 없었습니다." 그때 검사가 나에게로 돌아서서 나를 손가락으로 가리키며 계속해서 나를 비난했지만 사실 나는 그 이유를 잘 알 수가 없었다. 확실히 그가 옳다는 것을 나는 인정하지 않을 수 없었다. 나는 내 행동에 대해서 그다지 후회하고 있지는 않았다. 그러나 그처럼 열을 내는 것이 놀라웠다. 나는 그 어떤 것도 결코 후회할 수가 없었다는 것을 그에게 진솔하게 설명해 주고 싶었는지도 모른다. 나는 언제나 앞으로 일어날 일에, 다시 말하면 오늘이나 내일의 일에 정신이 팔려 있었던 것이다. 그러나 물론 내가 처해 있는 이러한 상황에서는 누구에게든 그러한 투로 말할 수는 없다. 다정한 태도를 취한다거나 선의를 가질 수 있는 권리가 내게는 없었다. 검사가 내 영혼에 관한 이야기를 하기 시작했기 때문에 나는 또 들어 보려고 애를 썼다.

"배심원 여러분, 나는 그의 영혼에 대해 연구해 보았지만 아무것도 발견할 수 없었습니다." 사실대로 말하자면 내게 는 영혼이란 것이 조금도 없으며 또한 인간미란 것도 전혀 없어서 인간의 마음이 지니고 있는 도덕적인 요소가 내게는 하나도 접근할 수 없었다고 그는 말했다. 그는 이렇게 덧붙 여 말했다.

"아마 우리는 그렇다고 해서 그를 비난할 수는 없을 것입 니다. 그가 얻을 수 없었던 것, 그것이 결핍되어 있다고 해서 우리가 그것을 불평할 수도 없습니다. 그러나 이 법정에서는 관용이라는 아주 소극적인 미덕이, 쉽지는 않겠지만 보다 고 귀한 정의라는 덕으로 바뀌어야만 합니다. 특히 이 사람에게 서 발견할 수 있는 것과 같이 마음이 공허할 때는 그것이 사 회를 굴복시킬 수 있는 하나의 심연(深淵)이 되기도 하는 것 입니다." 그러고는 어머니에 대한 나의 태도에 관해서 이야 기를 했다. 그는 변론 중에 했었던 말을 되풀이했다. 그러나 내 죄에 대해서 말할 때보다도 훨씬 길었다. 너무 길어서 나 중에는 그날 아침의 더위밖에는 아무것도 느끼지 못했다.

그러나 차장 검사가 말을 멈추었고, 그리고 잠시 침묵이 흐른 뒤 그는 매우 나직하면서도 매우 자신에 찬 음성으로 "여러분, 이 법정은 내일 죄악 가운데에서도 가장 가증스러 운 죄인, 아버지를 살해한 자를 심판하게 될 것입니다" 하고 말했다. 그의 말에 의하면, 이 잔학한 범죄는 상상도 할 수 없다는 것이다. 그는 인간의 정의가 가차없는 처벌을 내려줄 것을 감히 희망한다고 말했다. 그러나 그는 그 죄가 자기에 게 불러일으키는 끔찍한 전율감은 나의 냉담함에 대해서 느 끼는 전율감보다는 못하다는 말을 서슴없이 했다. 또 그의 말에 따르면, 정신적으로 자기 어머니를 죽이는 사람은 자기 아버지에게 살인자의 손을 갖다대었던 사람과 똑같은 이유로 인간 사회에서 추방되어야 한다고 했다. 어쨌든 전자는 후자의 행위를 준비하는 것이며, 말하자면 그 행위를 예고하고 인정한다는 것이다. 그는 목소리를 높이면서 이렇게 덧붙였다. "나는 확신합니다. 여러분, 저 피고석에 앉아 있는 저 사람이 내일 이 법정이 심판하게 될 그 살인죄와 똑같이 유죄라고 말해도 여러분께서는 내 생각이 너무 지나치다고는 생각지 않으실 겁니다. 따라서 그는 처벌을 받지 않으면 안 됩니다."

여기서 검사는 땀으로 번들거리는 얼굴을 닦았다. 끝으로 그는 자기 의무는 괴로운 것이지만 자신은 그 의무를 단호하게 완수할 것이라고 말했다. 나는 사회의 가장 본질적인 규칙을 무시하고 있으므로 사회와 더불어 할 일이라고는 아무것도 없으며, 또 나는 인간 마음의 가장 기본적인 반응이 어떠한 것이라는 것도 모르는 사람이므로 인정에 호소할 수도 없다고 그는 못박아 말했다.

"나는 여러분들께 이 사람의 사형을 요구합니다. 사형을 요구해도 가벼운 심정입니다. 왜냐하면, 이미 내 오랜 재직 기간 중, 사형을 주장했던 일이 있었긴 했지만 오늘처럼 이 괴로운 의무가 신성하고도 절대적인 명령이라는 의식과 잔인하다는 것밖에는 아무것도 읽을 수 없는 한 인간의 얼굴 앞에서 느끼는 전율감에 의해 상쇄되고 메꾸어지고 밝아지는 것같이 느껴진 적은 한 번도 없었기 때문입니다."

검사가 다시 자리에 앉자 아주 긴 침묵이 흘렀다. 나는 더위와 놀라움으로 어리둥절해 있었다. 재판장이 약간 기침을 하고 나서 아주 낮은 목소리로 내게 보탤 말이 없느냐고 물었다. 나는 일어섰다. 그리고 그저 말하고 싶어서 약간 되는 대로, 아랍인을 죽이려는 의사가 있었던 것은 아니라고 말했다. 재판장은 그것은 하나의 주장이라고 대답하고 나서, 지금까지 내 변호 방법을 잘 파악하지 못하고 있으므로 변호사의 변론을 듣기 전에 내 행동을 야기시킨 동기를 내가 분명히 밝혀 준다면 다행이겠다고 말했다. 나는 약간 말을 더듬으며, 또 내가 웃음거리가 되리라는 것을 알면서도, 그것은 태양 때문에 그랬다고 급히 말했다. 장내에는 웃음이 터졌다. 내 변호사는 어깨를 으쓱해 보였다. 그리고 곧이어 그에게 발언권이 주어졌다. 그러나 그는 시간도 늦었고, 또 자기의 변론은 긴 시간을 요하니 오후로 연기해 달라고 요청했다. 법정은 동의를 했다.

오후에도 커다란 선풍기들은 여전히 장내의 무더운 공기를 휘저어 놓았으며, 배심원들의 색색의 작은 부채는 모두 똑같은 방향으로 움직이고 있었다. 변호사의 변론은 도무지 끝이 날 것 같지 않았다. 그러다 어느 순간에 나는 그의 말에 귀를 기울였다. 그가 "내가 사람을 죽인 것은 사실입니다" 하고 말했기 때문이었다. 그런 말투로 그는 말을 계속했다. 나에 관해서 말할 적마다 '나' 라는 말을 사용해서. 나는 매우 놀랐다. 그래서 헌병 쪽으로 몸을 기울이고는 그에게 그 이유를 물었다. 그는 입 다물라고 내게 말하고 나서 조금 후에 "변호사들은 다 그렇게 하는 거예요" 하고 덧붙였다. 나로서는 이것은 사건으로부터 나를 떼어놓는 일이고, 나를 제로[爐]로 몰아넣는 일이며, 또 어떤 의미에서는 그가 내 대신이라는 생각이 들었다. 그러나 이미 나는 그 법정에서 관심이 멀어져 있었다고 여겨진다. 그리고 변호사도 내게는 우습게 보였다. 그는 매우 빠른 어조로 나의 도발(挑發) 행위를 변호했고, 이어서 그도 또한 내 영혼에 대해서 말했다. 그러나 그는 검사보다 훨씬 수완이 부족한 것처럼 보였다.

"나 역시 피고의 영혼에 관심을 가졌었습니다만, 탁월하신 검사의 견해와는 반대로 나는 무엇인가를 발견해 냈습니다. 그리고 펼쳐 놓은 책을 읽는 것처럼 그의 영혼을 들여다볼 수 있었다고 말할 수 있습니다."

그는 내 영혼에서 내가 성실한 사람이며, 회사에는 착실하고 근면하며 충실한 직업인이었고, 모든 사람에게서 사랑을 받았으며, 또 타인의 괴로움에는 동정을 아끼지 않는 사람이라는 것을 읽었다는 것이었다. 그의 말에 의하면, 나는 할 수 있는 데까지 오랫동안 어머니를 부양한 모범적인 아들이었다. 마침내 나는 내 능력으로써는 감히 마련해 드릴 수 없는 안락한 생활을, 양로원에서는 늙은 어머니에게 해 드릴 수 있을 것이라고 기대하게 되었던 것이다.

"여러분, 그 양로원을 둘러싸고 그다지도 잡음이 분분했던 것에 나는 놀라움을 금치 못합니다. 요컨대, 그러한 시설들이 갖는 유용성과 중요성의 증거를 제시해야 한다면 그러한 기관들에게 보조금을 주고 있는 것은 바로 국가 자체라는 것을 말씀드리지 않을 수 없기 때문입니다" 하고 그가 덧붙였다. 다만 그는 장례식에 관한 말만은 하지 않았다. 그래서 나는 그의 변론 중에서 그것이 빠져 아쉽다는 느낌이 들었다. 그러나 이 모든 장광설 때문에, 이 여러 날의 일정 때문에 그리고 내 영혼에 관하여 논의가 되던 그 기나긴 시간 때문에 나는 모든 것이 마치 빛깔 없는 물처럼 되어 버리고, 그속에서 현기증이 나는 느낌을 받았다.

마지막에, 내 변호사가 이야기를 계속하고 있는 동안에 거리로부터 법정과 재판소의 온 공간을 가로질러 아이스크림 장수의 나팔 소리가 나에게까지 울려왔던 것만이 지금 생각날 뿐이다. 나는 이제 나의 것이 아닌 그러나 거기에서 아주 빈곤스러우면서도 끈질긴 기쁨을 찾아냈던 어떤 생활의 기억들에 사로잡혔다. 이를테면 여름의 냄새들, 내가 좋아했던 그 거리, 어느 저녁 하늘, 마리의 웃음과 옷들 같은. 이곳에서는 아무 소용이 없어진 그런 모든 것들에 대한 생각이 목구멍까지 치솟아올라 나는 조급증이 났다. 그래서 일이 빨리 끝나 독방으로 돌아가 잠이나 자고 싶었다. 변호사가 끝으로, 한순간의 과오로 파멸하게 된 한 성실한 직업인을 배심원들은 사형에 처하기를 바라지 않을 것이라고 외치고, 가장 확실한 처벌로서 이미 내가 일평생 양심의 가책을 느낄 테니 정상을 참작해 달라고 요구하는 소리도 내게는 거의 들리지 않았다. 법정은 신문을 중지했고 변호사는 지친 표정으로 자리에 앉았다. 그러나 그의 동료들이 그에게로 다가와서 악수를 했다. "여보게, 훌륭했어" 하는 말을 나는 들었다. 그 중의 한 사람은 나를 증인으로 삼기까지 하면서 "그렇지요?" 하고 말했다. 나도 그 물음에 동의는 했지만, 내 찬사는 진심에서 우러나오는 것은 아니었다. 나는 너무 피곤해 있었기 때문이다.

그런데 밖에서는 해가 저물고 더위도 좀 누그러졌다. 거리에서 들려오는 어떤 소리들로 나는 저녁의 즐거움을 짐작할 수 있었다. 우리들은 모두 기다리며 거기에 있었다. 그런데 우리가 함께 기다리는 것은 오직 나 한 사람에게만 관계되는 일이었다. 나는 다시 법정 안을 둘러보았다. 모든 것은 첫날과 꼭 같은 상태에 있었다. 나는 회색 윗옷을 입은 신문 기자와 그 자동 인형 같은 여자의 시선과 부딪쳤다. 그것이, 재판을 하는 동안 내내 눈으로 마리를 찾아 보지 않았다는 생각을 하게 했다. 내가 그녀를 잊고 있었던 것은 아니지만 나는 할 일이 너무 많았다. 나는 셀레스드와 레이몽 사이에 있는 그녀를 보았다. 그녀는 '드디어 끝이 났군요' 하고 말하는 듯이 내게 살짝 손짓을 했다. 나는 약간 근심스러워 보이는 그녀의 얼굴이 미소를 짓고 있는 것을 보았다. 그러나 나는 내 마음이 무감각해진 것을 느꼈고 그래서 그녀의 미소에 답조차 할 수 없었다.

재판은 속개되었다. 아주 빠른 속도로 배심원들에게 연속된 질문들의 낭독이 있었다. 나는 '살인의 죄가 있는'…… '사전 모의'…… '정상 참작'이라는 말을 들었다. 배심원들이 퇴장했다. 그리고 나는 전에 거기서 기다렸던 적이 있는 작은 방으로 인도되었다. 변호사가 나를 만나러 왔다. 그는 매우 수다스러웠으며 그리고 전에는 그런 적이 없었던 확신과 온정을 갖고 내게 이야기를 했다. 그는 모든 것은 잘되어 갈 것이며 따라서 나는 몇 년의 금고(禁錮)나 또는 징역만으로 끝날 것이라고 생각하고 있었다. 나는 그에게 만약 판결이 불리할 경우 파기(破棄)의 기회가 있는 거냐고 물었다.

그는 없다고 내게 말했다. 배심원의 기분을 상하게 하지 않기 위해서 결론을 말하지 않는 것이 그의 전술(戰術)이었다. 그는 그렇게 별 이유 없이 판결을 파기하지는 않는다고 내게 설명해 주었다. 그것은 내게도 명백한 일로 여겨졌으며, 그래서 그의 이론에 수긍을 했다. 사리를 냉정하게 주시한다면 그것은 아주 당연한 일이었다. 그렇지 않다면 쓸데없는 서류가 너무 많아질 것이다. "하여튼 상소(上訴)할 수는 있습니다. 그러나 이번 결과가 우리에게 유리하게 내려질 거라고 나는 확신합니다" 하고 변호사가 나에게 말했다.

우리들은 매우 오랜 시간 동안 기다렸다. 내 생각으로는 거의 45분 가량 되지 않았을까 싶다. 그 정도로 기다리고 있자니 종이 울렸다. 변호사가 "곧 배심원장이 답신을 읽을 겁니다. 판결을 언도할 때에만 당신을 들어오게 할 겁니다" 하고 말하면서 내 곁을 떠났다. 문들이 꽝 하고 닫혔다. 사람들이 계단을 지나 뛰어가고 있었는데 그 계단이 가까운지 먼지 알 수가 없었다. 그러고 나서 법정 안에서 무엇인가를 읽고 있는 어렴풋한 소리를 들었다. 또다시 종이 울리고 피고석의 문이 열렸을 때, 내게로 확 밀려온 것은 장내의 침묵이었다. 침묵과 함께 그 젊은 신문 기자가 시선을 돌리는 것을 보았을 때 이상한 기분을 느꼈다. 나는 마리가 있는 쪽을 쳐다보지 않았다. 그럴 시간이 없었던 것이다. 왜냐하면 재판장이 이상한 태도로, 내가 프랑스 국민의 이름으로 광장에서 참수형을 받게 될 것이라고 말했기 때문이었다. 나는 그때 그 모든 사람들의 얼굴에 나타난 감정을 읽을 수 있을 것 같았다. 그것은 일종의 경의(敬意)였었다는 생각이 든다. 헌병들은 나에게 친절했고, 변호사는 내 손목에다 자기 손을 얹었다. 나는 더 이상 아무것도 생각하고 있지 않았다. 그러나 재판장이 더 할 말이 없느냐고 내게 물었다. 나는 생각해 보았다. 그리고 "없습니다" 하고 말했다. 그러자 헌병이 나를 데리고 나갔다.

5

나는 형무소 부속 사제(司祭)의 면회를 거절했다. 나는 그에게 아무 할 말이 없었고 말하고 싶지도 않았으며, 서둘러서 그를 만나야 할 일도 없었다. 지금 내가 관심을 갖는 것은 기계적인 것에서 벗어나는 일이며, 피할 수 없는 것에 어떤 출구가 있을 수 없나를 알아보는 것이었다. 독방이 바뀌었다. 이 감방에서 누워 있자면 하늘이 보인다. 보이는 것이라고는 오직 하늘뿐이다. 내 하루하루는 그 하늘의 얼굴에서 낮이 밤으로 옮겨가는 빛깔의 조락(凋落)을 바라보는 것으로 지나간다. 누워서 팔베개를 하고 나는 기다린다. 혹심한 메커니즘에서 벗어났다든가, 사형이 집행되기 전에 종적을 감추었다든가, 경계선을 돌파한 사형수의 예가 있었을까 하고 나는 몇 번이나 자문해 보았는지 모른다. 그럴 때면 사형 집행에 관한 이야기에 그다지 주의를 기울이지 않았던 것이 후회스러웠다. 그러한 문제들에 항상 관심을 가져야 할 것이다. 무슨 일이 일어날지 절대로 모르는 법이니까. 다른 모든 사람들과 마찬가지로 나도 신문에서 서평란은 읽었었다. 찾아 볼 호기심은 한 번도 일어나지 않았으나 분명 특수 서적이 있기는 했었다. 그런 책들 가운데에서 어쩌면 나는 탈옥에 관한 이야기를 찾아 낼 수 있었을지도 모른다. 적어도 바퀴가 멎어 있는 어떤 경우에, 이런 억제할 수 없는 생각 속에서 단 한 번의 우연과 기회가 무엇을 변화시켰는지도 알았을 것이다. 단 한 번! 어떤 의미에서 내게는 그것으로 충분할 것이라는 생각이 든다. 나머지는 내 마음이 행할 것이다. 신문들은 흔히 사회에 치러야 할 부채에 관하여 이야기한다. 신문에 의하면 그것을 갚아야 한다는 것이다. 그러나 그것은 상상력에 대해서 이야기하는 것은 아니다. 중요한 것은 탈출의 가능성이며, 무자비한 의식(儀式) 밖으로의 도약이며, 희망의 온갖 기회를 제공해주는 미친 듯한 질주인 것이다. 물론 이 희망이라는 것은, 한참 달리는데 날아온 한 방의 총알로 길모퉁이에서 꼬꾸라지는 그런 희망이기는 하다. 그러나 곰곰이 생각해보면, 이런 사치를 내게 허용하는 것은 아무것도 없다. 모든 것은 나에게 그것을 금하고 있고 기계적인 것이 나를 다시 사로잡는 것이었다.

마음을 좋게 가져도, 나는 이런 오만한 확실성을 받아들일 수가 없었다. 왜냐하면 요컨대 그 확실성에 근거를 둔 판결과 그 판결이 내려졌던 순간부터의 침착한 그 전개 사이에는 어처구니없는 불균형이 있었기 때문이었다. 판결문이 열일곱 시가 아니라 스무 시에 낭독되었다는 사실, 그 판결문이 전혀 다를 수도 있었으리라는 사실, 판결문이 내의를 갈아입는 인간들에 의해 다루어졌다는 사실, 판결문이 프랑스 국민(혹은 독일 국민, 혹은 중국 국민)이라는 애매한 관념의 세력

에 의거했었다는 사실, 내게는 이런 모든 것이 그러한 판결
에서 많은 신중성을 빼앗아간 것같이 여겨졌던 것이다. 그러
나 판결이 내려진 그 순간부터 그 효력은 내가 몸뚱이를 눌
러대고 있는 이 벽의 존재와 마찬가지로 확실하고 중대해진
다는 것을 인정하지 않을 수 없었다.

　그 순간에 나는 어머니가 아버지에 관하여 내게 들려주었
던 어느 이야기가 생각났다. 나는 아버지를 알지 못했다. 아
버지에 대해 내가 분명히 알고 있는 것이라고는 아마 그때
어머니가 말해준 그것밖에 없을 것이다. 아버지는 어느 살인
범의 사형 집행을 보러 갔었다는 것이다. 그곳에 간다는 생
각만으로도 그는 병이 났다. 그래도 아버지는 구경하러 갔었
고 돌아오는 길에는 아침 먹은 것을 토해버렸다. 그 이야기
를 들었을 때 나는 아버지가 약간 싫었었다. 그러나 지금은
이해가 간다. 그것은 지극히 당연한 일이었다는 것을. 사형
집행보다 더 중대한 것은 없으며, 결국 그것은 사람에게 있
어서 참으로 흥미로운 유일한 일이라는 것을 내가 어째서 알
지 못했었단 말인가! 만일 언젠가 내가 이 형무소에서 나가
게 된다면, 나는 사형 집행이라면 모두 보러 갈 것이다. 하지
만 그런 가능성에 대해 생각하는 것이 잘못이라는 생각이 든
다. 왜냐하면 어느 새벽에 경찰의 비상선 뒤에, 말하자면 저
쪽에서 자유로워진 나를 본다는 생각을 하니, 그리고 구경하
러 가고 구경하고 나서는 토할지도 모르는 구경꾼이 된다는
생각을 하니, 시들했던 기쁨의 물결이 마음속에서 치솟아올
랐기 때문이었다. 그러나 그것은 이치에 맞지 않는 일이었
다. 그러한 가상(假想)을 한다는 것부터 잘못이었다. 왜냐하

면 그런 가정에 빠졌던 그 순간부터 나는 너무 지독하게 오한이 나서 이불 밑에서 몸을 오그리고 있어야 했기 때문이었다. 참을 수가 없어서 이까지 딱딱 부딪쳤다.

그러나 물론 항상 이치에 맞는 생각만 할 수는 없는 것이다. 가령, 어떤 때는 내가 법률을 초안하기도 한다. 형법제도를 개정하는 것이다. 요점은 사형수에게 기회를 준다는 것이었다. 처음 한 번쯤, 사건을 잘 처리하기 위해서는 그것으로 충분했다. 그렇게 하면, 그것을 먹으면 수형자(나는 수형자라는 것을 생각했다) 중 열에 아홉은 죽게 되는 화학약품의 배합을 발견할 수 있을 것 같은 생각이 들었다. 수형자가 그 사실을 알아야 한다는 것이 바로 조건이다. 곰곰이 생각하고 사물을 냉정하게 고찰하면, 저 단두대의 칼날의 결함이라면 그것은 아무 기회도, 절대로 아무 기회도 없다는 것을 나는 확인했기 때문이었다. 결국 단호하게 수형자의 죽음은 결정되어버리는 것이다. 그것은 기결 사건이며, 아주 결정적인 계획이며, 이해된 협약이어서 취소할 여지가 없는 것이다. 만약 놀랍게도 일이 잘못되면 다시 시작할 뿐이다. 따라서 가슴아픈 것은 사형수가 기계가 잘 작동되어주기를 바라야만 한다는 것이다. 이것이 불비한 점이라고 나는 말하는 것이다. 어떤 의미에서 그것은 사실이다. 그러나 다른 의미에서는 훌륭한 조직의 모든 비밀이 거기에 있다는 것을 나는 인정하지 않을 수 없다. 요컨대 사형수는 정신적으로 협력하지 않으면 안 된다. 만사가 탈없이 진행되는 것이 그에게도 이로운 것이다.

나는 또한 그러한 문제에 관해서 지금까지 옳지 못한 생각을 갖고 있었다는 것을 인정하지 않을 수 없다. 나는 오랫동안——그 이유는 모르겠지만——단두대로 가려면 계단을 밟고 교수대 위로 올라가야 한다고 생각했다. 그것은 1789년의 대혁명 때문이라고 생각한다. 그런 문제에 관해서 사람들이 내게 가르쳐주었거나 보여주었던 그 모든 것 때문이라고 나는 말하고 싶다. 그러나 어느 날 아침, 나는 소문이 자자했던 어떤 사형 집행 때 신문에 실렸던 사진 한 장이 생각났다. 사실, 그 기계는 땅바닥에 지극히 수수하게 놓여 있었다. 그리고 내가 생각한 것보다 훨씬 폭이 좁았다. 좀더 일찍이 그런 것에 생각이 미치지 못한 것이 퍽 이상스러웠다. 사진에 나타난 그 기계는 완전하고도 번쩍이는 것이 정밀한 제품다워서 내 인상에 남았었다. 알지 못하는 것에 대해서는 늘 과장된 생각들을 갖게 마련이다. 그런데 그와 반대로 나는 모든 것이 매우 간단하다는 것을 인정하지 않을 수 없었다. 기계는 그 기계를 향해 걸어가는 사람과 같은 높이에 있었다. 사람은 어느 누구를 만나러 가는 것처럼 기계와 마주친다. 이것 또한 불쾌한 일이다. 상상력은 교수대를 향해 올라간다는 것, 즉 하늘로 올라간다는 것에 매달릴 수도 있다. 그러나 여기에서도 또한 기계적인 것이 모든 것을 짓눌러버린다. 말하자면 약간의 수치심과 대단한 정확성으로 조용히 타살되는 것이다.

또 내가 늘 생각하고 있는 것이 두 가지 있었다. 그것은 새벽과 상소(上訴)에 관한 것이었다. 그러나 나는 이치를 따져서 더는 그것에 대해서 생각하지 않으려고 애썼다. 드러누워 하늘을 바라보며, 거기에 관심을 가져보려고 애썼다. 하늘은 녹색이 되었다. 저녁인 것이다. 나는 또다시 내 생각의 방향을 바꾸어보려고 애를 썼다. 나는 심장이 뛰는 소리를 듣고 있었다. 그렇게 오래 전부터 나와 더불어 다닌 이 소리가 언젠가는 멎게 되리라는 것을 나는 상상할 수 없었다. 나는 완전한 상상력을 가져본 적이 없었다. 그러나 나는 이 심장의 고동 소리가 내 머리에 울리지 않게 될 그 어느 순간을 마음속에 그려보려고 애썼다. 그러나 허사였다. 새벽 아니면 상소라는 것이 머릿속에 있었기 때문이다. 마침내 나는 자제하지 않는 것이 가장 분별 있는 일이라고 생각하기에 이르렀다.

그들이 오는 때는 바로 새벽이라는 것을 나는 알고 있었다. 결국 나는 그 새벽을 기다리느라고 내 숱한 밤들을 보내는 것이다. 나는 결코 놀라는 것을 좋아하지 않는다. 내게 무슨 일인가 생기게 될 때, 나는 그것에 대비하고 싶은 것이다. 그랬기 때문에 나는 낮에 조금밖에는 자지 않게 되었고, 밤중에는 줄곧 하늘이 비치는 유리에 날이 밝아오기를 참을성 있게 기다렸다. 가장 괴로운 때는, 그들이 보통 행동하는 때라는 것으로 내가 알고 있던 그 애매한 시간이었다.

자정이 지나면, 나는 기다리면서 동정을 살폈다. 내 귀가 그처럼 많은 소리를 느껴본 적이 없었고, 그처럼 미묘한 소리들을 식별해본 적이라곤 없었다. 그런데 그러는 동안 내내 나는 발자국 소리를 들어본 적이 없었으니 어떻게 보면 운이 좋았다고도 말할 수 있을 것이다. 어머니는 여러 번, 사람이란 결코 철저하게 불행해지지는 않는 것이라고 말씀하시곤 했다. 나는 감방 속에서, 하늘이 물들고 새로운 하루가 내 독방 속으로 미끄러지듯 스며들 때, 어머니의 그 말이 옳다는 것을 인정했다. 사실 내가 발소리를 들었다면, 내 심장은 터져버리고 말았을지도 몰랐기 때문이다. 바스락거리는 아주 작은 소리만 나도 나는 문가로 달려가서 귀를 나무판자에 바짝 대고 정신나간 듯이 기다리고 있었다. 그러다 보면 내 숨소리가 들려왔고 그 숨소리는 거칠기가, 마치 개가 헐떡거리는 소리 같아서 나는 질겁을 하기도 했다. 그런 일들이 있기는 했어도 결국 내 심장은 터지지 않았고 나는 또 24시간을 벌었던 것이다.

낮에는 줄곧 상소에 대한 생각을 했다. 나는 그 생각을 가장 훌륭하게 이용했었다고 여겨진다. 나는 내게 미치는 결과를 예측했고, 따라서 생각으로부터는 가장 좋은 이득을 얻어냈다. 나는 늘 상소는 기각된다는 최악의 가정(假定)을 생각하곤 했다. '그렇게 되면 나는 죽게 되는 거다.' 다른 사람들보다 먼저 죽는다는 것은 명백한 사실이다. 그러나 인생이란 살 만한 가치가 없는 것이라는 것을 사람들은 모두 알고 있다. 사실 서른 살에 죽든 일흔 살에 죽든 그것이 별로 대단한 것은 아니라는 것을 내가 모르는 바는 아니다. 어느 경우가 됐든, 다 물론 다른 남자들과 다른 여자들이 살아가게 마련이고, 그런 일은 수천 년 동안 그렇게 될 것이다. 요컨대 그 어느 것도 이보다 더 명백하지는 못하다. 그것이 지금이 됐든 20년 후가 되든 언제나 죽어야 할 사람은 바로 나인 것이다. 그때 나의 그런 논법에서 약간 내게 방해가 된 것은, 앞으로 올 20년의 생활을 생각할 때 마음속에 느껴지던 그 무서운 용솟음이었다. 그러나 20년 후에 역시 내가 그 지경이

되지 않으면 안 되었을 때 하게 될 내 생각을 상상하면서 그
것을 억눌러버리기만 하면 되었다. 어차피 죽는 이상, 어떻
게 죽든 언제 죽든 그건 중요하지 않다. 죽는다는 사실은 명
백한 일이니까. 그러므로(그리고 어려운 것은 이 '그러므로' 라
는 말이, 추론에서 나타내는 모든 것을 소홀히 하지 않는 일이었
다), 그러므로, 내 상소의 기각을 승인하지 않으면 안 되었던
것이다.

그때, 그러나 그때, 나는 말하자면 그럴 권리를 가지고 있
어서, 제2의 가정에 접근하는 것을 내 자신에게 허용하였다.
그 제2의 가정이란 내가 특사(特赦)된다는 것이었다. 괴로웠
던 것은, 당치도 않은 기쁨으로 내 눈을 따갑게 하는 그 피와
육신의 충동을 진정시키지 않으면 안 되었던 일이다. 그 부
르짖음을 억누르고, 그 부르짖음을 이치를 따져 생각해보는
데 열중해야만 했다. 첫번째 가정에 있어서의 내 체념을 보
다 수긍이 가는 것으로 만들기 위해서는 이 두 번째의 가정
에 있어서도 나는 꾸밈이 없어야 한다. 이 일에 성공하자 나
는 한 시간의 평온함을 얻었다. 그것은 그래도 대단하게 여
길 만하다.

내가 신부를 맞아들이기를 한 번 더 거절했던 것은 바로
그러한 때였다. 나는 드러누워서 하늘이 황금빛으로 물들어
가는 것을 보고 여름 저녁이 가까워짐을 알았다. 나는 방금
내 상소가 기각되었다는 소식을 들은 참이라 피의 흐름이 내
몸 속에서 규칙적으로 돌고 있는 것을 느낄 수 있었다. 신부
를 만나볼 필요가 없었다. 참으로 오랜만에 나는 마리를 생
각했다. 그녀가 내게 편지를 보내지 않은 것도 오래 되었다.

그날 저녁 곰곰이 생각해보니, 그녀는 아마 사형수의 정부
(情婦)라는 것에 진력이 났겠다는 생각이 들었다. 또 그녀가
어쩌면 병이 났거나 죽었을지도 모른다는 생각도 들었다. 그
건 당연한 일이었다. 지금은 떨어져 있는 우리 둘의 육체 외
에 그 어느 것도 우리를 연결시켜주는 것이 없고, 또 서로를
생각하게 해주는 것도 없는 이상 내가 어찌 그 사정을 알 수
있단 말인가. 하긴 그때부터 마리에 대한 추억은 내게 흥미
가 없어졌다. 죽었다면 그녀는 이제 나와 관계가 없다. 그것
이 정상이라고 생각했다. 내가 죽고 난 후 사람들이 나를 잊
어버리게 되리라는 걸 내가 잘 알고 있는 것처럼. 사람들은
나와 함께 할 일이라곤 아무것도 더는 없게 되는 것이다. 그
런 것을 생각하는 것이 괴롭다고 말할 수조차 없었다.

　신부가 들어온 것은 바로 그때였다. 그를 보자 나는 흠칫
경련이 일었다. 신부는 그것을 알아차리고 두려워하지 말라
고 내게 말했다. 나는 그에게 보통 때는 다른 시각에 오지 않
았느냐고 말했다. 그러자 신부는 이번 방문은 내 상소와는
아무런 관계가 없는 순전히 우호적인 방문이라고 하면서 자
기는 상소에 대해서는 아무것도 아는 바가 없다고 대답했다.
그는 내 침대에 앉아서 나에게 자기 곁에 와 앉으라고 권했
지만 나는 거절했다. 그렇지만 나는 그에게서 매우 다정스러
운 표정을 읽을 수 있었다.

　그는 무릎 위에다 두 팔을 올려놓고, 머리를 숙여 자기 손
을 바라보면서 한동안 그렇게 앉아 있었다. 그의 손은 섬세
하면서도 힘줄이 드러나보여서, 두 마리의 날렵한 짐승을 연
상케 했다. 그는 천천히 두 손을 비볐다. 그리고 여전히 머리

를 숙인 채 그렇게 앉아 있었다. 하도 오래 그러고 있어서 나는 잠시 그를 잊어버린 것 같은 느낌이 들 정도였다.

그러나 갑자기 신부가 머리를 쳐들더니 나를 똑바로 쳐다보았다. 그러고는 "왜 내 방문을 당신이 거절합니까?" 하고 내게 말했다. 나는 하느님을 믿지 않는다고 대답했다. 내가 그 점에 대해서 확신을 가지고 있는지 신부가 알고 싶어해서, 나는 그런 것을 스스로 생각해볼 필요는 없는 것이라고 말했다. 그런 것은 내게 그리 중요한 문제가 되지 않는 것 같았다. 그러자 신부는 뒤로 몸을 젖혀 벽에 등을 기대더니 두 손을 펴 넓적다리 위에 올려놓았다. 그는 거의 내게 말하고 있지 않는 태도로, 사람은 자기가 확신이 있다고 생각하지만 실제로는 그렇지 못할 때가 이따금 있는 법이라고 주의를 주었다. 나는 아무 말도 하지 않았다. 신부는 나를 바라보며 이렇게 물었다. "그 점에 대해서 어떻게 생각합니까?" 그건 그럴 수도 있는 일이라고 나는 대답했다. 어쨌든 나는 실제로 나와 관계가 있는 것에 대해서는 어쩌면 확신이 없을지도 모르나 나와 관계가 없는 것에 대해서는 아주 확신이 있었다. 바로 신부가 내게 말한 그것은 나와 관계가 없는 것이었다.

신부는 눈을 돌렸으나 여전히 자세를 고치지 않고, 내가 절망에 빠진 나머지 그렇게 말하는 것은 아니냐고 물었다. 나는 절망하지 않았다고 그에게 설명했다. 다만 나는 두려울 뿐인데, 그건 아주 당연한 일이지 않느냐고 말했다. "그렇다면 하느님께서 당신을 도와주실 겁니다. 당신의 경우와 같은 처지에 있었던 사람으로서 내가 아는 모든 이들은 다 하느님에게로 돌아갔습니다" 하고 말했다. 그것은 그들의 권리라

는 것을 나는 인정했다. 그것은 또한 그들이 그럴 만한 시간
적 여유를 가지고 있었다는 것도 증명한다. 그런데 나로 말
하자면, 나도 남의 도움을 받고 싶지 않았으며, 또 내가 관
심이 없는 것에 관심을 기울일 만한 시간도 없었던 것이다.

그때 그의 손이 역정이 난 듯한 시늉을 했으나 그는 일어
나서 옷의 주름을 바로잡았다. 주름을 다 펴고 나더니 신부
는 나를 "나의 친구"라고 부르면서 내게 말을 걸었다. 그가
나에게 이렇게 말하는 것은 내가 사형수이기 때문에 그러는
것은 아니라고 했다. 그의 견해로는 우리가 모두 사형수라는
거였다. 나는 그것은 경우가 다르며, 또 뿐만 아니라 어떤 경
우에노 결코 그것은 위로가 될 수 없다고 말하면서 그의 말
을 가로막았다. "물론입니다" 하고 신부는 그 말을 인정했
다. "하지만 당신은 오늘 죽지 않으면 훗날에 죽게 될 것입
니다. 그때에는 같은 문제가 제기되겠지요. 당신은 이 무서
운 시련에 어떻게 다가가시렵니까?" 나는 지금 내가 그 시련
에 다가가고 있는 것처럼, 그때도 정확하게 그것에 다가갈
것이라고 대답했다.

그 말을 듣자 신부는 몸을 일으키더니 내 눈을 똑바로 쳐
다보았다. 이것은 내가 잘 알고 있는 놀이였다. 에마뉘엘이
나 셀레스트하고 종종 그 장난을 하고 즐겼었는데 그때는 대
체로 그들이 눈을 돌려버리곤 했었다.

신부도 역시 그 놀이를 잘 알고 있다는 것을 나는 곧 알았
다. 그의 시선은 떨리지 않았다. 그가 "당신은, 그때 아무 희
망도 없고 또 완전히 죽어 없어진다는 생각으로 살고 있습니
까?" 하고 내게 말했을 때 그의 목소리 또한 떨리지 않았다.

“그렇습니다” 하고 내가 대답했다.

그러자 그는 고개를 숙이고 다시 자리에 주저앉았다. 신부는 내가 불쌍하다고 말했다. 이것은 인간으로서는 견딜 수 없는 일이라고 그가 판단했던 것이다. 나는 다만 지루해지기 시작한다는 것을 느꼈을 뿐이었다. 이번에는 내가 돌아서서 천장에 나 있는 창 밑으로 갔다. 벽에다 어깨를 기댔다. 그의 말을 열심히 듣지는 않았지만 신부가 내게 다시 질문하는 소리가 들려왔다. 그는 불안스럽고도 절박한 목소리로 이야기를 했다. 나는 신부가 흥분되어 있음을 깨닫고 좀더 그의 이야기에 귀를 기울였다.

그는 나의 상고는 받아들여지겠지만, 내가 내려놓아야 할 죄의 짐을 지고 있다는 자기의 확신을 이야기했다. 그의 말에 의하면, 인간들의 심판은 아무것도 아니며 하느님의 심판이 전부라는 것이다. 나는 나에게 사형 선고를 내린 것은 바로 인간의 심판이었다는 것을 지적했다. 그는 그렇다고 해서 인간의 심판이 내 죄를 씻어준 것은 아니라고 대답했다. 나는 죄가 무엇인지 알지 못한다고 그에게 말했다. 사람들은 다만 내가 죄인이라는 것만 가르쳐주었을 뿐이었다. 나는 죄인이고, 형벌을 받고 있으니, 더 이상 내게 요구할 것이라곤 아무것도 있을 수 없는 것이다. 그때 신부가 다시 일어났다. 그래서 나는 이 좁은 감방 안에서는 그가 움직이고 싶어도 그렇게밖에는 할 수 없겠다는 생각이 들었다. 그는 앉든지, 아니면 서든지 해야 하는 것이다.

나는 땅바닥만 내려다보고 있었다. 신부는 내게로 한 걸음 다가오더니 자리에 멈추어 서버렸다. 마치 감히 앞으로 더 나올 수 없는 것처럼. 그는 창살을 통해서 하늘을 쳐다보고 있었다. "내 아들이여, 당신은 잘못 생각하고 있습니다. 당신에게 더 요구할 수도 있습니다. 아마 그것을 당신에게 요구하게 될 것입니다" 하고 신부가 내게 말했다.

"도대체 무엇을 요구한단 말입니까?"

"보기를 요구할 수 있을 겁니다."

"무엇을 봅니까?"

신부는 자기 둘레에 있는 것들을 모두 바라보았다. 그러고는 갑자기 아주 지친 듯한 목소리로 이렇게 대답했다.

"이 모든 돌들은 고통을 발산하고 있습니다. 나는 그것을 알아요. 나는 번민 없이 이것들을 바라본 적이 없습니다. 그러나 마음속 깊이, 당신네들 중에서 가장 비참한 사람일지라도 이 돌들의 어둠으로부터 하느님의 얼굴이 나타나는 것을 보았다는 것을 나는 압니다. 당신에게 보기를 요구하는 것은 바로 그 얼굴입니다."

나는 약간 생기가 돌았다. 몇 달 전부터 이 벽을 바라보았었노라고 말했다. 내가 이 세상에서 이보다 더 잘 아는 것은 아무것도, 어떠한 사람도 없었다. 아마 오래 전에는 거기에서 어떤 한 얼굴을 찾아보려 했었는지도 모른다. 그런데 그 얼굴은 태양의 빛깔과 욕정의 불꽃을 지니고 있었다. 그것은 마리의 얼굴이었다. 나는 헛되이 그 얼굴을 찾아댔었다. 지금은 그 짓도 끝이 났다. 어쨌든 이 축축한 돌에서 떠오르는 것을 나는 아무것도 보지 못했던 것이다.

신부는 일종의 슬픔 같은 것을 띠고 나를 바라보았다. 지금 나는 벽에다 등을 완전히 기대고 있었으므로 햇살이 내 이마 위로 흐르고 있었다. 그가 몇 마디 말을 했는데 내가 알아들지를 못했다. 그러더니 그는 매우 빠른 어조로 나를 포옹하는 것을 허락해주겠느냐고 물었다. “싫습니다” 하고 내가 대답했다. 그는 돌아서더니 벽을 향해 걸어갔다. 그리고 벽에다 천천히 손을 대고 나서 “그래 당신은 그렇게도 이 땅을 사랑하십니까?” 하고 속삭였다. 나는 아무 대꾸도 하지 않았다.

그가 돌아선 채로 퍽 오래 그러고 있었다. 그의 존재가 내게 짐스럽게 여겨졌고 내 신경을 거슬리게 했다. 나는 그에게 나가달라고, 나를 내버려둬 달라고 말하려고 했다. 그런데 그때 갑자기 그가 내게로 돌아서면서 “아닙니다, 나는 당신을 믿을 수가 없습니다. 당신도 어떤 다른 삶을 희구했었던 적이 있었으리라고 나는 확신합니다” 하고 격렬하게 소리쳤다. 물론 있기는 했었지만 그것은 부자가 된다든지, 빨리 헤엄을 친다든지, 아니면 이가 가지런히 나기를 바라는 것보다 더 중요한 것은 아니었다고 대답했다. 그것도 같은 부류에 속하는 것이었다. 그러나 신부는 내 말을 가로막고 내가 그 내세(內世)라는 것을 어떻게 생각하는지 알고 싶어 했다. 그래서 나는 “이 현세(現世)를 회상할 수 있는 어떤 생애”라고 그에게 소리치면서, 곧 이어서 이제는 그런 이야기가 지긋지긋하다고 말했다. 그는 또 하느님에 대해서 내게 이야기해주고 싶어했지만, 나는 그에게로 다가가서 내게는 시간이 별로 남아 있지 않다는 것을 마지막으로 설명하려고 했다. 나는 하느님 얘기 따위로 그 시간을 잃어버리고 싶지 않았던 것이다. 그는 내가 왜 자기를 ‘나의 아버지(즉 신부님)' 라고 부르지 않고 '선생님' 이라고 부르느냐고 물으면서 화제를 바꾸려고 했다. 그 말에 나는 신경질이 나서, "당신은 나의 아버지가 아니오, 당신은 다른 사람들의 편"이라고 그에게 대답했다.

"아닙니다, 나의 아들이여" 하고 그는 내 어깨에다 손을 얹으면서 말했다. "나는 당신 편입니다. 그렇지만 당신은 보지 못하는 마음을 가지고 있기 때문에 그것을 알 수가 없는 것입니다. 당신을 위해 나는 기도를 드리겠습니다."

그러자, 그 이유는 모르겠으나 내 마음속에서 무엇인가가 무너져내렸다. 나는 목청껏 소리를 질러대기 시작하면서 그에게 욕설을 퍼부었으며, 기도 같은 것은 하지 말라고 말했다. 나는 그의 신부복(神父服) 깃을 움켜쥐었다. 나는 기쁨과 분노가 뒤섞인 설레임으로 내 마음속을 전부 그에게 털어놓았다. 그는 너무 자신 만만한 표정을 짓고 있었다. 그렇지 않은가? 그러나 그의 신념이란 모두 여자의 머리카락 하나의 가치도 없다. 그는 죽은 사람처럼 살고 있으니 살아 있다는 것에 대한 확신조차 없다. 그러나 나는 빈손인 것처럼 보이나 확신이 있다. 나 자신에 대해서, 모든 것에 대해서, 내 인생에 대해서 그리고 다가올 그 죽음에 대해서 신부보다 더 확신이 있다. 그렇다, 내게는 이것밖에 없다. 그러나 어쨌든 나는 이 진리가 나를 붙잡고 있는 한은 나도 이 진리를 붙잡고 있다. 나는 옳았고, 지금도 또 옳다. 그리고 영원히 옳을 것이다. 나는 이런 식으로 살았지만 다른 식으로도 살 수 있었을 것이다. 나는 이런 일은 하고 저런 일은 하지 않았다. 내가 그 다른 것을 했었을 때는 이런 것은 하지 않았다. 그리고 그 후에는? 나는 마치 줄곧 내가 정당화되는 그 순간과 그 새벽을 기다려온 것 같았다. 아무것도, 중요한 것이라곤 아무것도 없다. 나는 그 이유를 잘 알고 있다. 그도 또한 그 이유를 알고 있다. 내가 그 부조리한 삶을 계속 살아오는 동안, 내 미래의 끝에서는 아직 다가오지 않은 세월을 가로질러 어떤 어두운 입김이 내게로 솟아올라왔다. 그런데 내 입김은 내가 살아온 것보다 현실적이 아닌 세월 속에서 내게 제공되는 모든 것을 그 도중에서 평등화시켜 놓았다. 다른 사람들의 죽음이나 어머니의 사랑이 나와 무슨 상관이 있단 말인가? 그의 하느님, 사람들이 선택하는 생활, 사람들이 골라 잡는 숙명, 이런 것들이 나와 무슨 상관이 있는가? 단 하나의 숙명만이 나 자신을 선택하고, 또 나와 함께 이 신부처럼 내 형제라고 불리는 수많은 특권을 지닌 사람들을 선택해야만 하는 이상. 그는 이해할까, 도대체 그는 이해를 할까? 사람들은 모두 특권을 가지고 있다. 특권을 가진 사람들밖에는 없는 것이다. 다른 사람들도 또한 어느 날엔가는 사형을 당할 것이다. 그도 역시 사형당할 것이다. 살인죄로 기소당하여, 그가 자기 어머니의 장례식에서 눈물을 흘리지 않았다는 것으로 사형을 당한다 하더라도 그게 뭐 대단한 일이겠는가? 살라마노의 개는 그의 아내만큼이나 가치가 있었다. 그 자동 인형 같은 작은 여자도 마송이 결혼한 그 파리 태생의 여자나 나와 결혼하고 싶어했던 마리와 마찬가지로 죄인인 것이다. 셀레스트는 레이몽보다 훌륭하지만, 그 레이몽이 셀레스트와 마찬가지로 나의 친구였다는 것이 뭐 그리 대수로운가? 마리가 오늘 어느 새로운 뫼르소에게 입술을 준다 한

들 그것이 어쨌단 말인가? 도대체 그는 이해를 할까? 이 사형수를, 그리고 내 장래의 끝에서부터…… 나는 이 모든 것을 외치면서 숨이 막혔다. 그러나 이미 신부를 내 손에서 떼어놓은 간수들이 나를 위협하고 있었다. 그러나 신부는 그들을 진정시킨 다음 한동안 말없이 나를 바라보았다. 그의 눈에는 눈물이 가득 고여 있었다. 그는 돌아서더니 사라져 갔다.

신부가 떠나가자 나는 평정을 되찾았다. 나는 지쳐 버려 침대에 몸을 던졌다. 잠이 들었던 것 같다. 눈을 뜬 것은 얼굴 위로 별이 보였기 때문이다. 들판에서 들려오는 소리들이 내가 있는 곳까지 올라왔다. 밤의 냄새, 흙의 냄새 그리고 소금 냄새가 내 관자놀이를 시원하게 해주었다. 이 잠든 여름의 신기한 평화가 조수처럼 내 마음속으로 밀려들어왔다. 그때, 밤의 끝에서 사이렌 소리가 요란스럽게 울렸다. 그 소리는 이제는 나와 영원히 관계가 없는 하나의 세계로의 출발을 알리고 있었다. 아주 오랜만에 처음으로 나는 어머니를 생각했다. 나는 어머니가 생의 종말에서 왜 ‘약혼자’를 가졌는지, 왜 생을 다시 시작하는 놀이를 하였는지 알 것 같았다. 저기, 저기 역시, 생명이 스러져가는 그 양로원 주위에서도 저녁은 우울한 휴식과도 같을 것이다. 그렇게도 죽음에 가까이 있었으면서도 어머니는 거기에서 해방된 자신을 느껴 모든 것을 다시 시작하려는 준비를 했었던 게 틀림없다. 아무도, 그 아무도 어머니에 대해서 눈물을 흘릴 권리가 없는 것이다. 나 또한 모든 것을 다시 살아갈 용의가 있는 것처럼 여겨졌다. 마치 그 커다란 분노가 불행에서 나를 건져내주고,

희망을 안겨주기라도 한 것처럼, 나는 이 징후와 별들이 가
득 찬 이 밤 앞에서 처음으로 이 세계의 다정스러운 무관심
에 마음을 열었다. 이 세계가 이렇게도 나와 비슷하고 마침
내는 형제와 같이 느끼게 되니, 나는 행복했었고 또 지금도
행복하다는 것을 느꼈다. 모든 것이 성취되고, 내가 고독하
지 않다는 것을 느끼려면, 내 사형이 집행되는 날 구경꾼들
이 많이 와서 나를 증오에 찬 고함 소리로 맞아주기를 바라
는 것만 남아 있다.

전 락

La Chute

$$I$$

　선생, 폐가 되지 않는다면 제가 도와드릴까요? 이 가게의 운영을 주관하시는 저 존경하는 '고릴라' 양반께서 당신 말을 알아듣지 못할까 염려스럽군요. 사실 그 사람은 네덜란드 말밖에는 하지 못하거든요. 당신의 입장을 대변하도록 제게 허락치 않는다면, 그는 당신이 진(호밀 등으로 만든 독한 증류주)을 원한다는 것도 알아차리지 못할 겁니다. 보세요, 저 사람이 내 말을 알아들은 것 같군요. 저렇게 머리를 끄덕이는 것은 내 이야기에 찬성한다는 뜻일 겁니다. 과연 그리로 가는군요. 서두르긴 하지만 조심성 있게 천천히. 당신은 운이 좋아요. 저 사람이 투덜거리지 않았으니 말입니다. 시중들기를 거절할 때는 한 번 투덜거리기만 하면 그만이에요. 그러면 아무도 간청을 하지 못하지요. 자기 기분대로 한다는 것은 커다란 동물들의 특권이니까요. 그럼, 선생, 저는 물러가겠습니다. 당신을 도와드릴 수 있어서 기뻤습니다. 감사합니다. 귀찮다고 생각지 않으신다면 응하겠습니다만. 당신은 너무 친절하시군요. 그럼 내 잔을 당신 잔 곁에 놓기로 하지요.
　당신 말씀이 옳습니다. 그의 침묵은 귀를 따갑게 합니다. 마치 원시림의 침묵이 목구멍까지 가득 찬 것같이 말이에요. 모든 문명의 언어들에 불만을 표시하는 저 과묵한 친구의 끈덕짐에 나도 이따금 놀란답니다. 이유는 알 수 없지만 '멕시코 시티'라고 부르는 이 암스테르담의 바에서 세계 각국의 뱃사람들을 맞아들이는 것이 그의 직업입니다. 그러한 본분을 가지고 있으면서, 그가 그렇게 모른다는 것이 불편하리라고 생각지 않으십니까? 바벨탑에 들어 있는 크로마뇽인을 상상해보십시오! 그는 적어도 거기에서 낯설음에 고통을 느끼게 될 겁니다. 그런데 천만에요. 저 사람은 자기의 유배를 느끼지 못합니다 그는 자기의 길을 가고 있으며 그를 흔들리게 하는 것은 아무것도 없습니다. 그의 입에서 들어볼 수 있었던 굼뜬 말 중의 어느 한 마디는 붙들든지 아니면 버리든지 해야 한다고 주장하고 있습니다. 어느 것을 붙들고 어느 것을 버려야 한단 말인가요? 아마 저 친구 자신일지도 모르겠군요. 당신에게 고백합니다만, 나는 저런 거짓이 없는 사람들에게 마음이 끌립니다. 직업상 또는 취미로 사람에 관하여 많은 연구를 하다 보면, 저렇게 배움 없는 사람들에 대하여 향수를 느끼게 되고 맙니다. 그들에게는 저의(底意)라는 것이 없거든요.
　솔직히 말씀드리자면, 이 집 주인은 드러내보이지는 않지만 약간의 저의가 있기는 합니다. 자기 면전에서 사람들이 이야기하는 것을 알아듣지 못하기 때문에 그는 경계하는 성격을 갖게 되고 만 것이지요. 의심이 많고 신중한 저 태도는 거기에서 오는 것입니다. 마치 인간들 사이에서 무엇이 정상적이 아닌가 하고 의심하는 것만 같거든요. 이러한 성향은 그의 직업과 관계가 없는 의론들을 어렵게 만듭니다. 예를 들자면, 그의 머리 위로 안쪽 벽에 어떤 그림을 걸어놓았던 자리, 저 빈 장방형의 공간을 보십시오. 거기에는 사실 어떤 그림이, 특별나게 관심을 끄는 정말 걸작이라고 할 수 있는 그림이 걸려 있었습니다. 그런데 나는 이 집 주인이 그 그림을 사들일 때도 팔아버릴 때도 보았는데, 두 번 다 그와 같은 의심으로 몇 주일이고 심사 숙고한 후에 결정을 내리는 것이었습니다. 그 점에 있어서는, 사회가 그 사람의 성실하고도 소박한 성격을 어느 정도 망쳐놓았다는 것을 인정해야 합니다.

저 사람을 내가 비판하고 있는 것은 아니라는 걸 알아주십시오. 나는 그의 근거 있는 의심을 높이 사고 있으며, 당신이 보시다시피 마음을 터놓기 잘하는 내 성격에 장애가 되지 않는다면, 나도 기꺼이 저렇게 되었을 겁니다. 그런데 유감스럽게도 나는 말이 많은 편이라서 쉽게 인연을 맺지요. 적당한 거리를 지킬 줄은 압니다만 그래도 기회는 모두 내게 즐거운 것이지요. 내가 프랑스에서 살고 있었을 때에는 재치 있는 사람을 만나기만 하면 곧 교제를 시작하곤 했지요. 아! 내 이런 말투에 멈칫하시는 것 같아 보이는군요. 나는 대체로 이런 식으로 고상한 말을 쓰려는 약점이 있다는 것을 인정합니다. 그런 약점을 저 자신이 자책하고 있음도 믿어주십시오. 고급 양말을 신는 취미가 반드시 더러운 발을 가지고 있음을 전제로 하지 않는다는 것도 압니다. 난처해하지 마십시오. 그러나 말투는 포플린처럼 흔히 피부병을 감추는 예가 많습니다. 어쨌든 나는 말이 서투른 사람들도 또한 순수한 것만은 아니라는 것을 생각하면서 자위하고 있습니다. 물론이고 말고요. 진이나 더 드십시오.

암스테르담에는 오래 체류하실 건가요? 아름다운 도시지요? 매혹적이라구요? 그런 형용사를 들어본 지가 오래 되었군요. 정확하게 파리를 떠나고 나서부터 말입니다. 그로부터 몇 년이 지나갔습니다. 그러나 마음은 그 기억들을 지니고 있답니다. 우리의 아름다운 수도도, 그 강변들도 잊어버린 것이라고는 아무것도 없습니다. 파리는 정말로 실제와 같은 착각을 일으키는 도시이며, 400만의 그림자들이 살고 있는 호화 찬란한 무대입니다. 최근 조사에 의하면 거의 500만이라구요? 그럼 그들이 어린애들을 만들었군요. 그렇다고 놀랄 것은 없지요. 우리 동향인들은 두 가지 열정을 가지고 있는데, 그건 사상과 간음인 것같이 늘 생각되었었거든요. 말하자면 덮어놓고 좋아하는 것 같더란 말입니다. 그렇지만 그들을 비난하는 건 삼갑시다. 그들만이 그런 것이 아니라 전 유럽이 다 그런걸요. 나는 가끔 미래의 사학자들이 우리를 뭐라고 말할 것인가에 대해 생각해봅니다. 현대인에 대해서는 한마디면 충분할 겁니다. 즉 그들은 간음죄를 범하고 신문을 탐독했다라고. 이런 지독한 정의를 내린 뒤에는 이야기할 거리가 더는 없게 될 것이라고 나는 단언합니다.

네덜란드 사람들은 안 그래요. 훨씬 현대적이니까요. 그들은 여유가 있습니다. 저 사람들을 보세요. 무엇을 하느냐구요? 저 남자들은 저 여자들의 벌이로 살아가고 있답니다. 저런 사람들은 남자나 여자나 아주 속물들이라서 으레 그렇듯이 과대망상증에 걸리거나 어리석은 탓으로 이 곳에 온 겁니다. 결국 상상력 과잉이거나 상상력의 결핍이지요. 이따금 저 남자들은 칼이나 권총을 쓰기도 하지만 그들이 그런 것에 애착을 갖고 있다고는 생각지 마세요. 직분상 그렇게 하지 않을 수 없을 뿐이에요. 그래서 그들은 마지막 탄환을 쓰면서 겁에 질려 죽어갑니다. 그러나 나는 가족끼리 좀먹듯 죽이는 다른 사람들보다는 그들이 훨씬 도덕적이라고 생각합니다. 당신은 우리 사회가 그런 식의 청산을 위해 조직되어 있는 것이라는 데에 주의를 기울여본 적은 없습니까? 물론 당신은 브라질의 강 속에 사는 그 작은 물고기에 대해서 이야기하는 것을 들으셨겠지요? 무모하게 수영하는 자에게 무수히 달려들어 순식간에 그 날쌘 작은 입으로 새하얀 뼈만 남겨놓는다는 그 물고기 말입니다. 그것이 바로 그들의 조직이란 겁니다. '깨끗한 삶을 원하십니까, 모든 사람들처럼?' 물론 그렇다고 대답하지요, 어떻게 아니라고 말할 수 있나요? '좋아요. 당신을 깨끗하게 해드리지요. 여기에 직업이, 가족이, 계획된 여가(餘暇)가 있습니다.' 그러고는 작은 이빨들이 살을 물어뜯는 거예요, 뼈만 앙상해질 때까지. 하지만 나는 공평하지를 못하군요. 그들의 조직이라고만 말해서는 안 되지요. 그건 우리들의 조직이거든요. 요컨대 누가 남을 깨끗이 해줄 수 있느냐 하는 겁니다.

　마침내 우리가 주문한 진이 왔군요. 당신의 행운을 위해서. 네, 저 고릴라 양반이 입을 열어 나를 박사라고 부르는군요. 이 나라에서는 모든 사람들이 박사 아니면 교수지요. 이 사람들은 착하고 겸손해서 남을 존경하는 것을 좋아들 하거든요. 여기서는 적어도 악의(惡意)가 국가적인 제도로 되어 있지는 않습니다. 그건 그렇고, 나는 의사는 아닙니다. 알고 싶으시다면 말씀드리죠. 이곳에 오기 전에 나는 변호사였답니다. 지금은 고해(告解) 판사지요.

한데 제 소개를 해도 될까요? 장 바티스트 클라망스라고 합니다. 당신을 알게 되어서 기쁩니다. 아마 실업계에 계신가 보죠? 거의 비슷하다구요? 훌륭한 대답이시군요! 또한 분별 있는 대답이기도 하구요. 우리는 만사에 그저 대략적인 데 지나지 않으니까요. 자, 탐정 노릇을 해봐도 될까요? 당신은 대략 나와 동년배일 것 같고, 세상 물정을 두루 살펴본, 40대의 견문이 넓은 눈을 가지고 있고, 우리 나라 사람이 그런 것처럼 대체로 의복이 단정하고, 또 매끈한 손을 가지고 있군요. 그러니까 거의 부르주아일 거예요. 그러나 세련된 부르주아! 어떤 말투에 흠칫 놀란다는 것은 사실 이중으로 당신의 교양을 증명하는 것이거든요. 왜냐하면 첫째로는 당신이 그 말투를 알고 있다는 것을 증명하고, 그 다음에는 그 말투가 당신의 신경을 거슬린다는 것을 증명하니까요. 끝으로, 내가 당신의 관심을 사로잡을 수 있는 것은, 그건 제 자랑은 아니지만, 당신에게는 어떤 이해심이 있을 것이라고 생각됩니다. 그러니까 당신은 대체로…… 그렇지만 그게 무슨 상관이겠습니까? 직업보다도 어떤 부류의 사람인가가 더욱 흥미로운 일이죠. 두 가지 질문만 하도록 허락해주십시오. 그것이 실례가 되지 않는다면 대답해주세요. 재산을 가지고 계십니까? 좀 있다구요? 좋습니다. 그럼 그 재산을 가난한 사람들과 나누어 가지셨습니까? 아니라구요. 그럼 당신은 내가 사두개 교도라고 부르는 사람 중의 하나로군요. 만일 당신이 성서를 지키지 않았다면 그것이 당신에게는 도움이 되지 못했으리라는 것을 알겠군요. 도움이 되었다구요? 그럼 성서를 알고 계시는군요? 참말로 당신은 흥미를 느끼게 하는 분이시군요.

나로 말하자면…… 아니, 당신 자신이 판단해보세요. 키나 어깨 그리고 흔히 야성적이라고 말하는 이 얼굴로 미루어본다면 차라리 럭비 선수 같지 않아요? 그러나 화술을 보고 판단한다면 내게서 약간의 세련됨을 인정해야 될 겁니다. 내 외투의 모피를 제공해준 낙타는 아마 옴으로 고통을 받았겠지만, 그 대신에 나는 잘 다듬어진 손톱을 가지고 있지요. 나 역시 사리에 밝은 사람입니다. 그런데도 당신의 외모만 보고 경솔하게 당신에게 속을 털어놓고 있군요. 그렇지만 내 태도가 점잖고 내 말투가 고상하다 해도 나는 제어딕크의 선원들이 드나드는 바의 단골 손님이랍니다. 자, 더 이상 캐어묻진 마십시오. 내 직업은 그저 이중적이라는 것뿐이니까요. 이미 말씀드렸지만, 나는 고해 판사입니다. 내 경우에 있어서 한 가지 간단한 것은, 나는 아무것도 가진 것이 없다는 겁니다. 네, 전에는 부자였지요. 그러나 남들과 나누어 가진 것이라고는 아무것도 없어요. 이것은 무엇을 증명하는 것이겠습니까? 나 역시 사두개 교도였던 겁니다……. 오! 항구의 사이렌 소리가 들리세요? 오늘 밤 주이데르제에 위에는 안개가 낄 겁니다.

벌써 가시게요? 당신을 붙들고 있었다면 용서하세요. 실

레지만 계산하지 마세요. 멕시코 시티에서는 제 집에 오신 거나 마찬가지거든요. 특히 당신을 접대해드릴 수 있어서 기뻤습니다. 나는 내일도 여느 때 저녁과 마찬가지로 틀림없이 여기에 있게 될 겁니다. 초대해주신다면 감사하게 응하겠습니다. 가시는 길이…… 저…… 그런데 제가 항구까지 당신을 바래다드리는 것이 제일 간단하겠는데, 괜찮으시겠습니까? 거기서 유태인 구역으로 우회하면 꽃과 요란스런 소리로 가득한 전차들이 열을 지어 지나가는, 그 아름다운 거리들이 보일 겁니다. 당신의 호텔은 그 거리 중의 하나인 담락크 가에 있습니다. 먼저 나가세요. 나는 유태인 가에 살고 있습니다. 히틀러주의자들이 거기에 터를 잡기까지는 그렇게 불렀었지요. 굉장한 청소였지요! 7만 5000명의 유태인들이 추방당하거나 학살되었으니, 깡그리 쓸어낸 거라구요. 나는 그런 적용, 그런 조직적인 인내성을 감탄해마지 않습니다! 특질이 없을 때는 하나의 방법이라도 가져야만 합니다. 여기에서는 그 방법이 이의 없이 경탄할 만한 것이었으며 따라서 나는 역사상 최대 죄악의 장소 중의 하나인 이 곳에서 살고 있는 겁니다. 그럼으로써 저 고릴라 양반과 그의 경계심을 이해하는 데 도움이 되는지도 모릅니다. 그래서 어쩔 수 없이 공감(共感)으로 끌리는 이 성향(性向)에도 이렇게 저항할 수 있는 겁니다. 새로운 얼굴을 만날 때마다 마음속에서 그 누군가가 경보를 울립니다. '서행하시오, 위험!' 공감이 가장 심할 때에도 나는 경계를 하지요.

내 조그마한 마을에서 보복 행동이 벌어지고 있는 동안에, 어떤 독일군 장교가 어느 노파에게 인질로 총살을 하겠으니

두 아들 중에서 누구를 선택하고 싶으냐고 정중하게 질문했던 일을 아십니까? 선택이라니, 그걸 상상하실 수 있겠어요? 그 애를 아니, 이 애를. 그러고는 끌려가는 그를 보아야하는 겁니다. 강조하려는 것은 아니지만 선생, 별의별 놀라운 일들이 다 있을 수 있는 겁니다. 나는 경계라는 것을 거부하는 순수한 마음을 가진 한 사람을 알고 있습니다. 그는 평화주의자이고 절대자유주의자이어서 전 인류와 짐승들을 똑같이 사랑했어요. 엘리트 인간, 네, 그건 틀림없는 일이지요. 그런데 그는 유럽에서 종교전쟁이 일어나던 해 말경에 시골에 은거하고 있었습니다. 그는 자기 집 문간에다 이렇게 써놓았다고 합니다. "당신이 어느 편이든 들어오시오. 환영합니다." 당신 생각으로는 누가 그 아름다운 초대에 응했을 것같습니까? 민병(民兵)들이었어요. 그들은 그 집을 자기 집처럼 들어가서 주인의 내장을 뽑아버린 겁니다.

아! 미안합니다, 부인! 하긴 아무것도 알아들으신 건 없지만 말입니다. 이렇게 늦은 시간인 데다가 며칠 전부터 비가그치지 않고 내리는데도 사람들이 많군요. 다행하게도 진이있습니다. 이 어둠 속에서 비치는 유일한 섬광같이. 이것이당신 속에 불어넣어주는 그 금빛 같은, 구릿빛 같은 광명을당신은 느끼십니까? 나는 진의 열기 속에서 저녁때 도시를이리저리 거닐기를 좋아합니다. 밤새도록 걸으면서 공상에잠기거나 끝없이 혼잣말을 하기도 하지요. 네, 오늘 저녁 처럼 말입니다. 당신을 좀 어리둥절하게 만들지 않았나 걱정이군요. 고맙습니다. 당신은 예절바른 분이시군요. 그러나 그건 하고 싶은 말이 너무 넘쳐서 그렇답니다. 그러니까 입을 열기만 하면 말이 흘러나오는 거예요. 더군다나 이 나라는 내 마음에 듭니다. 이 나라 사람들을 나는 사랑합니다. 보도 (步道)에 득실거리면서 집과 운하의 한 작은 공간 속에 틀어 박혀 있는 이들, 안개와 차디찬 땅 그리고 잿물처럼 김이 솟 는 바다에 둘러싸인 이 나라 사람들을 말입니다. 나는 그들 을 사랑합니다. 그들이 가진 이중성 때문이지요. 그들은 여 기에 있으면서 또 다른 곳에 있기도 하는 겁니다.

그렇고말고요! 끈적끈적한 포도(鋪道) 위를 걸어가는 그 들의 무거운 발소리를 듣고, 금빛으로 빛나는 청어며 낙엽 빛깔을 띤 보석들로 가득한 상점들 사이를 무겁게 지나가는 그들을 보면, 당신은 그들이 오늘 저녁 여기에 있는 것이라 고 아마 생각하시겠지요? 당신도 모든 사람들과 마찬가지로 이 선량한 사람들을, 영생의 기회를 꿈꾸면서 그들의 돈을 세고 있는 관리자나 상인들과 같은 부류로 생각하고, 또 그 들의 유일한 서정(抒情)이란 이따금 넓은 모자를 쓰고 해부 학 공부나 하는 데 있을 것이라고 생각하시겠지요? 그렇다 면 틀리셨습니다. 그들이 우리들 가까이에서 걸어다니고 있 는 건 사실입니다. 그러나 그들의 머리가 어디에 있는지 보 세요.

네온사인과 진과 붉고 푸른 간판에서 흘러내리는 박하의 안개 속에 있습니다. 선생, 네덜란드의 꿈이랍니다. 낮에는 더욱 몽롱하고 밤에는 더욱 금빛을 띠는 황금과 연기의 꿈입 니다. 이 꿈속에는 이 사람들과 같은 로엔그린들이 살고 있 지요. 그들은 핸들이 높직한 검은 자전거를 타고 꿈꾸듯이 달리는데, 그 음침한 흑조 같은 자전거들은 바다 주위로 운하를 따라 온 나라를 쉬지도 않고 돌고 있습니다. 그들은 구릿빛 구름 속에 머리를 박고 공상에 잠겨 빙빙 돌아다니며 안개의 금빛 향운(香雲) 속에서 몽유병자들처럼 기도를 드립니다. 그럴 때에 그들은 이미 여기에 있는 것이 아닙니다. 그들은 수천 킬로미터나 멀리 떨어져 있는 자바 섬을 향해 떠난 것입니다. 그들은 그들의 진열장마다 장식되어 있는, 얼굴을 찡그린 인도네시아의 신들에게 기도를 드립니다. 지금 우리들 머리 위에 떠돌고 있는 그 신들은 호사스러운 원숭이들처럼 간판들에도 층계 모양의 지붕들에도 걸리게 됩니다. 그리하여 그 향수에 젖은 식민지 주민들에게 네덜란드는 상인들의 유럽일 뿐만 아니라, 바다 —— 치팡고로, 사람들이 열광과 행복에 취하여 죽어가는 저 섬들로 이끌어가는 바다이기도 하다는 것을 상기시켜줍니다.

이야기를 하다보니 내가 변호를 하고 있는 것 같군요! 용서하십시오, 선생. 습관이지요. 천직이랄까요. 또 이 도시를 그리고 사물의 중심을 보다 잘 이해하실 수 있도록 하려는 욕심 때문이기도 하고요. 우리는 사물의 중심에 있으니까요. 중심을 같이하는 암스테르담의 운하들이 지옥의 둘레와 비슷하다는 것을 주의해 보셨습니까? 물론 악몽으로 가득한 부르주아의 지옥이지요. 외부로부터 들어오면 그 둘레를 지남에 따라 인생과 그에 따르는 죄악들은 더욱 두터워지고 더욱 칙칙해집니다. 지금 여기서 우리는 마지막 둘레 속에 있는 겁니다. 이 둘레는…… 아아! 그걸 아세요? 제기랄, 당신은 더 가려내기 어렵게 되었군요. 그러나 당신은 우리가 대륙의 맨 끝에 있으면서 이곳이 사물의 중심이라고 내가 말할 수 있는 이유를 이해하실 겁니다. 민감한 사람은 이런 기묘한 것들을 이해하니까요. 어쨌든 신문의 독자들이나 간음죄를 범한 사람들은 더 이상 갈 수가 없어요. 그들은 유럽의 구석구석으로부터 와서 내해(內海) 부근의 퇴색한 모래사장 위에서 발길을 멈춥니다. 그들은 경적 소리를 듣고 안개 속에서 헛되이 배 그림자를 찾아보고는, 다시 운하들을 지나 비를 맞으며 돌아갑니다. 추위에 떨며 그들은 멕시코 시티에서 각국어로 진을 주문합니다. 여기에서 나는 그들을 기다리고 있는 겁니다.

그럼 내일 다시 뵙겠습니다. 선생, 친애하는 동포 양반. 아니, 이제는 길을 아시게 될 겁니다. 저 다리 근처에서 헤어지겠습니다. 나는 절대로 밤에는 다리를 건너지 않습니다. 맹세를 했기 때문이지요. 어쨌든 누군가가 물 속에 몸을 던진다고 상상해보세요. 둘 중의 하나입니다. 쫓아가서 그를 건져내든지(추운 때에는 더 나쁜 짓을 범할 위험도 있지요) 아니면 그를 거기에 내버려두든지 하는 겁니다. 때로는 뛰어들려고 보면 이상하게 기진맥진해지는 경우도 있지요. 안녕히 주무십시오! 뭐라구요? 진열장 뒤에 있는 저 여자들 말입니까? 꿈이랍니다, 선생. 별로 비싸지 않은 꿈, 인도에의 여행이지요. 저 사람들은 몸에 향료를 뿌린답니다. 당신이 들어가면 저 여자들은 커튼을 치고 항해를 시작합니다. 신들이 벌거벗은 몸뚱이 위에 내리고 헝클어진 종려나무 잎사귀들을 쓴 섬들은 바람에 미친 듯이 떠내려가는 겁니다. 해보시지 그래요.

$$\mathrm{I\!I}$$

　고해 판사가 무엇이냐구요? 아아! 그 말이 당신의 호기심을 끈 모양이군요. 거기에는 어떤 장난기가 있는 건 아니라는 것을 믿어주십시오. 좀더 명확하게 설명할 수도 있으니까요. 어떤 의미로는 그것은 내 직무에 속하는 일이기도 합니다. 하지만 우선 내 이야기를 보다 잘 이해하는 데 도움이 될 몇 가지 사실을 말씀드려야겠습니다.

　몇 년 전만 해도 나는 파리에서 변호사 노릇을 하고 있었습니다. 참말이지 꽤 알려진 변호사였지요. 물론 나는 당신에게 내 본명을 말씀드리지는 않았습니다. 내게는 전문이 있었지요. 고상한 소송들이 그것이랍니다. 과부와 고아에 관한 것을 그렇게들 말하지요. 이유는 모르겠어요. 그러나 사기꾼 같은 과부와 못된 고아들도 있기는 하거든요. 그렇지만 어느 피고가 조금이라도 희생당하는 것 같은 냄새를 맡기만 하면 내 변호복 소매는 활동을 개시하는 거예요. 굉장한 활동이었지요. 폭풍과도 같았으니까요. 소매에다 나는 심장을 가지고 있었던 겁니다. 정말로 정의가 밤마다 나와 함께 잠자리를 같이 해주는 것 같았어요. 당신은 내 변론에 있어서 정확한 어조, 적절한 감동, 설득력과 열정 그리고 억제하는 분개 같은 것에 틀림없이 감탄했을 겁니다. 체격으로 말하자면 본래 타고나기를 잘해서 고상한 태도를 취하는 것은 어려운 일이 아니었지요. 게다가 두 개의 성실한 감정이 나를 받들어주고 있었습니다. 법정에서 내가 떳떳한 편에 있다는 만족감과 일반적으로 재판관들에 대한 본능적인 경멸감이 그것입니다. 그러나 사실 이 경멸감은 어쩌면 그렇게 본능적인 것은 아닐지도 모르지만 말입니다. 지금 생각하면 거기에는 이유가 있었던 것을 알겠습니다. 그러나 겉으로 보기에는 그것은 차라리 열정과도 같은 것이었어요. 적어도 지금으로서는 재판관들이 필요하다는 건 부인할 수 없지 않겠습니까? 그렇지만 한 인간이 그러한 놀라운 직무를 행사하겠다고 자기 자신이 자청한다는 것을 나는 이해할 수가 없었습니다. 제가 재판관을 본 이상 인정하긴 했지요. 그러나 그건 메뚜기를 인정하는 것과 좀 비슷했습니다. 다른 점이 있다면 그런 곤충들은 아무리 몰려와도 내게 일전 한 푼도 가져다주지 않는 반면에, 내가 경멸하는 사람들과 대화를 나누면 나는 돈벌이가 된다는 것입니다.

어쨌든 나는 떳떳한 편에 있었고 그것만으로도 양심의 평온을 얻기에 충분했습니다. 공명 정대하다는 느낌, 옳다고 생각하는 만족감, 자기 자신을 존경할 수 있는 기쁨. 선생, 그런 것들은 우리를 버티어주고 나아가게 해주는 강력한 원동력들이랍니다. 반대로 인간으로부터 그런 것들을 빼앗아버린다면, 그들은 침을 질질 흘리는 개꼴이 되고 말 겁니다. 과오를 범하고 있다는 것이 견딜 수가 없기 때문에 다만 그런 이유로 해서 얼마나 많은 범죄가 저질러지고 있습니까! 나는 전에 한 실업가를 알고 있었는데, 그에게는, 나무랄 데 없고 모든 사람들로부터 칭송을 받는 아내가 있었지만 그는 자기 아내를 속이고 있었습니다. 이 남자는 자기가 나쁘다는 것과 덕행의 면허장을 받을 수도 없고 스스로 만들어 가질 수도 없다는 것에, 글자 그대로 몹시 괴로워했지요. 아내가 완전함을 보이면 보일수록 그는 더욱 괴로워했습니다. 마침내 그의 과오는 그를 견딜 수 없게 만들어버렸습니다. 그래서 그 사람이 어떻게 했으리라고 생각하십니까? 아내를 속이는 짓을 그만두었을까요? 아닙니다. 그는 아내를 죽인 겁니다. 바로 그 일로 해서 나는 그와 관계를 맺게 되었지요.

내 처지는 더욱 부러워할 만한 것이었어요. 죄인들 편에 합류할 위험도 없었을 뿐 아니라(특히, 나는 독신이어서 아내를 죽일 염려는 조금도 없었지요) 그들을 변호하고 있었으니 말입니다. 야만인에게도 어엿한 야만인이 있듯이, 그들이 어엿한 살인자이기만 하면 말입니다. 내가 하는 그 변호의 방법 자체가 나에게 커다란 만족을 주었습니다. 나는 정말로 내 직업 생활에 있어서는 비난받을 점이라고는 없었습니다. 절대로 뇌물을 받지 않는 것은 물론이려니와 또한 어떠한 교섭에도 머리를 숙인 적이 절대로 없었으니까요. 신문 기자들의 호감을 사려고 아첨하는 일도 결코 없었으며, 사귀어두면 유리할 수도 있는 관리의 비위를 맞추려고 해본 적도 없었습니다. 레지옹 도뇌르 훈장을 탈 뻔한 기회도 두세 번 있었지만 조용하고도 위엄 있게 거절했습니다. 그러한 태도 속에서 나는 진정한 보상을 얻을 수 있다고 생각했던 겁니다. 마침내 나는 가난한 사람들로부터는 절대로 돈을 받지 않게끔 되었고 그것을 세상 사람들에게 알리지도 않았습니다. 그렇다고 선생, 내가 이 모든 이야기를 자랑 삼아 하는 것이라고는 생각지 마십시오. 내 공덕이라고는 조금도 없었으니까요. 우리 사회에서 야망을 대신하는 탐욕이란 것이 내게는 늘 웃음거리밖에는 되지 않았거든요. 나는 더 높은 것을 목표로 삼고 있었으니까요. 나로서는 이 표현이 옳다는 것을 당신도 아시게 될 겁니다.

그러니 내 만족감이 어떠했겠는가 생각해보십시오. 나는 나의 천성을 즐기고 있었던 겁니다. 우리는 서로 마음을 가라앉히기 위해서 그런 즐거움을 가끔 에고이즘이라고 비난하는 체하지만 그것이야말로 바로 행복이라는 것을 우리는 알고 있습니다. 적어도 나는 과부나 고아에 대하여 아주 정확히 반응을 보이는 내 천성의 그 부분을 즐기고 있었던 겁니다. 그 부분이 대단히 발휘되었기 때문에 마침내는 내 전생활을 지배하게 되고 말았지요. 예를 들면, 나는 맹인들이 길을 건너는 것을 즐겨 도와주곤 했습니다. 아무리 멀리에서라도 길모퉁이에서 망설이고 있는 지팡이를 보기만 하면 달려가는 것이었는데, 때로는 이미 어떤 사람이 내밀고 있는 그 자비로운 손보다 일초라도 앞질러가서, 나 아닌 다른 모든 사람들의 친절로부터 맹인을 빼앗아가지고는 부드럽고 든든한 손길로 횡단보도로 안내하여, 교통의 장애물들 가운데에서 안전 지대로 인도해 주곤 했습니다. 그리고 서로 감동어린 마음으로 헤어지는 것이었어요. 이런 식으로 나는 거리에서 통행인들에게 길을 가르쳐주고, 담뱃불을 빌려주고, 너무 무거운 짐수레는 거들어주고, 고장난 자동차는 밀어주고, 여자 구세군에게서는 신문을, 몽파르나스의 묘지에서 훔쳐온 것인 줄 알면서도 노파에게서 꽃을 사는 일들을 항상 하기 좋아했었습니다. 나는 또한…… 아! 이건 더 말씀드리기 어려운 일인데…… 적선하기를 좋아했습니다. 내 친구 중에서 어느 독실한 크리스천은 거지가 자기 집으로 가까이 오는 것을 보았을 때 느끼는 최초의 감정은 불쾌감이라고 고백한 일이 있습니다. 그런데 나는 더 나빴습니다. 기뻐서 어쩔 줄 몰라 했으니까요. 그 이야기는 그만해 둡시다.

차라리 남을 돌봐주는 내 예의에 관한 이야기나 하지요. 그런 내 성격은 명랑하면서도 이론의 여지가 없는 것이었습니다. 사실 예의바르다는 것이 내게는 커다란 즐거움이었거든요. 어느 날 아침에 버스나 지하철 안에서 분명히 자리를 양보해야 할 사람에게 자리를 내어주거나, 어떤 노파가 떨어뜨린 물건을 집어올려 일상적인 미소를 띠고 그것을 돌려준다든가, 또는 그저 나보다 더 급한 사람에게 택시를 양보하거나 할 기회가 있으면, 그날 내 하루는 종일 명랑해집니다. 대중 교통이 파업 중일 때 집으로 돌아가지 못하는 가련한 몇몇 시민들을 버스 정류장에서 내 차에 태워다줄 수 있는 그런 날이면 역시 즐거웠다는 것도 말씀드려야 하겠군요. 그리고 극장에서 한 쌍의 남녀에게 그들이 나란히 앉을 수 있도록 내 자리를 양보해주거나 여행 중에 젊은 여자의 가방들을 그 여자의 손이 미치지 않는 높은 선반에 올려놓아주는 일 등은 다른 사람들보다 더 자주 하는 선행이랍니다. 왜냐하면 나는 그런 일을 할 수 있는 기회에 남달리 주의를 기울였고, 그럼으로써 거기서 즐거움을 만끽했기 때문이었지요.

나는 또 인심이 후한 사람으로 인정을 받았고 사실 그랬습니다. 나는 공적으로나 사생활에 있어서나 무엇이든 많이 주었지요. 그리고 어떤 물품이나 얼마만큼의 금액을 내놓아야 할 때에도 괴롭기는커녕 한결같이 기쁘기만 했습니다. 때로는 이런 기부 행위가 헛수고라는 생각과 남는 것이라고는 틀림없이 배은 망덕밖에 없으리라는 생각이 들어 일종의 텅 빈 쓸쓸함이 마음속에 느껴지기도 했지만, 그것마저도 적지 않은 즐거움이 되었습니다. 피치 못해 기부하는 것을 싫어할 만큼 나는 그렇게 주기를 좋아했거든요. 금전 문제에 있어서 정확을 기한다는 것이 나에게는 귀찮은 일이어서 그런 일에는 언짢은 기분이 들곤 했지요. 나는 내 마음대로 인심을 쓰고 싶었던 거지요.

이런 것들은 사소한 행위들이지만 이런 것들에 미루어 내 생활에서, 특히 내 직업상에 있어서 내가 늘 맛보는 즐거움이 어떤 것이라는 것을 이해하실 수 있을 겁니다. 예를 들자면 재판소의 복도에서 오로지 정의감이나 동정심만으로써 무료 변론을 해준 어느 피고의 아내에게 붙잡혀 서서, 자기들을 위해 베풀어준 은혜에 무엇으로 감사해야 좋을지 모르겠다고 중얼거리는 소리를 듣고, 그건 지극히 당연한 일이며 누구라도 그만한 일은 했을 것이라고 대답하고, 앞으로 궂은 일들을 헤쳐나가는 데 도움이 되어주겠노라고 말하고 나서, 그 여인네가 자기 심정을 늘어놓는 것을 얼른 가로막고 적당한 감명을 지닐 수 있도록 가련한 여자의 손에 키스를 하고 거기에서 끊어버린다는 것은…… 생각해보시오. 선생, 그것은 속된 야심가보다 더 높은 경지에 도달하는 것이며 미덕이 스스로 배양되는 그 절정에까지 올라가는 것입니다.

이런 절정에 관해서 좀더 이야기해볼까요. 내가 큰 뜻을 품고 있다고 말한 뜻을 이제는 이해하셨을 겁니다. 바로 이런 절정들에 관해 말했던 겁니다. 그런 곳만이 내가 살 수 있는 유일한 곳이지요. 그래요, 나는 그런 높은 위치에 있지 않으면 결코 평안함을 느끼지 못합니다. 일상 생활의 사소한 일에 이르기까지 나는 높은 데 있고자 하는 욕망을 깇고 있었지요. 지하철보다는 버스를, 택시보다는 사륜마차를, 중이층(中二層)보다는 테라스를 좋아했어요. 머리를 공중에 내놓고 타는 스포츠용 비행기의 애호가이기도 했고, 또한 배를 타면 언제나 높다란 뒤쪽 갑판에서 서성거리지요. 산에서는 험하게 깎아지른 골짜기들은 피하고 고개나 고원으로 올라갔습니다. 적어도 나는 준평원(準平原)은 되는 사나이니까요. 만약 운명이 내게 선반공이나 기와공 같은 손일을 하는 직업을 선택하지 않을 수 없게 하였더라면, 가만 있으세요, 그러면 나는 지붕을 택하여 현기증과 친해졌을 겁니다. 화물창(貨物艙), 배 밑바닥, 지하실, 동굴, 깊은 구렁 같은 것들은 질색이었습니다. 동굴학자들에 대해서는 특별한 증오심마저 품고 있었지요. 그들은 뻔뻔스럽게도 신문의 제1면을 차지하지만 그런 성과들은 구역질이 납니다. 기를 써서 지하 8백 미터의 해안에 다달아 바위투성이의 좁은 입구(그 무분별한 자들이 말하기로는 시퐁이라던가!)에 머리를 처박힐 위험

성도 있는 그런 일들은 내게, 타락하였거나 병적인 성격들의 공적으로밖에는 여겨지지 않습니다. 그 밑에는 죄악이 있는 것 같단 말입니다.

그와 반대로 아직도 일광에 잠겨 뚜렷이 보이는 바다 위로 해발 5, 6백 미터쯤 되는 자연의 발코니, 그런 곳이 나에게는 호흡하기 가장 좋은 장소입니다. 특히 혼자서 개미 떼 같은 인간들을 내려다볼 때는 더욱 그랬지요. 설교, 결정적인 선교 행위, 불의 기적 같은 것들이 오를 수 있을 만한 높은 곳에서 이루어진 까닭을 쉽사리 이해할 수 있었습니다. 내 생각으로는, 지하실이나 감옥의 독방에서는(높은 탑 속에 자리하고 있어서 전망이 툭 트였다면 몰라도) 명상에 잠길 수가 없습니다. 거기에는 곰팡이만 필 뿐이에요. 교단(敎團)에 들어갔다가 자기의 독방이 기대했던 것처럼 광대한 전망으로 트여 있지 않고 벽을 면하고 있다는 것 때문에 환속해버린 그 사나이를 나는 이해합니다. 나에 관계되는 것에 대해서는 물론 나는 곰팡이를 피게 하지 않습니다. 하루의 어느 때나 내 마음속에서 또 다른 사람들 사이에서, 나는 높은 곳으로 올라가 눈에 띄는 불을 켜놓습니다. 그러면 나를 향하여 즐거운 인사가 올려지곤 했습니다. 그렇게 해서 적어도 나는 인생과 내 자신의 우월성에 즐거움을 느끼는 것입니다.

내 직업은 다행히도 정상으로 오르고자 하는 이런 성향을 만족시켜주었습니다. 내 직업이란 것이 항상 이웃에게 신세 질 일이라고는 전혀 아무것도 없게 하는 그런 것이라서 내 이웃에 대해서도 나는 아무런 고민이 없었습니다. 나의 직업은 나를 판사와 피고 위에 서게 하여 오히려 내가 판사를 재판하고 피고는 나에게 감사하지 않을 수 없는 위치에 놓아주었습니다. 이 점을 잘 생각해보십시오. 선생, 나는 별 탈 없이 살았었습니다. 어떠한 재판도 나와는 관련이 없는 것이니까 나는 법정이라는 무대에 있는 것이 아니라 관람석의 맨 위층 어느 곳에 있었습니다. 마치 이따금 극의 줄거리를 변모시키거나 그 의미를 부여하기 위해 기계 장치로 내려오는 그런 신(神)들과도 같았답니다. 어쨌든 높은 데서 산다는 것은 아직도 최대 다수의 사람들로부터 우러러보이고 존경받는 유일한 방법이지요.

하기야 내가 담당한 살인범 가운데서 몇 사람은 감정에 못 이겨 살인을 한 사람들이었습니다. 그들이 처해 있는 비참한 상황에서 신문을 읽는다는 것은 아마 일종의 불행한 보상을 그들에게 가져다준 모양이었습니다. 많은 사람들이 그러하듯이 그들은 더 이상 자기들이 무명(無名)으로 있을 수는 없다는 생각이 들었고, 이런 초조감이 어느 정도 그들을 극도로 난처한 지경에까지 몰아넣게 된 것입니다. 유명해지기 위해서는 요컨대 자기가 사는 집의 수위를 죽이기만 하면 되거든요. 그러나 그것은 불행하게도 일시적인 명성에 지나지 않습니다. 칼을 맞을 만하고 또 맞는 수위는 많거든요. 범죄는 끊임없이 무대 앞을 차지하지만 범죄자는 잠시 모습을 나타냈다가 곧 바뀌는 것입니다. 어쨌든 이런 짧은 승리는 너무 비싼 대가를 치러야 합니다. 그와 반대로 명성을 동경하는 이런 불행한 사람들을 변호한다는 것은 그들과 같은 시간과 장소에서 진정으로 인정을 받게 되는 것이지만 그 방법은 훨씬 경제적이지요. 그래서 그들이 가능한 한 대가를 덜 치르도록 나는 가상할 만한 노력을 기울였습니다. 그들이 치르는 것은 약간은 나를 대신하여 치르는 것이니까요. 그 대신 내가 소모하는 분노, 재능, 감동 같은 것은 그들에 대한 모든 부채를 나로 하여금 벗게 해주었지요. 판사들은 벌을 주고, 피고들은 벌을 받지만 아무런 의무에도 얽매이지 않는 나는 처벌에서와 마찬가지로 판결에서도 벗어나 자유롭게 에덴 동산 같은 빛 속에서 군림했던 것입니다

직결(直結)된 인생, 이것이야말로 사실 에덴 동산이지 않겠습니까? 나의 인생이 그랬었습니다. 나는 결코 산다는 것을 배울 필요가 없었습니다. 그 점에서 있어서는 이미 태어나면서부터 모든 것을 알고 있었던 겁니다. 인간들로부터 도피하느냐, 아니면 적어도 그들과 화해를 하느냐 하는 것이 문제인 사람들이 있습니다. 그러나 나로서는 화해는 이미 되어 있는 것입니다. 그것이 필요할 때는 친숙하게, 불가피할 경우에는 말없이. 무게 있는 것만큼 경쾌한 성격도 가진 나는 아무 문제가 없었습니다. 따라서 나의 인기는 대단하였고 세상에서의 내 성공은 헤아릴 수조차 없었습니다. 내 풍채도 나쁘지 않고, 지칠 줄 모르는 춤의 명수인 동시에 사려 깊은 박식가의 태도를 보이기도 했으며, 그다지 쉬운 일은 아니지만, 여자와 정의를 동시에 사랑하기에 이르렀고, 스포츠와 예술에도 손을 댔습니다. 요컨대, 그만 하죠. 당신이 나를 자기 만족에 빠져 있다고 생각하지 않도록 말입니다. 하지만 상상해보십시오. 한창 나이에 완전한 건강체요, 재능도 풍부하고 지능 단련에서와 마찬가지로 신체 단련에도 능란하고, 가난하지도 부자도 아니고, 잠도 잘 자고, 자기 자신에 대해

서 깊이 만족하면서 훌륭한 사교성으로가 아니면 그것을 남에게 보이지 않는 남자를 상상해보시기 바랍니다. 그러면 아무리 겸손을 부려도 성공한 인생이지 않겠느냐고 내가 말한다면 당신은 그것을 인정하실 수밖에 없을 겁니다.

그래요, 나보다 더 잘 타고난 사람도 별로 없을 겁니다. 나는 완전히 인생과 일치하였었고, 인생의 아이러니, 그 위대성, 그 예속을 조금도 거부하지 않고 위에서부터 아래에까지 인생 그 자체에 집착했었습니다. 특히 육체며 물질, 한마디로 외관(外觀)은 많은 사람들을 사랑이나 고독 속에 당황하게 만들고 낙담케 하지만, 나에게는 굴복시킴이 없이 한결같은 즐거움을 가져다 주었답니다. 나는 육체를 향유하기 위해 만들어진 사람입니다. 그렇기 때문에 사람들은 내게서 이런 조화와 가라앉은 우월성을 느끼고, 또 그들은 가끔 그것이 그들이 살아가는 데 도움이 된다고 내게 고백한 적도 있습니다. 그래서 사람들은 내 고객이 되려고 애썼지요. 예를 들면, 흔히 사람들은 나를 전에 만난 적이 있는 것 같다고 생각하는 거예요. 그들의 생명과 그들의 선물이 내 앞으로 왔습니다. 나는 호의를 가진 자부심으로 그러한 경의(敬意)를 받아들였습니다. 사실 그렇게 충실하고 순박하게 인간 노릇을 한 덕택으로 내가 약간 초인(超人)이 된 듯한 생각도 듭니다.

나는 어엿한 가문의 태생이었지요. 아무튼 천한 가문은 아니었습니다(내 아버지는 관리였어요). 그런데 어느 날 아침, 그것을 교만한 생각 없이 고백합니다만, 나는 왕자가 된 듯한——성서에 나오는 타오르는 가시덤불이 된 듯한——생각이 들더란 말입니다. 그건 다른 사람들보다 내가 더 현명

하게 살고 있다고 확신하는 것과는 다른 문제라는 것을 유
의해주십시오. 게다가 그러한 확신이란 많은 바보들도 가지
고 있는 것이라서 중요성이 없어요. 그렇지만 그런 것이 아
니고 너무나도 만족했기 때문에 고백하기에 망설여집니다
만, 나는 택함을 받은 것같이 느껴졌던 겁니다. 모든 사람들
가운데서 길고도 불변한 성공을 거둘 수 있도록 자기 자신
이 택함을 받는 것같이 말입니다. 그것은 결국 내 겸양의 결
과였어요. 나는 이 성공을 다만 내 재능의 탓으로 돌리기를
거부했습니다. 한 사람 속에 그렇게도 다양하고 그렇게도
큰 재질이 겸비되어 있는 것을 단순히 우연의 결과라고만
생각할 수는 없었던 겁니다. 그렇기 때문에 나는 행복하게
살면서도 그 행복이 어떤 지상 명령에 의해 허용된 것인 양
여겼었지요.

　내가 아무런 종교도 가지고 있지 않다는 것을 말씀드리며,
당신은 이 신념 속에는 이상한 것이 있음을 더 잘 아시게 될
겁니다. 예사로운 것이든 그렇지 않든 간에 그 확신이 나를
오랫동안 일상적인 생활 수준 위로 끌어올려 주어서, 여러
해 동안, 글자 그대로 나는 공중에 떠돌았던 것입니다. 솔직
히 말씀드리자면 아직도 마음속에 미련을 갖고 있지요. 나는
그날 밤까지 떠돌았었는데…… 아닙니다, 이건 다른 일이고
또 잊어버려야만 합니다. 게다가 내 이야기가 어쩌면 과장되
었을지도 모르겠군요.

　나는 모든 것에 유복했던 것은 사실이지만, 동시에 아무것
에도 만족하지를 못했었습니다. 즐거움은 저마다 내게 다른
즐거움을 욕심내게 했어요. 나는 환락에서 환락으로 헤매고

다녔지요. 인간들과 인생에 더욱더 열중하여 몇 날 밤이고 계속해서 춤을 추기도 했습니다. 가끔 춤과 가벼운 술기운과 내 광란과 사람들의 격렬한 자포자기가 피곤과 충족감이 한데 엉긴 어떤 황홀감 속으로 나를 빠뜨리게 하는 그런 밤이면 느지막이, 나는 극도로 피곤한 한순간에 드디어 사람들과 세상의 비밀을 알게 된 것 같은 느낌이 들곤 했었습니다. 그러나 그 이튿날이면 피로는 사라지고 그와 더불어 비밀도 사라져버리는 것이었습니다. 그러면 나는 다시 뛰어들곤 했습니다. 그렇게 나는 항상 충족감에는 젖어 있었으나 결코 포만감은 느끼지 못한 채 어디서 멎어야 할지도 모르면서, 그날까지 아니 음악도 그치고 빛도 꺼져버린 그날 밤까지 헤매고 다녔던 겁니다. 내가 행복해했던 그 환락은…… 그런데 저 고릴라 친구를 불러야겠습니다. 고맙다고 머리를 끄덕여주세요. 그리고 무엇보다도 나와 함께 마셔주세요. 나는 당신의 동정이 필요하니까요.

　이런 말이 당신을 놀라게 했으리라는 것을 압니다. 당신은 갑자기 동정이나 원조, 우정 같은 것의 필요성을 느껴본 적이 없으십니까? 네, 물론 있었겠지요. 나는 동정으로 만족하는 법을 배웠습니다. 동정은 더욱 쉽게 얻을 수 있는 것이며, 게다가 또 어느 것에도 사람을 유인하지 않습니다. '내 동정을 믿어주십시오' 하고 말하지만, 내심으로는 곧 '그럼, 이젠 다른 문제로 들어가십시다'라는 말이 선행되는 거예요. 그것은 의장(議長)이나 갖는 감정이지요. 큰 재난이 있은 뒤에 값싸게 얻어지는 것이고요. 우정, 그것은 그렇게 간단하지 않습니다. 그것을 얻으려면 오래 걸리고 힘이 들지만 일단 얻고 나면, 떨쳐버릴 수가 없어서 마주 대하고 있을 수밖에 없지요. 더구나 친구들이란 으레 그래야 하는 것처럼. 바로 그날 저녁이 당신이 자살하려고 작정한 날은 아닌가, 아니면 그저 자리를 같이 해주어야 할 필요는 없을까, 외출할 의향은 아닌가 하는 것들을 알아보려고 밤마다 전화를 거는 것이라고는 생각지 마십시오. 그렇기는커녕 그들이 전화를 한다면, 조용히 좀 하세요, 그런 저녁은 당신은 혼자 있지 않고 인생은 아름다운 것이라고 생각할 만한 그런 밤일 겁니다. 자살만 해도 그래요. 자기들 생각으로는, 당신이 당신 자신에게 그래야 할 의무가 있느니 하면서 당신을 오히려 자살로 몰아갈 거예요. 하느님, 친구들로부터 너무 과대 평가 받는 일이 없도록 지켜주시옵소서! 우리를 사랑하는 것이 직분인 사람들, 친척들이나 인척들(굉장한 표현이군요!)로 말하자면 이야기가 전혀 달라요. 그들은 저마다 할 말이 있지만 그건 차라리 총알 같은 말이에요. 그들은 소총을 쏘아대는 것처럼 전화를 합니다. 그리고 정확히 겨냥을 합니다. 아아! 시시한 것들!

뭐라구요? 어느 날 밤? 이제 그 이야기를 하겠습니다. 좀 참아주세요. 어떤 의미로는 이 친구나 인척들의 이야기도 그 문제와 관련이 있으니까요. 자기 친구가 감옥살이를 하고 있기 때문에 사랑하는 친구가 빼앗겨버린 안락을 자기도 누리지 않기 위해서 매일 밤 방바닥에서 잠을 잤다는 어떤 남자에 대한 이야기를 들은 적이 있습니다. 선생, 누가, 누가 우리를 위해 바닥에서 잠을 자겠습니까? 나 자신 그렇게 할 수 있느냐구요? 이보세요, 나는 그렇게 하고 싶습니다. 그렇게 할 거예요. 네, 우리는 모두 언젠가는 그렇게 할 수 있게 될 겁니다. 그러면 구원받게 되겠지요. 하지만 그건 쉬운 일이 아닙니다. 왜냐하면 우정이란 방심하기 쉽고 적어도 무력한 것이기 때문이지요. 우정은 자기가 하고 싶은 것을 할 수 없습니다. 요컨대 우정은 어쩌면 그러고 싶지 않은지도 모르지 않아요? 어쩌면 우리는 인생을 그다지 사랑하지 않는지도 모르겠고요. 당신은 죽음만이 우리의 감정을 일깨워준다는 사실에 주목해본 적이 있습니까? 우리를 떠나간 친구들을 우리는 얼마나 사랑하고 있나요? 입에 흙이 가득해서 더 이상 말을 할 수 없는 우리의 스승들을 우리는 얼마나 감탄하고 있는 겁니까! 그때는 존경이, 그들이 어쩌면 한평생 우리에게 기대했던 그 존경이 아주 자연스럽게 흘러나오게 됩니다.

그런데 당신은 우리가 왜 언제나 죽은 사람들에 대해서 더 정당하고 더 관대한지 아십니까? 이유는 간단합니다. 그들에 대해서는 의무가 없기 때문이에요. 그들은 우리를 구속하지 않습니다. 그래서 우리는 우리의 시간을 취할 수 있으며 칵테일을 마시고 예쁜 여자를 만나는 사이에 결국 한가로운 때에 경의를 표하면 되는 겁니다. 만일 그들이 우리들에게 어떤 것을 강요한다면, 그것은 추억에 관해서일 터인데 우리의 기억력은 짧거든요. 우리 친구들 사이에서 우리가 사랑하는 것은 죽은 지 얼마 되지 않은 고인(故人), 우리에게 괴로움을 주는 고인뿐이어서 결국 우리는 우리의 감동을 사랑하는 것이며 우리들 자신을 사랑하는 것입니다!

내게는 되도록이면 피하려는 친구가 한 사람 있었습니다.

그는 나를 약간 싫증나게 했고 게다가 훈계까지 하는 친구였습니다. 그런데 임종 때에는 나를 다시 붙들었지요. 내가 하루를 잃어버린 것은 아니랍니다. 그는 내게 만족해하며 내 손을 꼭 잡고 죽었거든요. 나를 너무 자주 귀찮게 따라다녔지만 내게는 별로 중요하지 않던 어떤 여자가 요절해버린 일이 있었습니다. 그러자 곧 내 마음속에 그녀가 들어서더라니까요! 게다가 자살인 경우에는……. 그 얼마나 감미로운 소동이겠습니까! 전화가 울리고 심장이 터질 듯하고 일부러 간결하게 말을 하지만 함축된 뜻이 무겁게 담겨져 있고 슬픔을 억누르고, 네, 그래요. 그리고 약간의 자책감마저 갖게 되거든요! 선생, 인간이란 그렇게 양면성이 있는 거랍니다. 인간은 자신을 사랑하지 않고는 남을 사랑할 수가 없는 겁니다. 한 아파트 안에서 사람이 불행히 죽었는데도 잘 살아가는 이웃들을 주의해보십시오. 그들은 자기들의 수수한 삶 속에서 잠들어 있는데, 가령 문지기가 죽었다고 합시다. 그들은 즉시 잠이 깨어 안절부절못하며 알아보고 동정들을 합니다. 초상이 났으니 마침내 구경거리가 시작된 것이지요. 그들은 비극적인 사건을 필요로 합니다. 그것이 그들의 작은 우월감이고 아페리티프(식사 전에 마시는 술)이니까요. 그런데 내가 문지기에 대해 이야기한 것은 우연일까요? 내게도 문지기 한 사람이 있었는데 정말로 못생기고 심술궂기조차 했으며, 프란체스코회의 수도사도 실망시켰을 만큼 하잘것없는 데다 못된 마음으로 가득 찬 괴물 같은 사람이었습니다. 나는 그 사람과 더 이상 말조차도 나누지 않게 되었습니다만, 그가 존재한다는 것만으로도 내 일상적인 만족감이 위태로울 정도였습니다. 그가 죽자 나는 그의 장지에까지 갔었습니다. 왜 그랬을 거라고 생각하십니까?

　장례식이 거행되기 전의 이틀간이 퍽 흥미있었습니다. 문지기의 아내는 병이 나서 단칸방에 누워 있었는데, 그 곁의 받침대 위에는 관이 놓여져 있었습니다. 그래서 자기의 우편물은 자기가 찾아가야만 했습니다. 방문을 열고 "안녕하세요, 부인" 하고 말한 다음, 문지기의 아내가 손으로 가리키면서 늘어놓은 고인에 대한 칭찬을 듣고 난 후에야 자기 우편물을 가져 가는 것이었습니다. 그러는 동안 즐거운 일이라고는 아무것도 없지 않겠어요? 그런데도 온 집안 사람들이 그 페놀 냄새가 풍기는 수위실 안으로 열을 지어 간 것이었습니다. 그 집에 세들어 사는 사람들은 하인들을 보내지 않고 자신들이 횡재나 만난 것 같은 기회를 이용하러 갔던 겁니다. 게다가 하인들도 또한 슬그머니 들여다보는 것이었어요. 매장하던 날에는 관이 너무 커서 수위실 문을 나오기가 힘이 들었어요. "오, 여보" 하고 문지기의 아내는 침대에 누워서 기쁘기도 하고 괴롭기도 한 놀라움으로 이렇게 말했답니다. "어쩌면 저이가 저리도 커졌을까!" "염려마십시오, 부인. 뒤로 물러서 세워 내갈 테니까요" 하고 우두머리 상여꾼이 대답을 했습니다. 관을 세워서 내간 다음 다시 뉘었습니다. 그리고 묘지까지 가서 놀라울 만큼 사치스러운 관 위에다 꽃을 던진 사람은 나 혼자뿐이었어요. 아, 참, 카바레의 보이였던 사내 하나와 동행이 있군요. 그 사람은 매일 저녁 고인과 페르노 술을 마셨다는 것을 내가 알고 있었지요. 그러고는 문지기 아내를 방문했고 그 여자로부터 비극의 주인공으로서의 치사를 받았습니다. 그 모든 일에 어떤 이유가 있겠습니까? 아페리티프란 것 말고는 아무런 이유도 없었습니다.

또한 변호사회에서 같이 일을 하던 나이 많은 사람의 장례식을 치른 적이 있었습니다. 너무도 업신여김을 받던 서기였는데, 나는 언제나 그와 악수를 했었지요. 하긴 내가 일을 하고 있던 곳에서는 모든 사람들과 악수를 했지만요. 그것도 한 번이 아니고 두 번씩이나 말입니다. 그런 마음으로부터 우러나오는 소박함 때문에 별로 애쓰지 않고도 나는 모든 사람들로부터 친근감을 얻을 수 있었는데, 그것은 명랑한 기분을 유지하는 데도 필요한 것이었습니다. 서기의 장례식을 위해서 변호사회 회장이 일부러 수고하지는 않았습니다. 나는 여행을 떠나기 전날이었는데도 참석을 해서 남의 이목을 끌었지요. 나는 내가 참석하면 사람들의 눈길을 끌게 되고 따라서 호의를 가지고 말들을 하리라는 것을 정확하게 알고 있었던 겁니다. 게다가 그날은 눈조차 내리고 있었는데도 나는 망설이지 않았던 것입니다.

뭐라구요? 이제 하려고 합니다. 걱정하지 마시라니까요. 지금도 그 이야기를 하고 있는 거예요. 그런데 아까 말했던 그 문지기 아내가 말입니다, 자기의 감동을 더 잘 맛보기 위해 십자가를 만들고 멋진 참나무 관을 만들고 돈을 많이 낭비하여 파산해버린 그 여자가 한 달 후에 어떤 목청 좋은 멋쟁이 녀석과 붙어버렸어요. 그 녀석이 여자를 때리면 끔찍한 소리가 들려왔고 그러고 나면 곧 사내는 창문을 열어젖히고 자기의 애창곡을 불러대는 것입니다. "여자들이여, 그대들은 얼마나 귀여운가!" 그러면 이웃 사람들이 "저런!" 하고 말

들을 했지요. 무엇이 저런이라는 말입니까? 어쨌든 겉보기에
도 그 바리톤 녀석은 마땅치 못했고 그 문지기 아내 또한 마
찬가지였습니다. 그러나 그들이 서로 사랑하지 않는다는 증
거는 아무것도 없습니다. 또한 그 여자가 자기 남편을 사랑
하지 않았다는 증거도 없고요. 그런데 그 멋쟁이 녀석이 목
소리도 팔도 지쳐서 날아가버리자, 그 충실한 여자는 다시
고인에 대한 찬사를 늘어놓았습니다. 하기는, 겉으로 보기에
는 성실해보여도 끝까지 충실하지 못한 사람들을 알고 있거
든요. 나는 자기 인생의 20년을 어느 되통스러운 여자에게
바친 한 남자를 알고 있습니다. 그는 자기의 우정이며, 일이
며, 정돈된 생활 같은 그 모든 것을 그 여자를 위해 희생하였
는데, 어느 날 저녁 그는 자기가 아내를 결코 사랑하지 않는
다는 것을 알게 되었습니다. 간단히 말해서 싫증이 난 겁니
다. 대부분의 사람들처럼 싫증이 난 거예요. 그래서 그는 인
생을 완전히 복잡하고 비극적으로 만들어버렸습니다. 무엇
인가 일어나야만 한다는 것, 그것은 인간들의 참여에 대한
대부분의 설명이지요. 무엇인가 일어나야만 합니다. 사랑 없
는 예속이나 전쟁이나 혹은 죽음이라도, 그러니 장례식도 대
환영이지요!

　나에게는 적어도 그런 변명이 없습니다. 나는 군림하고 있
었기 때문에 권태를 느끼지 않았던 겁니다. 내가 이야기하려
고 하는 그날 밤에는 어느 때보다도 권태를 느끼지 않았다고
말할 수 있습니다. 정말로 나는 무엇이 일어나주기를 바라지
않았습니다. 그랬는데…… 선생, 그것은 어느 아름다운 가
을날 저녁이었어요. 거리는 아직 훈훈하고 센 강변은 벌써

물기를 머금고 있었습니다. 밤이 다가오고 있었어요. 그러나 아직은 서쪽 하늘이 밝았지만 점점 어두워지고 있었고, 가로 등들은 희미하게 비치고 있었습니다. 나는 데 자르 다리를 향해서 왼쪽 강기슭을 올라가고 있었습니다. 헌책 장사꾼들의 닫힌 작은 가게들 사이로 강물이 번쩍이고 있는 것이 보였습니다. 부두에는 사람도 별로 없었습니다. 파리는 벌써 식사를 하고 있었던 겁니다. 나는 아직도, 여름을 생각나게 하는 그 누렇고 먼지가 이는 나뭇잎들을 밟고 있었습니다. 하늘은 점점 별들로 가득 차고, 그 별들은 한 가로등에서 다른 가로등으로 발길을 옮길 때마다 언뜻 보이곤 하였습니다. 나는 되돌아온 정적, 저녁의 부드러움 그리고 쓸쓸한 파리를 음미하고 있었습니다. 나는 만족해 있었습니다. 그날은 하루 종일 좋은 날이었거든요. 맹인을 도와주었고, 바라던 대로 감형(減刑)이 되었고, 고객들로부터는 뜨거운 악수를 받았고, 몇 가지 후한 인심도 베풀었고 또 오후에는 우리 지도 계급의 냉혹성과 지식인들의 위선에 관하여 몇몇 친구들 앞에서 훌륭한 즉흥 연설도 했거든요.

나는, 그 시간에는 인기척이 없는 데 자르 다리로 올라가서 이제는 완전히 어두워진 밤 속에서 거의 알아볼 수 없는 강물을 바라보고 있었습니다. 앙리 4세의 동상 앞에서 나는 강 속에 있는 섬을 굽어보고 있었지요. 마음속에 어떤 거대한 힘, 아니 뭐라고 말할까요. 어떤 완성의 감정 같은 것이 솟아오름을 느꼈고, 또 그것이 내 마음을 상쾌하게 만들었습니다. 나는 몸을 일으키고 나서 만족감을 느끼게 하는 담배에 불을 붙이려고 했습니다 그때, 바로 그 순간에 내 등 뒤에서 웃음이 터졌습니다. 깜짝 놀라서 나는 급히 돌아보았지요. 그러나 거기에는 아무도 없었습니다. 난간까지 가보았지만 큰 거룻배도 작은 배도 없었습니다. 그래서 나는 섬 쪽으로 몸을 다시 돌렸습니다. 그러자 다시 등 뒤에서 웃음소리가 들렸어요. 좀더 멀리서, 마치 강을 따라 내려오듯이 말입니다. 나는 움직이지 않고 그 자리에 그대로 서 있었습니다. 웃음소리는 약해졌지만 나는 아직도 내 뒤에서 그 소리를 똑똑히 듣고 있었습니다. 강물에서 들려오는 것이 아니라면 어떠한 곳에서 왔을까요. 그와 동시에 나는 심장이 숨가쁘게 고동치는 것을 느꼈습니다. 제 밀을 질 들어주세요. 그 웃는 소리에는 이상한 것이라고는 아무것도 없었습니다. 친근감마저 느끼게 하는 자연스럽고도 즐거운 웃음이었어요. 그리고 안정감을 주었고요. 조금 있자니 아무 소리도 들려오지 않았습니다. 나는 둑길로 다시 돌아와 도피네 거리로 들어서서 별로 필요도 없는 담배를 샀습니다. 나는 침착하지 못했고, 숨쉬는 것조차 힘이 들었습니다. 그날 밤, 어느 친구를 불렀지만 그 친구는 집에 없었습니다. 외출을 할까 망설이고 있는데, 그때 갑자기 내 창 밑에서 웃음소리가 들렸습니다. 창문을 열었어요. 그랬더니 과연 보도에서 젊은이들이 즐겁게 작별 인사를 하고 있더군요. 어깨를 으쓱하면서 나는 창문을 다시 닫았습니다. 검토해야 할 서류가 있었거든요. 그리고 물 한 잔을 마시려고 목욕실로 갔습니다. 거울 속에서 내 모습은 웃고 있었지만, 그 미소가 내게는 이중으로 보이는 것 같았습니다……

　뭐라구요? 미안합니다. 다른 것을 생각하고 있었어요. 내일 아마 다시 뵙게 되겠지요. 내일, 네, 내일 말입니다. 아니에요, 더 있을 수가 없어요. 게다가 저기 보이는 저 갈색머리의 곰 같은 사내가 의논할 것이 있으니 와달라고 했거든요. 확실히 정직한 놈인데 경찰이 치사스럽게, 순전히 못된 성미를 부려 못살게 군답니다. 당신도 저 사람이 살인자같이 생겼다고 생각하십니까? 직업상 저런 얼굴을 하고 있을 뿐이에요. 사실 저 사람이 강도짓을 하긴 했지만 저 우락부락한 사내가 그림 거래에 있어서는 전문가라는 것을 안다면 놀라실 겁니다. 네덜란드에서는 누구나 미술과 튤립에 대해서는 전문가들이거든요. 저 사람, 모습은 수수하지만 가장 유명한 그림 도난 사건의 주범이랍니다. 무슨 사건이냐구요?

아마 나중에 그 이야기를 해드리게 될 겁니다. 내가 별것을 다 안다고 놀라지는 마십시오. 나는 고해 판사이기는 하지만 여기서는 내 전문 외에도 몇 가지 능력을 갖고 있지요. 즉, 저 사람들의 법률 고문이랍니다. 나는 이 나라의 법률을 연구해서, 면허장을 요구하는 일이 없는 이 구역에서 고객을 사귀게 된 겁니다. 쉬운 일은 아니었지만 나는 고객에게 신뢰감을 주거든요, 안 그래요? 나의 거리낌없는 좋은 웃음, 힘 있는 악수, 이것은 곧 성공의 조건들이거든요. 게다가 몇몇 어려운 사건을 처음에는 이해 관계로, 그러다가 나중에는 신념을 가지고 해결했거든요. 만일 매춘부들의 기둥서방이나 도둑놈들이 언제 어디서든 유죄를 선고받는다면, 신사들은 모두 언제나 자기들은 죄가 없다고 생각할 겁니다. 내 생각으로는——네, 네, 갑니다!——무엇보다도 그런 일이 없도록 해야 할 겁니다. 그렇지 않으면 웃음거리가 될 테니까요.

Ⅲ

　동포 양반, 정말로 그처럼 호기심을 가져주셔서 고맙습니다. 그러나 내 이야기에는 아무것도 이상한 것이라곤 없습니다. 당신이 그 이야기에 큰 관심을 가지고 있으니 말입니다만, 며칠 동안은 그 웃음에 대해서 약간 생각해보았었지요. 하지만 그 다음에는 잊어버리고 말았습니다. 이따금 마음 한 구석에서 그 소리가 들려오는 듯도 싶었지만, 대개의 경우에는 쉽게 다른 것에 대한 생각을 할 수 있었습니다.

　그렇기는 했지만 파리의 강변으로는 더 이상 발길을 옮기지 않았다는 것을 자백해야만 하겠습니다. 자동차로 혹은 버스로 그 곳을 지날 때면 마음속에 일종의 침묵이 일어나곤 했습니다. 무엇을 기다렸다는 생각이 드는군요. 그러나 내가 센 강을 다 건널 때까지 아무 일도 일어나지 않았을 때라야만 나는 안도의 숨을 내쉬는 것이었습니다. 그때 나는 또 건강이 좋지를 않았습니다. 뭐라고 분명히 말하기는 어렵지만 기운이 없고 명랑한 기분을 되찾기가 어쩐지 힘이 들었어요.

몇몇 의사에게 보였더니 강장제를 주더군요. 그러면 기분이 좀 나아지는 것 같다가도 이내 가라앉곤 했습니다. 생활이 전처럼 수월하지 않게 되더군요. 몸이 괴로우면 마음도 활기를 잃게 되니까요. 결코 배운 적은 없지만 너무도 잘 알고 있던 것, 즉 산다는 것을 부분적으로 잊어버리는 듯한 느낌이 들었어요. 그래요, 모든 것이 시작된 것은 바로 그때라는 생각이 드는군요.

그런데 오늘 밤도 또한 건강이 좋지 않은 것 같아요. 표현하는 데 힘마저 드는군요. 말도 별로 잘하지 못하는 것 같고, 이야기는 분명하지가 못합니다. 아마 일기 때문이겠지요. 숨도 잘 쉬지 못하겠고, 공기는 너무 무거워 가슴을 짓누르는군요. 동포 양반, 밖으로 나가서 거리를 좀 거닐어도 괜찮겠습니까? 고맙습니다.

밤에 보는 운하는 너무도 아름답군요! 곰팡내 나는 이 수증기, 운하에 담기는 낙엽의 냄새, 꽃을 가득 실은 거룻배에서 올라오는 음산한 냄새가 난 좋습니다. 아니에요, 이런 취미는 조금도 병적인 것이 아닙니다. 그와 반대로, 이것은 내게 있어서는 고집 같은 것이에요. 사실을 말하자면 나는 이 운하를 좋아하려고 애쓰고 있다는 것이지요. 세상에서 내가 가장 좋아하는 것은 시실리 섬입니다. 그것도 에트나 화산 꼭대기에서 햇빛을 받으며 섬과 바다를 내려다볼 수 있을 때 말이에요. 무역풍이 부는 시기에는 자바도 또한 좋아해요. 네, 젊었을 때 가본 적이 있습니다. 나는 대체로 섬은 모두 좋아합니다. 섬에서는 군림하기가 더 쉽거든요.

매혹적인 집이지요? 저기 보이는 두 얼굴은 흑인 노예의 얼굴이에요. 간판이지요. 저 집은 노예 상인의 집이거든요.
아! 그 당시에는 자기의 놀음을 숨기지도 않았답니다! 가슴
을 탁 펴고 이렇게 말했지요. "자, 이게 내 집이오. 노예를
매매하고 있습니다. 검은 몸뚱이를 팔고 있지요." 오늘날 그
런 걸 자기 직업이라고 공공연히 소개하는 사람을 상상할 수
있겠습니까? 얼마나 파렴치한 행위입니까! 파리의 내 동료
들이 뭐라고 할는지 여기에 있어도 들리는 듯합니다. 그런
문제에 관해서는 그들은 완강하거든요. 그들은 주저하지 않
고 두서넛, 어쩌면 더, 그 이상의 성명서를 발표할 겁니다!
심사숙고 끝에 나도 그들의 성명서에 서명을 하겠지요. 노예
제도라니, 아! 절대로 우리는 반대합니다. 자기 집이나 공장
에 부득이 노예 제도를 두지 않을 수 없다는 것은 당연한 일
이겠지만, 그것을 자랑한다는 것은 지나친 짓이거든요.

　사람은 남을 지배하든지 아니면 섬김을 받든지 하지 않고
는 견딜 수 없다는 것을 나도 잘 알고 있습니다. 사람은 누구
나 맑은 공기가 필요하듯이 노예가 필요합니다. 명령한다는
것, 그것은 숨을 쉬는 것과도 같습니다. 이 의견에 찬성하시
겠지요? 그리고 아무리 불우한 사람일지라도 숨은 쉬게 되
는 겁니다. 사회 최하급의 인간에게도 배우자와 어린아이가
있습니다. 그가 독신자라면 개가 있습니다. 중요한 것은 결
국, 다른 사람은 대답할 권리가 없고 자기는 화를 낼 수 있다
는 것입니다. '아버지에게는 말대답해서는 안 된다'라는 이
런 틀에 박힌 말을 알고 계시지요? 어떤 의미로서는 그것은
이상한 말이기도 합니다. 자기가 사랑하는 사람에게가 아니
라면 이 세상에서 누구에게 말대답을 할 수 있다는 말입니

까? 다른 의미로 보자면, 그 말은 타당성이 있기도 합니다. 결정적인 발언을 할 수 있는 사람이 누구든 있어야 하니까요. 그렇지 않으면 모든 이유에는 또 다른 이유가 서로 대립할 수 있는 것이어서 끝이 나지 않을 테니까요. 그와 반대로, 힘이란 모든 것을 간결하게 해결해줍니다. 시간이 걸리기는 했지만 우리는 그것을 깨닫게 되었지요. 예를 들자면, 당신도 그것을 느꼈을 줄 압니다만, 이제야 우리의 늙은 유럽은 훌륭한 방법으로 철학상의 문제를 사색하게 된 것입니다. 우리는 순진했던 시대의 사람들처럼 "나는 이렇게 생각합니다, 당신의 의견은 어떻습니까?"라고는 더 이상 말하지 않습니다. 우리는 현명해졌거든요. 우리는 대화를 코뮈니케(외교상의 공문서)로 바꾸어놓았습니다. "그것은 진리다. 당신들은 언제나 그것을 토론할 수 있지만 우리와는 상관없는 것이다. 그러나 몇 년 후에 내가 옳다는 것을 경찰이 그대들에게 증명해 줄 것이다"라고 우리는 말합니다.

아, 친애하는 지구여! 모든 것은 이제 명백해졌습니다. 우리는 우리 자신을 알게 되었고 우리가 할 수 있는 것이 무엇인가를 알고 있습니다. 자, 나는 이야기의 테마가 아니라 예를 들자면, 나는 언제나 미소로써 섬김을 받고 싶었습니다. 만일 하녀가 침울한 얼굴을 하고 있으면 그녀가 내 하루를 망치게 하는 겁니다. 그녀도 아마 늘 명랑하지 않으면 안 된다는 법은 없을 겁니다. 그러나 나는 그녀가 울면서보다는 웃으면서 시중드는 것이 자신을 위해서도 나을 것이라고 생각합니다. 사실 그러는 편이 나로서는 더 좋았거든요. 그렇기는 하지만 내 이론이 훌륭한 것은 못 된다 하더라도 아주 바보 같은 것은 아닙니다. 이와 같은 식으로 나는 중국 음식점에서 식사하기를 언제나 거부했습니다. 왜 그랬느냐구요? 왜냐하면, 아시아인들은 말없이 백인들 앞에 서 있을 때는 종종 경멸하는 표정을 짓거든요. 물론 시중을 들면서도 그런 표정을 지니고 있단 말이에요. 그러니 어떻게 플레 라케(병아리 요리명)를 즐길 수 있으며, 특히 그런 사람들을 바라보면서 어떻게 자기가 떳떳하다는 생각을 할 수 있겠습니까?

아주 우리끼리의 이야기지만, 되도록이면 미소짓는 굴종이란 없어서는 안 되는 것이랍니다. 그러나 그것을 인정해서는 안 되지요. 노예를 갖지 않을 수 없는 사람은 그들을 자유인이라고 부르는 것이 낫지 않을까요? 우선은 근본적으로 그렇고, 그 다음으로는 노예들을 절망시키지 않기 위해서도 말입니다. 그들에게 그만한 보상을 해주어야 되지 않겠습니까? 그렇게 하면 그들은 계속해서 미소를 지을 것이고, 또 우리는 떳떳한 양심을 유지할 수 있게 될 것입니다. 그렇지 않으면 우리는 우리 자신을 재검토해보지 않을 수 없게 되어 고통으로 머리가 돌아버리든지 아니면 조심을 하게 되어 모든 것이 두려워질 우려가 있습니다. 그러므로 간판은 필요없는 것이고, 더군다나 저런 간판은 수치스러운 것이지요. 하기야 모든 사람들이 식탁에 앉아서 자기의 진짜 직업과 신분을 드러낸다면, 사람들은 어찌할 바를 모르게 될 겁니다. 이런 명함들을 상상해 보십시오. 뒤퐁, 비겁한 철학자 혹은 기독교도적인 지주, 간통죄를 범한 휴머니스트, 확실히 선택의 자유는 있습니다. 그러나 그건 지옥일 것입니다.! 네, 지옥이란 이런 곳일 겁니다. 즉 간판이 즐비한 거리, 설명할 방법이 없는 곳. 모든 것은 한 번에 판결이 납니다.

　가령, 동포 양반, 당신의 간판은 어떠할지 좀 생각해보시구려. 왜 잠자코 있나요? 그럼 나중에 대답해 주세요. 어쨌든 내 간판은 내가 알고 있습니다 매혹적인 야누스의 얼굴처럼 이중의 얼굴을 그려놓고, 그 위에다가는 '믿지 마시오'라는 옥호(屋號)를 붙입니다. 내 명함에는 '장 바티스트 클라망스, 희극 배우'라고 쓰지요. 그런데 내가 당신에게 말씀드렸던 그날 저녁의 일이 있은 지 얼마 후에 나는 그 무엇을 발견하게 되었습니다. 그건 내가 도와주어 보도에까지 인도한 맹인과 헤어질 때는 그 사람에게 인사를 하는 겁니다. 그런데 모자를 벗고 인사한다는 것은 분명 맹인을 대상으로 하는 것은 아니거든요. 그 사람은 볼 수가 없기 때문이지요. 그렇다면 누구에게 하는 것이겠습니까? 대중입니다. 임무를 끝내고 나서 인사를 한다는 것, 그건 나쁜 건 아니지 않습니까? 그 무렵 또 어느 날은 내가 도와준 것에 대해 고마워하는 어느 자동차 운전사에게 아무도 그렇게 해주지 않았을 거라고 대답했답니다. 나는 물론 그건 어느 누구라도 그렇게 했을 거라고 말하고 싶었던 것이지요. 하지만 그런 하찮은 실언이 내 마음에 걸렸습니다. 겸손하기로는 정말로 나를 당할 수는 없거든요.

　겸손하게 그것을 인정할 수밖에 없지만 나는 언제나 허영심으로 가득 찼었습니다. 나, 나, 나라는 말은 내 값진 인생에서 늘 되풀이되는 말로써, 내가 하는 모든 이야기 속에서 들리는 말이었습니다. 나는 내 자랑을 하지 않고서는 이야기를 절대로 할 수 없었고, 특히 내게 숨은 그 어마어마한 조심성을 갖고 이야기할 때는 더욱 그랬습니다. 내가 언제나 자유롭고 강한 인간으로 살았던 것은 사실입니다. 그러나 그것은 다만 나는 나와 견줄 만한 사람이 있다고는 인정할 수 없노라는 훌륭한 이유를 들어, 모든 사람에 대하여 구속감을 느끼지 않았기 때문이었지요. 이미 말씀드렸지만, 나는 누구보다도 현명하다고 언제나 자처했을 뿐만 아니라 또한 누구보다도 민감하고 능숙했으며 뛰어난 사수(射手)에다가 비길 데 없이 운전도 잘했고, 훌륭한 정부(情夫) 노릇도 했습니다. 내가 열등하다는 것이 쉽게 확인되는 분야에서조차도, 예를 들면 테니스 같은 것에 있어서도 나는 그저 그런싸한 상대에 지나지 않았으면서도, 연습할 시간만 있으면 일류 선수들을 문제없이 이길 수 있을 것이라고 믿지 않고는 배기기 어려웠답니다. 나는 나의 우월성밖에는 인정할 수가 없었던 겁니다. 나의 친절과 침착성이 그것을 설명해 주고 있는 셈이지요. 남을 돌보아줄 적에는 순전한 호의로 자유롭게 임했으며, 그러면 공로는 전부 내게로 돌아오는 것이었습니다. 즉 내가 지향하는 사랑 속으로 나는 한 계단 올라가곤 했습니다.

몇몇 다른 사실들과 함께, 나는 이런 명백한 사실들을 내가 이야기한 그날 밤 이후로 조금씩 알게 되었습니다. 곧 알게 된 것도 아니고 아주 분명하게 알게 된 것도 아닙니다. 처음에는 기억을 생각해내야 했습니다. 그러다가 차츰 보다 분명해지면서 나는 내가 알고 있는 것 중에서 아주 조금만을 알고 있다는 사실을 깨닫게 된 것입니다. 그때까지 나는 언제나 놀라울 만한 망각의 능력의 도움을 받았었습니다. 나는 모든 것을 잊어버렸습니다. 맨 먼저 나는 내 결심부터 잊어 버리는 것이었습니다. 사실 중요한 것은 아무것도 없었습니다. 전쟁이며 자살이며 사랑이며 빈곤 같은 것에, 물론 상황이 어쩔 수 없을 때는 주의를 기울이긴 했었지만 그것은 예의상이요, 표면상으로 그랬을 뿐입니다. 가끔 나는 내 일상생활에 관계없는 일에 열중하는 듯이 보이기도 했습니다. 그러나 사실은, 내 자유가 방해받는 경우가 아니면 물론 그 일에 참여하지는 않았습니다. 뭐라고 말할까요? 스쳐지나간 것이지요. 네, 모든 것이 나를 살짝 스쳐지나간 것입니다.

하지만 정확하게 말하자면, 내 망각이 존경할 만한 것일 수도 있었습니다. 모든 모욕을 용서하는 것을 신앙처럼 여기고 또 사실 용서하기도 하지만, 절대로 그것을 잊어버리지 않는 사람들이 있는 것을 보셨겠지요. 나는 모욕을 용서할 수 없을 만큼 좁은 자질을 타고난 것은 아니지만, 언제나 결국에는 그것을 잊어버리고 맙니다. 그래서 나의 미움을 받고 있으리라고 생각하는 사람이 내가 활짝 미소를 지으면서 인사하는 것을 보고는 어리둥절해하는 것이었습니다. 그럴 경우에는 그 사람의 성격에 따라서, 내 훌륭한 마음씨에 감탄하거나 또는 내 비굴한 성격을 멸시하는 것이었는데, 내 이유는 그보다 더 간단하다는 것을 생각하지는 못하더군요. 즉 나는 그 사람의 이름조차도 잊어버렸던 겁니다. 나를 무관심한 사람으로 혹은 배은 망덕한 사람으로 만들었던 바로 그 결점이, 그때에는 나를 도량이 넓은 사람으로 만들어주는 것이었습니다.

그렇게 나는 그날그날 나, 나, 나의 연속 이외에는 다른 연

속성이 없이 살았었습니다. 나는 개처럼 그날그날 여자들과
더불어, 그날그날 미덕이나 악덕과 함께 지냈지만 나 자신은
언제나 확고하게 자리하고 있었습니다. 그렇게 나는 인생의
표면에서, 결코 현실 속에서가 아닌, 말하자면 말 속에서 앞
으로 나아갔던 것입니다. 거의 읽어보지 않은 그 모든 책들,
거의 사랑하지 않은 그 친구들, 거의 방문하지 않은 그 도시
들, 거의 휘어잡지도 못한 그 여자들! 나는 권태로움에서 혹
은 심심풀이로 그런 행동을 한 것이었습니다. 사람들은 뒤를
따르며 매달려보려고 했지만 아무것도 없었으니 불행이었지
요. 그들에게 있어서는 말입니다. 왜냐하면 나는 잊어버리고
있었기 때문이었지요. 나는 결코 나 자신 이외에는 기억하고
있지 않았거든요.

그러나 조금씩 기억이 되돌아왔습니다. 아니, 차라리 내가
그 기억으로 돌아갔다고 해야 될 거예요. 나는 나를 기다리
고 있던 추억을 찾아냈던 겁니다. 그것을 말씀드리기 전에,
내가 그것을 탐구하는 도중에 발견했던 몇 가지 예(그것은
당신에게 도움이 되리라고 확신합니다)를 당신에게 들려드리겠
습니다.

어느 날, 자동차를 운전하고 가다가 나는 파란 불이 켜졌
는데도 잠시 출발이 늦었던 적이 있었습니다. 그러나 참을성
많은 파리지앵(파리에서 태어나 자란 사람 또는 남자)들이 지
체없이 내 등 뒤에서 그들의 클랙슨을 요란스럽게 울려대는
것이었습니다. 그러는 동안에 갑자기 나는 그와 같은 상황에
서 돌발했던 어떤 사건이 생각났습니다.

코안경을 쓰고 골프 바지를 입은, 키가 작고 마른 사나이

가 운전하는 오토바이가 나를 앞질러 붉은 신호등 앞에 정지
했었습니다. 그 작은 사나이는 정지하면서 엔진을 꺼버렸습
니다. 그러고는 다시 발동을 거느라고 애를 썼지만 걸리지
않았습니다. 파란 불이 켜지자 나는 습관적인 공손한 태도
로, 내가 지나갈 수 있도록 오토바이를 옆으로 비켜달라고
부탁했지요. 그 키 작은 남자는 여전히 헛김만 내뿜는 엔진
때문에 신경이 날카로워져 있었습니다. 그러자 그 사람은 파
리지앵 식의 예의를 따라 나더러 옷이나 갈아입으라고 대답
하는 거예요. 나는 여전히 공손하게, 그러나 목소리에는 참
을 수가 없다는 뉘앙스를 가볍게 풍기며 다시 한 번 고집했
습니다. 그러자 그는 나에게 걸어가든지 말을 타고 가든지
하라고 하는 거예요. 그러는 동안 내 뒤에서는 클랙슨 소리
들이 들려오기 시작했습니다. 나는 좀더 단호한 말투로 상대
방에게 예의를 갖추라고 말하고, 당신이 교통을 방해하고 있
는 것을 보라고 했지요. 그러자 그 성미 급한 놈이 엔진 고장
임이 분명해지자 아마 울화가 치밀었던지, 내가 주먹다짐이
나 한차례 하고 싶다면 기꺼이 그렇게 해주겠노라고 말하는
거예요. 그렇게도 파렴치한 것에 화가 치밀어서, 그 말씨가
상스러운 녀석의 귀뺨이라도 후려칠 생각으로 차에서 내렸
습니다. 나는 내가 겁쟁이라고는 생각지 않고(그러나 무슨 생
각인들 못하겠습니까!), 나는 상대방보다 머리 하나는 더 컸
고 내 근육은 언제나 내게 도움이 되었었거든요. 그러나 지
금도 생각하면, 주먹다짐을 벌였더라면 치기보다는 오히려
얻어맞았을 거라는 생각이 들긴 해요. 그런데 내가 차도에
내려서자마자 몰려들기 시작한 군중으로부터 어떤 남자가

내게로 달려와서 인간 중에서도 가장 하등 인간이라고 나에게 말하면서, 오토바이를 탄 사나이, 다시 말해 불리한 처지에 있는 사람을 때리도록 놔두지는 않겠다고 말하는 것이었습니다. 나는 그 의협심이 많은 사람에게로 얼굴을 돌렸지만 그를 실상 보지도 못했습니다. 사실 내가 얼굴을 돌리자마자 거의 동시에, 오토바이가 다시 연속적으로 폭발음을 내는 소리가 들려왔고 나는 귀퉁이를 호되게 얻어맞았던 겁니다. 무슨 일이 일어난 것인지 알아볼 시간도 갖기 전에 오토바이는 멀리 멀어져 갔습니다. 어리둥절해서 나는 기계적으로 달타냥 같은 그 의협가에게로 걸어갔는데, 바로 그 순간 줄지어서 있던 많은 자동차들이 일제히 클랙슨 소리를 시끄럽게 울려댔습니다. 다시 파란 불이 켜졌던 겁니다. 그래서 나는 내게 당돌하게 말을 걸어왔던 그 바보 같은 녀석을 때려주지도 못하고, 좀 얼떨떨한 채로 순순히 자동차 쪽으로 돌아가서 그 자리를 떠났습니다. 내가 지나가는 것을 보고 그 바보 같은 녀석은 "시시한 자식"이라고 내게 인사를 했는데, 그것이 아직도 기억에 남아 있습니다.

　별로 중요한 이야기는 아니라고 말씀하시겠지요? 아마 그럴지도 모릅니다. 다만 그 일을 잊어버리는 데 오랜 시간이 걸렸습니다. 그것이 중요한 것이지요. 그렇지만 내게는 변명의 여지가 있습니다. 나는 대항하지도 않고 얻어맞기는 했지만 나를 비겁하다고 비난할 수는 없을 겁니다. 갑작스러운 일이라 놀란 데다가 양쪽에서 말을 걸어오는 바람에 나는 아주 당황했던 거예요. 그런데다 클랙슨 소리에 나는 더욱 당황해버렸던 겁니다. 그랬음에도 불구하고 나는 명예가 손상되기라도 한 것처럼 불행해졌습니다. 아무런 반발도 못하고 군중의 비웃는 시선 속에서 차에 오르던 내 모습이 보이곤 했습니다. 지금도 생각나지만, 그때 내가 매우 품위 있는 푸른색 옷을 입고 있어서 군중들은 더욱 좋아했습니다. "시시한 자식!"이라는 말이 들렸지만, 그 또한 내게 합당한 말인 것처럼 여겨지도록 했습니다. 요컨대 나는 대중 앞에서 기가 죽었던 것이에요. 결과적으로는 여러 사정이 일치하여 그렇게 된 게 사실이지만, 사정이란 언제나 있는 법이지요. 때를 놓치고 난 후에야 나는 어떻게 했어야 했는가를 분명히 깨달았습니다. 그 달타냥처럼 굴던 녀석을 보기좋은 훅으로 때려눕히고, 차에 올라 나를 때렸던 그 시시껄렁한 녀석을 쫓아가서 그놈의 오토바이를 길 옆에 밀어붙이고는 그놈을 옆으로 끌어내서, 맞아도 싼 그놈을 계속 두드려 패는 자신을 상상해보곤 했습니다. 어떤 것은 약간 다르기도 했지만 나는 이 필름을 상상 속에서 100번도 더 돌렸습니다. 그러나 때는 너무 늦어서 며칠 동안 나는 불쾌한 원한을 참아야 했습니다.

　저런, 비가 또 내리는군요. 저 현관 밑에서 멈추었다 가는 것이 어떨까요. 좋아요, 내가 어디까지 얘기했지요? 아! 네, 명예에 관한 이야기였지요! 그래요, 내가 그 사건에 대한 기억을 해냈을 때 나는 그것이 무엇을 의미하는지를 깨달았습니다. 결국 나의 공상은 사건의 시련을 견디어내지 못했던 겁니다. 지금은 그것이 분명합니다만, 나는 직업에서와 마찬가지로 인격적으로도 존경을 받는 그런 완전한 인간이기를 꿈꾸었던 겁니다. 말하자면 반은 세르당 같고 반은 드골 같

은 인간 말입니다. 요컨대 나는 모든 것에 군림하고 싶었던
거지요. 그랬기 때문에 나는 잘난 체를 했고 지적인 재능보
다는 오히려 육체적인 노련함을 보이는 겉멋을 부렸던 거예
요. 그러나 대항도 못 하고 군중 앞에서 얻어맞고 난 이후로
는 내 자신에 대한 그런 아름다운 이미지를 더 이상 가질 수
가 없게 되었습니다. 만약 내가 자처했던 것처럼 진실과 지
혜의 친구였다면, 그 광경을 보았던 구경꾼들은 벌써 잊어버
렸을 그런 사건이 나와 무슨 상관이 있겠습니까.? 아무것도
아닌 일로 화를 낸 것에 대하여 자신을 책망하고 또 아무리
화가 났다 하더라도, 침착성을 잃고 화를 낸 것에 대한 결과
를 극복하지 못한 것에 대하여 고작 자신을 책하는 정도였을
겁니다. 그런데 그러는 대신에 나는 복수를 하고, 때리고, 이
기고 싶은 욕망에 불탔던 거예요. 마치 나의 진정한 욕망이
세상에서 가장 지혜롭고 가장 너그러운 사람이 되는 것이 아
니라, 다만 내가 치고 싶은 사람을 쳐서 마침내 가장 강한 사
람이 되는 것, 그것도 가장 손쉬운 방법으로 그렇게 되는 것
이기라도 하는 것처럼 말입니다. 사실 당신도 잘 아시겠지만
지혜가 있는 사람은 누구나 갱스터가 되어 오직 폭력만으로
사회를 지배하려는 꿈을 꾸는 법입니다. 그러나 그것은 갱
소설을 읽는 것과 같이 쉬운 일이 아니라서 대개는 정치에
맡겨, 가장 잔인한 정당으로 달려갑니다. 모든 사람을 지배
할 수 있게 된다면 자기 영혼을 욕되게 한들 무슨 상관이겠
습니까?

　나는 내 마음속에서 달콤한 압제에의 몽상을 발견했던 겁
니다.

죄인이나 피고의 과오가 내게 아무런 손해를 끼치지 않는다는 정확한 범위 안에서만 나는 그들의 편이었다는 것을 적어도 깨달았던 겁니다. 나는 피해자가 아니기 때문에 그들의 죄상은 나로 하여금 웅변을 구사하게 만들었던 겁니다. 내가 위협을 받을 때는 이번에는 내가 심판자가 될 뿐만 아니라 그보다 더한 인간, 즉 모든 법률을 무시하고 그 경범죄인을 때려눕히고 무릎을 꿇리고 싶은 성미 급한 지배자가 되는 것이었습니다. 이러고 나니, 동포 양반, 내가 정의의 천직을 맡은 사람이고 과부와 고아의 선택받은 변호인이라고 진심으로 계속 생각하기가 어려운 노릇이었어요.

비도 더 오고 시간도 있고 하니, 그 얼마 후에 내가 기억 속에서 새로 발견한 것을 하나 말씀드려도 되겠습니까? 저 벤치 위에 비를 피해 앉읍시다.

여러 세기 동안 사람들은 담배를 피우면서 이 운하 위로 떨어지는 빗줄기를 여기에서 바라보고 있습니다. 내가 당신에게 이야기하려는 것은 좀더 어려운 이야기입니다. 이번에는 여자에 관한 이야기예요. 먼저 알아두셔야 할 것은 여자와의 문제에 있어서는 별로 크게 애쓰지 않고도 언제나 성공했었다는 겁니다. 여자들을 행복하게 했거나 그 여자들 때문에 내가 행복해지는 데 성공했다고 말씀드리는 것이 아닙니다. 아니고말고요, 성공했다는 말은 아주 단순한 거예요. 내가 원하기만 하면 거의 목적을 달성하게 되었으니까요. 사람들이 내게서 매력을 느꼈다고 상상해보십시오! 당신은 매력이 무엇이라는 것을 아시겠지요. 아무런 명확한 질문도 던지지 않고 '네'라고 대답하게 하는 방법이지요. 그 당시 나는 그랬어요. 그것이 놀라우신가요? 자, 부정하지는 마세요. 이렇게 된 내 얼굴을 보아서는 아주 당연한 일이니까요. 서글픈 일이지요! 어느 정도 나이가 들고 나서는 모든 사람들은 자기 얼굴에 책임을 져야 합니다. 내 얼굴은…… 그러나 상관없습니다! 모든 사람들이 내게서 매력을 느꼈던 것은 사실이고 또 나는 그것을 이용했던 겁니다.

그러나 거기에 어떤 계산을 했던 건 아닙니다. 나는 성실했었거든요. 아니 거의 그런 편이었지요. 여자들과의 관계는 자연스럽고 용이했고 흔히 말하듯이 수월했습니다. 거기에는 계략이 들어 있지 않았습니다. 다만 여자들이 존경스럽게 생각하는 것, 즉 드러내보이는 계략만을 썼습니다. 흔히 사용되는 말을 쓰자면 나는 여자들을 좋아했습니다. 그러나 그것은 결국 어느 여자도 결코 사랑하지 않았다는 이야기가 되지요. 여자를 싫어한다는 것은 야비하고도 어리석은 짓이라고 늘 생각했었으며, 또 내가 안 여자들은 거의 모두 나보다 좋은 여자들이라고 생각했었습니다. 그러면서도, 그렇게 높이 여자들을 평가하면서도 나는 그녀들을 위해주었다기보다는 종종 이용하였지요. 어떻게 그랬었는지…….

물론 진정한 사랑이란 예외적인 것이라서 한 세기에 거의 두서넛 있을까요. 그밖의 것은 허영 아니면 권태가 있을 뿐입니다. 나로 말하자면, 어쨌는 나는 포르투갈의 수녀는 아니었습니다. 목석 같은 마음을 지니고 있지도 않았고, 오히려 감동으로 충만했으며 따라서 눈물도 잘 흘려 걱정이었지요. 다만 나의 감격은 언제나 나를 향해 있었으며, 나의 감동은 나에게 관계될 뿐이었습니다. 어쨌든 내가 한 번도 사랑하지 않았다고 한 것은 거짓입니다. 나는 내 생애에 있어서 하나의 커다란 사랑에 빠졌었는데, 그 사랑의 대상은 언제나 나였습니다. 그런 관점에서, 아주 젊은 나이의 불가피한 갈등이 지나자 나는 빨리 정착이 되었습니다. 즉 관능성에 말입니다. 오직 그것이 내 애정 생활을 지배했던 겁니다. 나는 오직 쾌락과 정복의 대상만을 찾았습니다. 게다가 내 체질이 그것에 도움을 주었지요. 자연은 나에게 관대했으니까요. 나는 그것을 적이 자랑스럽게 여겼고, 거기에서 나는 쾌락에서 온 것인지 명성에서 온 것인지 모를 커다란 만족감을 얻었습니다. 또 내가 자랑을 하고 있다고 말하시겠지요. 그것을 부정하지는 않겠습니다만 이 점에 있어서는 그것이 사실이라고 자랑하는 것만큼 자랑스럽지는 않습니다.

어쨌든 내 관능성은 오직 그것에 대해서 말하자면, 너무도 절실한 것이어서 단 10분간의 정사를 위해서라도 나는 아버지와 어머니를 부인했을 겁니다. 그것을 견딜 수 없이 후회하게 되더라도 말입니다. 아니, 단 10분간의 정사를 위해서는 특히 그랬고 그것이 일시적인 것이라는 확신이 들면 더욱 그랬지요. 물론 내게도 원칙이 있었습니다. 예를 들면, 친구들의 부인은 건드리지 않는다는 것이었지요. 솔직히 말씀드리자면, 며칠 전에 남편들에 대한 우정을 갖는 것을 간단하게 중단시켜버리곤 했습니다. 어쩌면 그것을 관능적인 쾌락이라고 불러서는 안 되지 않을까요? 관능의 쾌락이란 그 자체로서는 혐오감을 주는 것이 아니지요. 관대해지십시다. 그래서 결점에 대해서, 사랑 속에서 육체적인 관계밖에 보지 못하는 일종의 선천적인 무능력에 대해서나 이야기합시다.

그러한 결점은 결국 편리하였습니다. 내 망각의 능력에 결합되어 있는 그것은 나의 자유에 도움이 되었거든요. 그와 동시에 그것이 나에게 주었던 어떤 냉담하고도 완강한 독자적인 태도에 의하여 그러한 결점은 나에게 새로운 성공의 기회를 제공해주는 것이었습니다. 낭만적이지 않았기 때문에 나는 공상적인 것에 강한 영향을 주었던 것입니다. 사실 여자들이란 언제나 모든 사람들이 실패한 데에서 자기들은 성공할 수 있으리라고 생각하는 보나파르트와도 같지요.

그런 관계에서 적어도 나는 관능 이외의 다른 것, 즉 놀이에 대한 내 사랑을 또한 만족시켰습니다. 여자들 속에서 나는 어떤 놀이의 파트너를 사랑했던 겁니다. 그것은 적어도 순진한 맛이 있는 놀이였지요. 나는 권태로운 것을 참지 못하기 때문에 인생에 있어서 다만 오락만을 높이 평가합니다. 아무리 화려한 사회라도 나를 빨리 지치게 만듭니다. 그러나 마음에 드는 여자들과 함께 있으면 결코 권태롭지가 않습니다. 고백하기 힘듭니다만, 예쁜 단역 여배우와 첫데이트를 위해서라면 나는 아인슈타인과의 열 번의 회담이라도 포기했을 겁니다. 열 번째 데이트를 가질 무렵에서야 사실 아인슈타인도 만나고 싶고 맹렬히 독서도 하고 싶어질 겁니다. 결국 중대한 문제들에 대해서는 내 하찮은 방탕 생활의 틈을 타서밖에는 관심을 가질 수가 없었던 것이지요. 길가에 서서 친구들과 열띤 논쟁을 벌이다가도 때마침 정신이 나간 듯한 여자가 길을 건너는 바람에 내게 설명하는 추리의 실마리를 잃어버렸던 적이 몇 번이나 있었는지 모릅니다.

그러나 나는 놀이를 했습니다. 나는 여자들이 너무 빨리 목적에 도달하지 않는 것을 좋아한다는 걸 알고 있었지요. 여자들이 말하듯이, 처음에는 이야기와 다정함이 필요합니다. 나는 변호사이기 때문에 이야기에 대해서는 걱정하지 않아도 되었고, 군대에서 견습 배우 노릇도 했었기 때문에 시선에도 걱정이 없었지요. 자주 역할이 바뀌기는 했지만 언제나 각본은 같았습니다. 예를 들면, 이해할 수 없는 매력의 각본으로는 "무엇인지 모르겠습니다"라든지, "이유는 없습니다. 나는 호감을 사고 싶지 않아요. 사랑에는 지쳤어요. 운운……" 하는 것이 있었는데, 이런 것은 레퍼터리 중에서 가장 낡은 것인데도 언제나 효과적이었습니다. 다른 어떤 여자도 결코 준 적이 없는 신비로운 행복, 어쩌면 아니, 확실히 오래 계속되지는 못하겠지만(너무 스스로를 보호할 줄 모를 테니까), 그러나 그것에는 바로 다른 것과 바꿀 수 없는 행복이란 것도 또한 있었지요. 특히 나는 짤막한 독백 하나를 완성했었는데, 그것은 언제나 환영을 받았고 당신도 그것을 들으면 칭찬하시리라고 확신합니다. 그 독백의 요점은, 나는 아무것도 아니라는 것, 내게 애착심을 가질 필요가 없다는 것, 내 인생은 다른 데 있고 나날의 행복, 어쩌면 내가 무엇보다도 누리고 싶었던 행복이 내 인생에는 스쳐가지 않았다는 것 그러나 이미 때는 너무 늦었다는 것. 긍정 속에서 고통스러우면서도 그 고통을 참는다는 그런 것이었지요. 결정적으로 그것이 늦었다고 하는 이유에 대해서는 비밀을 지켰습니다. 신비 속에 놔두는 것이 좋다는 것을 알기 때문이지요. 게다가 어떤 의미에서 나는 내가 말한 것을 믿고 있었습니다. 나는 내가 맡은 역(役)을 살고 있었으니까요. 내 상대가 되는 여자들 역시 열렬한 연기를 시작했다고 해서 놀랄 것은 없습니다. 나의 여자 친구들 중에서 가장 감수성이 예민한 자들은 나를 이해하려고 애썼지만 그런 노력은 오히려 그들을 서글픈 포기 쪽으로 이끌어갔습니다. 다른 여자들은, 내가 놀이의 규칙을 준수하고, 행동하기 전에 말하는 데 신중을 기하는 것을 보고 만족하여 지체 없이 현실로 옮겨가는 것이었어요. 그러면 나는 두 번이나 이득을 얻는 겁니다. 내가 여자들에 대해서 가졌던 욕망 이외에도, 그럴 때마다 내 멋진 능력을 확인함으로써 나의 자기애(自己愛)를 만족시킬 수 있었으니까요.

그것은 정말 사실이어서, 어떤 여자들은 나에게 다만 보잘 것없는 쾌락밖에 주지 못하는 일이 있더라도 나는 그 여자들과 이따금 한 번씩 다시 관계를 가지려고 노력했습니다. 아마 곁에 없는 것에 대해서는 야릇한 욕망이 일어나게 마련이라서 갑자기 다시 만난 공범자에게 열중하게 되는 것이겠지만 우리들의 관계는 여전히 맺어져 있으며, 또한 그것을 다시 긴밀하게 하는 것은 오직 나에게 달려 있다는 것을 확인하기 위해서였습니다. 때로는 여자에게, 어떤 다른 남자와 관계를 갖지 않았다는 것을 맹세까지 하게 해서, 그 점에 대한 나의 불안을 완전히 가라앉히기도 했습니다. 그러나 마음은, 상상력조차도 그런 불안과는 전혀 무관심하였지요. 사실 내 마음속에는 일종의 어떤 자부심이 너무도 강하게 자리잡고 있었기 때문에 명백한 사실이 있음에도 불구하고 내 것이었던 여자가 남의 여자가 될 수 있다고는 상상조차 하기 어려웠던 겁니다. 그러나 여자들이 내게 했던 맹세는 자기들을 읽어냄으로써 나를 해방시켜주는 것이었습니다. 여자들이 아무와도 관계를 맺지 않은 것을 안 순간부터 나는 그제서야 절연할 결심을 할 수 있었는데, 그렇지 않고서는 거의 언제나 관계를 끊기가 불가능했었습니다. 여자들에 관한 것이 확인이 되자 이번에야말로 내 능력은 영원히 보증되는 것이었습니다. 신기한 일이지요. 안 그래요? 그렇지만, 동포 양반, 사실이 그런 걸요. 어떤 사람들은 "나를 사랑해주오!" 하고 외치고 다른 사람들은 "나를 사랑하지 말라!" 하고 외칩니다. 그러나 어떤 종류의 사람들, 가장 나쁘고 가장 불행한 인간은 "나를 사랑하지 말고 나에게 충실하라!"고 외칩니다.

그러나 확인이 결코 결정적인 것은 아니며 한 사람씩 다시 시작하지 않으면 안 됩니다. 숱하게 되풀이한 덕택으로 습관이 붙더군요. 얼마 안 가서, 생각하지 않아도 이야기가 나오고 반사 작용이 뒤따르게 됩니다. 어느 날엔가는 진정으로 욕심내지 않으면서도 붙잡는 상태에까지 빠지게 됩니다. 어떤 사람들에게 있어서는 탐하지 않는 것을 붙잡지 않는다는 것이 세상에서 가장 어려운 일이기도 하지요.

어느 날 그런 사태가 일어났습니다. 여자가 누구라는 걸 당신에게 말할 필요는 없고, 다만 정말로 내 마음을 흔들리게 한 것은 아니지만 그 여자의 수동적이면서도 탐욕스러운 태도에 끌려버렸던 겁니다. 솔직하게 말씀드리자면 기대했던 것만큼은 보잘것없었습니다. 그러나 나는 콤플렉스는 가져본 적이 없어서 곧 그 여자를 잊어버리고 다시는 만나지 않았습니다. 그 여자는 아무것도 깨닫지 못했으리라고 나는 생각했고, 또 그 여자가 어떤 느낌을 가질 수 있으리라고조차 상상하지 못했습니다. 게다가 수동적인 그녀의 태도가 내 눈에는 초연하게 비치기도 했고요. 그런데 몇 주일 후에 나는 그 여자가 제삼자에게 내가 무능하다는 것을 털어놓은 사실을 알게 되었습니다. 그 순간에 나는 약간 속았구나 하는 생각이 들었습니다. 그 여자는 내가 생각했던 것처럼 그렇게 수동적이지도 않았고 판단력이 모자라는 것도 아니었으니까요. 다음 순간 나는 어깨를 으쓱하고는 웃는 얼굴을 지어 보였습니다. 정말로 웃기까지 했어요. 그 사건이 중요하지 않다는 것은 명백했으니까요. 겸손이 규칙이 되어야 할 분야가 있다면, 그것은 예측하기 어려운 일이 많은 성(性) 문제가 아니겠습니까? 그러나 그렇지가 않아요. 고독 속에서조차도 그것에 대해서는 가장 자부심이 강할 수가 있는 겁니다. 어깨를 으쓱하긴 했지만 과연 내 행동은 어떠했겠습니까? 얼마 후에 그 여자를 다시 만나 유혹하고 정말로 휘어잡기 위해서 갖은 노력을 다했지요. 그건 그다지 어려운 일은 아니었습니다. 여자들도 실패로 남는 것을 좋아하지 않는 법이니까요. 그때부터, 명확히 그러려고 하지는 않았지만, 실제로 나는 그 여자를 모든 방법으로 괴롭히기 시작했어요. 그녀를 버렸다가는 다시 관계를 맺고, 어울리지도 않는 시간과 장소에서 강제로 몸을 빼앗고 모든 면에 있어서 하도 거친 태도로 다루어서, 마침내는 간수가 자기 죄수에게 묶인 것처럼 상상이 될 정도로 그 여자에게 집착하게 되고 말았습니다. 그런 관계는 고통스럽고도 부자연스러운 쾌락의 격심한 혼란 속에서 그 여자가 자기를 굴복시키는 것에 소리 높이 경의를 표하는 날까지 계속되었지요. 그날 비로소 나는 그 여자로부터 멀어지기 시작했고 그 후로는 그 여자를 잊어버렸습니다.

 예의상 당신은 침묵을 지키고 계시지만, 나도 이 연애 사건이 그다지 훌륭한 것은 못 된다는 것을 당신과 같이 인정합니다. 그러나 당신의 생활을 생각해보십시오. 동포 양반! 당신의 기억을 파헤쳐보세요. 그리고 어쩌면 당신도 이와 비슷한 이야기를 발견할지 모릅니다. 나중에 말씀해주세요. 나로 말하자면 그 사건이 다시 내 머리에 떠올랐을 때 나는 또 웃기 시작했습니다. 그러나 그것은 다른 웃음이었어요. 데자르 다리에서 들었던 그 웃음과 너무도 비슷했습니다. 나는 내 이야기에 대해서나 내 변론에 대해서 웃었던 겁니다. 여자에게 하던 이야기보다 나의 변론이 더욱 우스웠던 거지요. 여자들에게는 적어도 별로 거짓말을 하지 않습니다. 본능이 내 태도 속에서 핑계를 대지도 않고 분명하게 말했으니까요. 예를 들자면, 사랑의 행위는 하나의 고백입니다. 거기에는 에고이즘을 공공연하게 부르짖고 자만심이 과시되고 또는 진정한 아량이 드러납니다. 마침내 나는 다른 정사(情事)들에서보다도 그 유감스러운 사건에서 더욱 내가 생각했던 것보다 솔직했었고 내가 누구인지, 내가 어떻게 살 수 있는지를 이야기했던 겁니다. 그러니까 표면상으로는 어쨌든지 간에, 무죄나 정의에 관한 직업적인 대활약에 있어서보다도 나는 사생활에 있어서, 특히 당신에게 말씀드린 것과 같은 처신을 할 때 특히 더욱 의젓했던 겁니다. 적어도 사람들과 함께 처신하는 나 자신을 보면서 나는 내 본성에 대해 오해할 수는 없었습니다. 어떠한 사람도 자기의 쾌락 속에서는 위선을 부리지 않는다는 말을 내가 책에서 읽은 것인지 아니면 내가 그 말을 생각해낸 것인지 모르겠군요, 동포 양반.

그렇게 어떤 여자와 결정적으로 헤어지려고 할 때 느끼는 곤란, 수많은 이중 관계로 나를 끌어들이는 곤란을 생각할 때 나는 정이 많은 내 마음을 탓하지는 않았습니다. 여자 친구들 중에서 하나가 우리들의 정열의 승리를 기다리다 지쳐서 절교를 하겠노라는 말을 했을 때 나를 움직이게 한 것은 정에 약한 마음이 아니었습니다. 그렇게 되면 나는 곧 한걸음 나아가 다독거려주고 설득을 하게 됩니다. 애정이며 부드럽고 연약한 마음씨, 그런 것들을 여자들 마음속에 일깨워놓고 나 자신은 그것을 피상적으로만 느낄 뿐이며 다만 여자의 거절로 인해서 조금 흥분되고 사랑을 잃게 될지도 모른다는 것 때문에 또한 불안스러웠을 뿐입니다. 때로는 정말로 내가 괴롭게 생각될 적도 있었던 건 사실입니다. 그러나 반항심을 품은 여자가 정말로 떠나버리고 말면 그것으로 나는 쉽사리 그 여자를 잊어버리는 겁니다. 그건 마치 그 여자가 그와 반대로 돌아오기를 결심했을 때, 내 곁에 와 있는 그녀를 잊어버리는 것과도 같은 것이지요. 버림받을 위험에 처했을 때 나를 일깨우는 것은 사랑도, 아량도 아니었습니다. 다만 사랑받고 싶은 욕망과 내 생각으로는 당연한 것을 내가 받고 싶은 욕망뿐이었지요. 사랑받게 되자마자 그리고 내 파트너를 다시 잊어버리게 되자마자 나는 다시 빛이 나고 최선의 상태가 되고 호감을 주는 내가 되는 것이었습니다.

그 애정을 다시 얻게 되자마자 나는 그것이 짐스럽게 느껴졌다는 것에 유의해주십시오. 역정이 나는 순간에는 내게 관

심을 가지는 사람의 죽음이 이상적인 해결책이라는 생각도
해보았습니다. 그 죽음은 우리의 관계를 결정적으로 확정시
켜주는 것이며 한편으로는 그 구속력이 제거될 것이니까요.
그러나 모든 사람의 죽음을 바랄 수는 없는 것이고, 극단적
으로 말하자면 달리 상상할 수 없는 자유를 누리기 위해서
지구상의 전 인류를 멸종시킬 수도 없는 것이지요. 나의 감
정과 나의 인류애가 그것에 반대를 했습니다.

　모든 것이 잘되어가고 또 안정과 동시에 마음대로 가고 올
수 있는 자유가 내게 주어졌을 때 그러한 정사들에서 느끼게
되는 유일하고 심오한 감정은 감사의 마음이었습니다. 방금
어느 여자의 침대에서 빠져나왔을 때의 나는, 다른 여자에게
더없이 친절하고 쾌활했었습니다. 그건 마치 어느 한 여자에
게 진 빚을 다른 모든 여자들에게 갚는 것과도 같은 거지요.
게다가 내 감정이 표면상으로 혼란해보인다 해도 내가 얻는
결과는 명백한 것이었습니다. 즉 나는 내 주위의 모든 애정을
유지하면서 내가 원할 때 그것을 이용하는 것입니다. 나도 인
정하지만, 그러니까 나는 다음과 같은 조건에서만 살아갈 수
있는 겁니다. 즉 지구상의 모든 인간들이, 아니면 가능한 한
최대 다수의 인간들이 영원히 공백 상태로, 자주적인 삶을 갖
지 말고, 어느 때이고 내 부름에 대답할 준비를 하고, 나의 광
명으로 그들을 도와주게 되는 날까지 불모(不毛)의 상태에
맡긴 채 나를 향하고 있어야만 했습니다. 요컨대 내가 행복
하게 살기 위해서는 내가 선택하는 사람들은 절대로 살지 말
아야만 했던 겁니다. 그들은 내 자의(恣意)에 의해서만 이따
금 한 번씩 그들의 생명을 얻을 수 있어야만 했습니다.

아! 나는 이런 것을 당신에게 말씀드리는 데 있어서 어떤 자만을 느끼지는 않습니다. 내 자신은 아무런 대가도 치르지 않으면서 모든 것을 요구하던 그 시절, 많은 사람들을 나를 위한 봉사에 동원하던 그 시절, 어느 때고 내가 편리할 때 그들을 가까이에 두기 위해 말하자면 냉장고 속에 그들을 넣어두던 그 시절에 대해 생각하면 마음속에 일어나는 야릇한 감정을 무어라고 이름지어야 할지 모르겠습니다. 그건 수치감이 아닐까요? 수치감이란, 말해보세요, 동포 양반, 좀 타오르지 않습니까? 그래요? 그렇다면 아마 그와 같은 것일 겁니다. 그렇지 않으면 명예에 관련되는 어처구니없는 그런 감정 중의 하나일 겁니다. 어쨌든 그 감정은 내 기억의 한가운데에서 발견했던 그 사건 이후로 나를 떠난 적이 없는 것 같습니다. 여러 번 빗나가기도 하고 또 그것을 꾸미느라고 애도 써보았지만 이제는 그 이야기를 더 이상 미룰 수가 없군요. 당신도 잘한 일이라고 하실 것을 기대하지만 말입니다.

이런, 비가 멎었군요! 제 집까지 바래다주십시오. 이상하게 피곤하군요. 이야기를 해서가 아니라 또 이야기를 해야 한다는 그 생각 때문에 그렇습니다. 계속해야죠! 나의 중대한 발견을 말씀드리기 위해서는 몇 마디 말로 충분할 겁니다. 게다가 더 이상 말씀드릴 필요가 있겠어요? 조상(彫像)을 벗기려면 미사여구는 집어치워야 합니다. 이야기는 이렇습니다. 등 뒤에서 웃음소리를 들었다고 생각되는 그날 저녁보다 2, 3년 전 11월의 일인데, 그날 밤 나는 센 강 좌안(左岸)으로 해서 집으로 가기 위해 데 자르 다리를 건너려던 참이었습니다. 자정이 지나 한 시쯤이었는데 가랑비가 아니,

차라리 이슬비가 내리고 있어서 행인들을 흩어지게 하고 있었습니다. 나는 방금 어느 여자 친구와 헤어져 돌아오는 길이었고 그 여자는 벌써 잠이 들었을 것임에 틀림없었습니다. 좀 나른해가지고 이렇게 걷는 것이 행복스러웠습니다. 몸은 태평하게 부슬부슬 내리는 비처럼 부드러운 피가 온몸을 씻어주고 있었지요. 다리 위에서 나는, 난간에 허리를 굽히고 강물을 내려다보고 있는 듯한 어떤 모습 뒤로 지나가게 되었습니다. 가까이 가서 보니 검은 옷을 입은 호리호리한 젊은 여자였어요. 짙은 머리카락과 외투깃 사이로 싱싱하게 물기에 젖은 목덜미가 보여 나를 설레이게 했습니다. 그러나 조금 망설이다가 나는 가던 길을 계속 걸어갔습니다. 다리 끝에서 내가 살고 있는 생 미셀 쪽으로 향하는 둑길로 접어들었습니다. 벌써 한 50미터쯤 걸어갔을 때 나는 사람이 물 속으로 떨어지는 소리를 들었습니다. 상당한 거리였는데도 밤의 정적 속에서는 내게 굉장한 소리같이 여겨졌어요. 나는 우뚝 걸음을 멈추었지만 돌아보지는 않았습니다. 거의 동시에 비명이 들렸는데 여러 번 거푸 들리더니 그것 역시 강물을 따라 내려가다가 갑자기 사라져버렸습니다. 갑자기 얼어붙은 듯한 어둠 속에서 계속되는 침묵이 내게는 끝이 없이 여겨졌습니다. 달려가고 싶었지만 움직일 수가 없었어요. 추위와 쇼크로 떨고 있었다고 생각됩니다. 서둘러야겠다고 생각은 했지만 내 몸을 휩싸는 억제할 수 없는 무력감을 느끼고 있었지요. 그때 무슨 생각을 했었는지는 잊어버렸습니다. 그것은 '너무 늦었어, 너무 멀어……' 라든지 아니면 그와 비슷한 생각이었을 겁니다. 나는 꼼짝도 하지 않고 여전히 귀를 기울이고 있었습니다. 그러다가 비를 맞으며 잰걸음으로 그곳을 떠났습니다. 그리고 아무에게도 그것을 알리지 않았습니다.

다 왔군요. 여기가 나의 집, 나의 피난처랍니다. 내일이요? 그래요, 당신이 원하신다면, 기꺼이 마르케 섬으로 안내해드리지요. 주이데르제를 보시게 될 겁니다. 열한 시에 멕시코 시티에서 만납시다. 뭐라구요? 그 여자 말입니까? 아! 정말 몰라요. 모릅니다. 그 이튿날도 그 후로도 신문을 읽지 않았으니까요.

IV

인형의 마을 같다고 생각지 않으십니까? 그림처럼 아름다운 곳이지요! 그러나 당신을 이 섬으로 안내한 것은 그림처럼 아름다운 경치 때문이 아닙니다. 당신이 탄복할 만한 모자나 나막신 그리고 밀랍 냄새가 풍기는 속에서 어부들이 담배를 피우고 있는 장식을 한 집들은 누구든지 보여드릴 수가 있습니다. 그러나 나는 그와는 반대로, 여기에서 중요한 것을 보여드릴 수 있는 몇 안 되는 사람 중의 하나입니다.

둑에 다다랐군요. 이 너무도 맵시 있는 집들로부터 될 수 있는 대로 멀리 있기 위해서는 이 둑길을 따라가야 합니다. 좀 앉읍시다. 어떠십니까? 이거야말로 부정적인 풍경 중에서 가장 아름다운 것이지 않습니까? 우리 왼편으로 이 곳에서는 모래 언덕이라고 부르는 저 잿더미를 보십시오. 오른편에는 회색빛 둑길, 발 밑에는 납빛의 모래사장 그리고 우리 앞에는 희미한 잿물 빛깔의 바다와 침침한 물을 반영하고 있는 광막한 하늘을 보십시오. 정말로 피곤한 지옥 같군요! 오직 수평선만 보일 뿐이고 어떠한 광채도 없으며, 공간은 무색이고 생명은 죽었습니다. 우주적인 소멸이며 눈에 보이는 두드러진 허무가 아닙니까? 무엇보다도 인간들이 없습니다. 인간들이 없어요. 마침내 인기척이 끊어진 유성(遊星) 앞에 오직 당신과 내가 있을 뿐입니다. 하늘이 살아 있다고요? 옳은 말씀입니다. 하늘은 두려워지다가는 움푹 들어가기도 하고, 바람의 계단을 열어놓기도 하고, 큰 구름의 문을 닫아버리기도 하지요. 저건 비둘기들이에요. 네덜란드의 하늘이 수백만의 비둘기들로 가득 차 있다는 것을 주의해본 적이 없었습니까?" 저 많은 비둘기들은 높이 떠 있어서 보이지가 않아요. 활개를 치고 한결같은 동작으로 오르내리며, 바람에 따라 이리 밀리고 저리 밀리는 회색빛 깃털의 무성한 움직임으로 하늘의 공간을 채우고 있지요. 비둘기들은 저 높은 곳에서 기다립니다. 1년 내내 기다리는 거예요. 땅 위를 맴돌며 살피기도 하면서 내려오고 싶어하지요. 그러나 바다와 운하와 간판으로 뒤덮인 지붕밖에는 아무것도 없습니다. 앉을 만한 자리 하나 없는 겁니다.

내가 무슨 말을 하고 싶어하는지 모르겠다구요? 솔직히 말해서 피곤하군요. 내 이야기가 주제에서 벗어났군요. 친구들이 그렇게도 공의를 표하던 그 두뇌의 명석함도 이젠 없어졌어요. 친구들이라고 말하긴 했지만 원칙상 그렇게 말씀드린 겁니다. 이젠 친구들도 없습니다. 공범자들만이 있을 뿐이지요. 그 대신 그들의 수효가 증가되었습니다. 그들은 바로 인류들이거든요. 인류 속에서 당신이 첫 번째입니다. 곁에 있는 사람이 언제나 첫 번째거든요. 친구가 없다는 걸 어떻게 아냐구요? 그건 아주 간단합니다. 친구들에게 선의의 장난을 하려고, 말하자면 그들을 벌주기 위해서 자살할까 하고 생각했던 그날 그것을 알게 되었지요. 그런데 누구를 벌한단 말입니까? 어떤 사람들은 놀라기는 하겠지만 아무도 벌을 받을 것 같지는 않았습니다. 그래서 나는 친구가 없다는 것을 안 겁니다. 게다가 친구가 있었다 해도 더 이상 일을 진척시키지는 않았을 겁니다. 만일 자살하고 나서도 그들의 모습을 볼 수 있다면, 네, 그 장난도 해볼 만한 가치가 있었을 겁니다. 그러나 땅 속은 컴컴하고 관(棺)은 두껍고, 수의(壽衣)는 불투명하거든요. 영혼의 눈으로는 아마 볼 수도 있겠지요. 만약에 영혼이라는 것이 있고 그 영혼이 눈을 가졌다면 말입니다! 그러나 그건 확실치 않습니다. 결코 확실치가 않거든요. 만약 그게 확실하다면 하나의 해결책이 있을 것이고 마침내 진정한 대접도 받을 수 있게 될 겁니다. 사람들은 당신의 죽음에 의해서만 당신의 이성, 당신의 성실성, 당신의 심각한 고통을 확인하게 되는 겁니다. 당신이 살아 있는 한 당신의 입장은 애매하고 당신은 오직 그들의 회의의 대상일 뿐입니다. 그러니 그런 광경을 즐길 수 있다는 유일한 확신만 있다면 그들이 믿고 싶어 하지 않는 것을 그들에게 증명해보여 그들을 놀라게 해줄 만도 하지요. 그러나 당신이 자살하고 나면 그들이 믿거나 말거나 소용이 없습니다. 당신이 거기에 없기 때문에 그들의 놀라움이나 후회를 그것도 일시적인 것이지만 받아들일 수가 없는 겁니다. 그리고 마침내는 모든 사람들이 바라듯이 당신 자신의 장례식에 참여할 수가 없는 겁니다. 애매한 것을 멈추게 하려면 아주 조용하게, 존재하는 것을 그만두면 되는 거예요.

그런데 그러는 것이 낫지 않을까요? 우리는 그네들의 무관심으로 해서 너무나도 괴로워하게 될 겁니다. "두고 보세요. 그 값을 치르시게 될 테니까요!" 하고 어느 딸이, 반지르하게 머리를 빗은 애인과 결혼을 못 하게 한 자기 아버지에게 이렇게 말했습니다. 그러고는 자살을 했어요. 그러나 아버지는 전혀 아무런 대가도 치르지 않았습니다. 그는 던질낚시를 무척 좋아하는 사람이었어요. 그런데 3주일이 지나자 그는 다시 강으로 돌아간 겁니다. 그의 말에 의하면 잊어버리기 위해서라나요. 계산은 정확했어요. 정말로 그는 잊어버렸으니까요. 사실 놀랄 것은 그 반대 일이지요. 자기 아내를 벌주기 위해서 죽는다고 생각하지만 실상은 아내에게 자유를 주는 겁니다. 그런 건 보지 않는 편이 낫지요. 그들이 당신의 행동에 부여하는 이유들을 듣게 될 건 말할 것도 없구요. 나에게는 이미 그 소리들이 들리는 것 같습니다. "그 친구가 자살한 건 견디기 어려웠기 때문이야……." 아! 이것 보세요, 사람들의 창의력이란 빈약한 것이랍니다. 사람들은 한 가지 이유 때문에 자살을 한다고 생각한답니다. 그러나 두 가지 이유 때문에도 충분히 자살할 수가 있는 겁니다. 그런데 그건 사람들의 머리에는 들어가지를 않지요. 그러니 자진해서 죽은들 무슨 소용이 있겠습니까? 자기에 대해서 사람들이 부여해주기를 바라는 그 관념에 몸을 바친들 무슨 소용이 있겠습니까? 당신이 죽고 나면 그들은 당신의 행동에 어리석은 동기나 아니면 저속한 동기를 부여하기 위해서 당신의 죽음을 이용할 겁니다. 순교자들이란 잊혀지든지 비웃

음을 당하든지 아니면 이용당하든지 그 어느 것을 선택해야
만 됩니다. 이해되는 일은 절대로 있을 수 없지요.

그런데 단도 직입적으로 말씀드리자면, 나는 삶을 사랑합
니다. 이것이 나의 진정한 약점이지요. 삶이 아닌 것에 대해
서는 어떠한 상상도 할 수 없을 만큼 나는 삶을 사랑합니다.
그러한 탐욕은 평민 계급의 그 무엇을 가졌다고 당신은 생각
지 않습니까? 귀족 계급이란 자기 자신이나 자기 자신의 생
에 대해서 약간의 거리를 두지 않고서는 상상할 수가 없는
법이랍니다. 필요하다면 목숨도 버리고, 굽히기보다는 끊어
버립니다. 그러나 나는 굽힙니다. 여전히 나를 사랑하기 때
문이지요. 자, 당신에게 말씀드린 그 모든 것이 있고 난 후
내게 무엇이 왔으리라고 생각하십니까? 자기 혐오일까요?
천만에. 내가 염증을 느끼는 건 특히 다른 사람들에 대해서
입니다. 물론 나는 내 결함을 알고 있고 그것을 유감스럽게
생각하고 있습니다. 나는 가상할 만큼 끈덕지게 그것을 계속
잊어버리려고 했습니다. 그 반면에 다른 사람들에 대한 비난
이 마음속에 끊임없이 일어났습니다. 물론 그런 것이 당신에
게는 거슬리는 일이겠지요? 당신은 아마 그것은 논리적이
아니라고 생각하시겠지요? 그러나 문제는 논리적이어야 한
다는 데 있지를 않습니다. 문제는, 가운데로 미끄러지듯 빠
져나가는 겁니다. 네, 그래요, 무엇보다도 문제는 심판을 피
하는 것입니다. 벌〔罪〕을 피하라는 말은 아닙니다. 왜냐하면
심판 없는 벌은 견딜 수 있으니까요. 게다가 거기에는 우리
의 무죄를 보증하는 하나의 이름이 있습니다. 그건 불행이라
는 이름이지요. 아닙니다, 문제는 그와 반대로 심판을 막는

것, 언제나 심판받는 일을 피하는 것, 그래서 판결이 내리지 않도록 하는 것입니다.

그러나 심판을 막는다는 건 그렇게 쉽지가 않습니다. 심판에 대해서는 오늘날 우리들은 간통에 대해서나 마찬가지로 항상 준비가 되어 있습니다. 다른 점이 있다면 그것은 정력이 감퇴될 염려가 없다는 거지요. 그것이 의심스러우시면, 8월에 자비심 많은 우리 동포들이 권태를 풀기 위해 찾아오는 이런 피서지의 호텔 식탁에서 들려오는 그들의 이야기에 귀를 기울여보세요. 그래도 결론을 내리기가 망설여지신다면 현대 위인들의 이야기를 읽어보시든지요. 그렇지 않으면 선생 자신의 가족을 관찰해보세요. 그러면 아시게 될 겁니다. 이거 보세요. 선생, 그들에게 조금이라도 우리를 심판할 구실을 주어서는 안 됩니다. 그렇지 않으면 우리들은 산산조각이 납니다. 우리는 길들이는 사람과 같은 신중함이 필요해요. 조련사가 우리 속으로 들어가기 전에 불행히도 면도날에 베이게 되면 야수의 밥이 되고 말거든요! 어쩌면 내가 그렇게 훌륭한 사람은 되지 못할지도 모른다는 의혹이 생기던 그날 나는 그것을 단번에 깨달았던 겁니다. 그때부터 나는 의혹을 품게 되었습니다. 피가 조금 흐르고 있으니까 완전히 숨을 거두게 될지도 모르는 일이었습니다. 그들은 나를 잡아먹고 말 것이라는 생각이 들게 된 겁니다.

동시대 사람들과 나와의 관계는 겉으로는 다름이 없었지만 그러나 미묘하게 조화가 깨지게 되었습니다. 내 친구들은 달라지지 않았습니다. 그들은 기회 있을 때마다 내 곁에 있으면 조화가 이루어지고 안정감이 느껴진다고 늘 칭찬했었지요. 그러나 나는 부조화, 즉 내 마음을 가득 채우고 있는 혼란밖에는 느껴지지가 않아서, 상처를 입기 쉽고 대중의 비난에 내맡겨져 있는 것만 같았습니다. 이제 내 눈에는 지금까지 그랬듯 나의 동포들이 존경스러운 청중이기를 그쳐버리는 것이었습니다. 내가 중심이었던 원(圓)이 무너지고 그들은 법정에서처럼 일렬로 자리를 잡았습니다. 내게서 심판받아야 할 그 무엇이 있지나 않은가 하는 두려움을 갖게 된 때부터, 요컨대 나는 그들에게는 억제할 수 없는 심판의 취미가 있다는 것을 깨달았던 겁니다. 그래요, 그들은 전과 다름없이 거기에 있었지만 웃고 있었어요. 아니 정확히 말하자면 내가 만나는 그들은 저마다 웃음을 감추고 나를 바라보는 것 같았습니다. 그 당시에는 그들이 나를 넘어뜨리려는 것 같은 느낌조차 가졌었습니다. 사실 두세 번 나는 사람들이 모인 장소로 들어가면서 이유 없이 넘어질 뻔하기도 했습니다. 한번은 나자빠지기조차 했었지요. 데카르트 철학을 신봉하는 프랑스인답게 나는 얼른 정신을 다시 차리고 그러한 사고를 합리적인 유일의 신(神), 즉 우연의 탓으로 돌렸습니다. 그러나 의심은 그대로 남아 있었지요.

주의를 하고 보니, 내게 적들이 있다는 것을 알아보기란 어려운 일이 아니었습니다. 우선 직업상에 있어서, 그 다음에는 사교 생활에 있어서이지요. 어떤 사람들은 내가 그들에게 은혜를 베풀어준 사람들이었고, 또 어떤 사람들은 은혜를 베풀어야 할 그런 사람들이었어요. 그런 모든 일들은 요컨대 당연한 일이라서 그것을 알아차려도 그다지 기분이 상하지는 않았습니다. 그 반면에 내가 거의 알지 못하는 사람, 또는 전혀 알지도 못하는 사람 가운데에서도 적들이 있다는 것을 인정하는 것이 내겐 더 힘들고 괴로운 일이었습니다. 그 증거를 몇 가지 보여드렸으니 당신도 아시겠지만, 나는 순진하게 나를 모르는 사람들이라도 자주 나를 만나러 오면 나를 좋아하지 않을 수 없을 것이라고 언제나 생각했었습니다. 그런데 그렇지가 않았어요. 나를 아주 멀리서밖에 알지 못하는 사람, 나 자신은 알지도 못하는 사람들 가운데에서 특히 반감을 가지고 있는 사람이 있다는 것을 알게 된 겁니다. 그들은 아마 내가 충만한 행복에 빠져서 살고 있는 것으로 생각했던 모양입니다. 그건 용서될 수 없는 일이지요. 성공의 외모는, 그것을 어떤 방법으로든 지니게 되면 당나귀라도 화나게 만드는 겁니다. 한편 내 생활이 터질 듯이 꽉 차 있었기 때문에 시간이 없어서 나는 많은 사람의 접근을 거절했던 것입니다. 그리고 같은 이유로 거절해버린 사실도 잊어버렸습니다. 그러나 이처럼 은근한 접근은 생활이 꽉 차 있지 않은 사람들이 하는 짓이라서 그들은 그와 똑같은 이유로 내가 거절한 사실을 잊어버리지 않는 것입니다.

그래서 한 가지 예를 든다면, 여자들은 결국 내게는 비싸게 값이 매겨졌습니다. 내가 여자들에게 할애한 시간을 남자들에게는 줄 수가 없었는데 그것을 남자들은 언제나 용서하지 못했습니다. 어떻게 하면 좋겠습니까? 당신의 행복이나 성공을 관대하게 나누어 가지는 것에 동의하지 않는다면 사람들은 당신의 그것들을 용서하지 않습니다. 그러나 행복해지려면 너무 남의 일에 개입해서는 안 됩니다. 그때부터 출구는 닫혀지는 거예요. 행복하게 심판을 받든지, 또는 용서를 받고 비참하게 살든지 해야 됩니다. 나에 관해서 말하자면 훨씬 더 부당했습니다. 지난날의 행복 때문에 비난을 받았으니까요. 곳곳에서 심판과 화살과 조소가 내게 퍼부어지고 있는데, 나는 멍청하게 싱글거리면서 만사가 원만히 되어 간다는 환상 속에서 살았던 겁니다. 위기 의식을 갖게 된 날부터 제정신이 들었습니다. 그와 동시에 온갖 상처를 받게 되어 단번에 힘을 잃어버렸습니다. 그러자 우주 전체가 내 주위에서 웃어대기 시작했어요.

이거야말로 어떠한 사람도(살아 있지 않는 사람들, 즉 현인들이 아니고서는) 견딜 수 없는 일입니다. 그걸 받아넘길 수 있는 유일한 방법은 심술궂게 구는 것이지요. 그래서 사람들은 그들 자신이 심판받지 않으려면 부지런히 남을 심판하는 것입니다. 어쩌란 말입니까? 인간에게 가장 자연스러운 생각, 마치 인간 본성의 밑바닥에서 우직하게 솟아오르는 생각은 자기에겐 죄가 없다는 생각입니다. 그런 관점에서 본다면 우리는 모두 그 작은 프랑스인과 같습니다. 그는 뷰헨왈트에서 그의 도착을 기록하고 있던 서기(그 자신도 포로였지만)에게 이의(異議)를 신청해야겠다고 끝내 고집했었지요. 어떤 이의 신청이냐구요? 서기와 그의 동료들은 웃었습니다. "소용없는 짓이야. 여보게, 여기에선 항의를 하지 못하네." "하지만 선생님" 하고 그 꼬마 프랑스인이 말했습니다. "제 경우는 예외입니다. 저는 죄가 없어요!"

우리들은 모두 예외의 경우에 있습니다. 우리들은 모두 무엇인가를 호소하고 싶어합니다. 저마다 결백한 것을 요구하고 있고, 그러기 위해서는 어떤 값을 치르더라도 전 인류와 하늘이라도 고발하지 않으면 안 됩니다. 당신이 어떤 사람에게, 노력의 덕분으로 그가 지혜로워지고 관대해진 것에 대해 찬사를 해주어도 그 사람은 별로 기뻐하지 않을 겁니다. 그러나 그와 반대로 그의 관대한 천성을 칭찬해준다면 활짝 웃음을 띨 것입니다. 또 그와는 반대로 어느 죄수에게 그의 잘못은 그의 천성 탓도, 그의 성격 탓도 아니고 다만 불행한 상황 탓이라고 말해준다면 그는 당신에게 몹시 감사해할 겁니다. 그리고 변론 도중에 그는 그 순간에 눈물을 흘릴 겁니다. 그러나 천성이 정직하거나 지혜롭다는 것은 장점이 되지 못합니다. 천성이 죄인으로 타고났다는 것이 어떠한 사정으로 인해 죄인이 되었다는 것보다 분명 책임이 더 무거운 것은 아니기 때문이지요. 그러나 그 교활한 자들은 특사(特赦)를, 다시 말하면 면책(免責)을 원하고 있고, 파렴치하게도 천성의 정당화나, 설사 그것이 모순된다 할지라도 상황에 대한 변명을 구실로 항변을 하는 것입니다. 요점은 그들이 죄가 없다는 것, 그들의 덕성은 선천적이기 때문에 의심의 여지가 없다는 것 그리고 그들의 과오는 순간적인 불행에서 야기된 것이므로 다만 일시적인 것에 불과하다는 겁니다. 말씀드렸습니다만, 문제는 심판을 막는 것이에요. 그러나 심판을 막는다는 것이 어렵고, 자기의 천성을 찬미함과 동시에 용서를 받는다는 것이 곤란한 일이기 때문에 그들은 모두 부자가 되려고 애쓰는 겁니다. 왜냐구요? 그것이 이상스럽게 생각되십니까? 물론 권력 때문이지요. 그러나 무엇보다도 부(富)란 당장의 심판은 면하게 해주기 때문이지요. 돈이란 지하철의 군중으로부터 당신을 끌어내어 니켈 칠을 한 자동차 속에

넣어주고, 잘 관리되어 있는 널따란 정원과 침대차 그리고
호화로운 선실에 당신을 혼자 있게 해주니까요. 이것 보세
요, 금력이란 것은 아직은 무죄 석방은 안 되지만 집행 유예
정도는 되거든요. 언제나 붙들기만 하면 쓸모가 있지
요…….

특히 당신의 친구들이 자기들과 더불어 솔직해질 것을 요
청해올 때 그들을 믿지 마세요. 그들은 그들이 자기 자신들
에 대해서 갖고 있는 좋은 생각 속에서만 대접받기를 바랄
뿐입니다. 당신의 솔직한 약속 속에서 그들이 건져내게 되는
것은 더 보태어진 확신이므로 그걸 바랄 뿐입니다. 어떻게
솔직하다는 것이 우정의 조건이 될 수 있겠습니까? 진실에
대한 취미라는 것은 반드시 아무것도 용서함이 없고, 그것에
는 아무것도 저항할 수 없는 어떤 강한 집착 같은 것입니다.
그것은 악습이고 때로는 편리하기도 하고 또는 에고이즘이
되기도 하지요. 그러니까 만일 당신이 그런 경우에 처하게
되거든 주저하지 마십시오. 솔직하겠다고 약속을 하고 될 수
있는 대로 거짓말을 하시는 겁니다. 그러면 당신은 그들의
깊은 욕망에 답하는 것이고 또 그들에 대한 당신의 우정을
이중으로 증명하게 될 것입니다. 사실 우리는 우리보다 나은
사람들에게 좀체로 마음속을 털어놓지 않습니다. 오히려 그
들과의 교제를 피합니다. 대개의 경우는 그와 반대로 우리와
비슷하고 우리의 약점을 나누어 가진 사람들에게 마음을 털
어놓습니다. 그러니까 우리는 우리의 결점을 고치고 싶어하
지도 않는 것이고 개선하고자 하지도 않는 겁니다. 그러자면
우선 우리는 우리에게 잘못이 있다는 판결을 받아야 할 것입

니다. 우리는 다만 동정을 받고 싶고 우리가 가는 길 속에서 격려를 받고 싶을 뿐이지요. 결국은 더 이상 죄인이고 싶지도 않고 동시에 결백해지려는 노력도 하기 싫은 겁니다. 충분히 파렴치하지도 못하고 충분히 용기도 없는 거지요. 우리는 악(惡)의 에너지도, 선(善)의 에너지도 없습니다. 단테를 아십니까? 정말이에요? 저런! 그렇다면 단테가 신과 악마 사이의 투쟁 속에서 중립적인 천사를 인정한다는 것을 아시겠군요. 그리고 단테는 그 천사들을 고성소(古聖所) 속에 자리잡아주었는데, 그것은 일종의 지옥의 현관입니다. 우리들도 그 현관에 있는 겁니다.

인내심에 대해서요? 아마 당신이 옳을 겁니다. 우리에게는 최후의 심판을 기다리는 인내심이 필요할 거예요. 하지만 우리는 바쁩니다. 너무도 바쁘기 때문에 나는 고해 판사가 되지 않을 수 없었지요. 하지만 처음에는 내가 발견한 것들을 정리해야 했고, 현대인들의 웃음을 밝혀야만 했습니다. 나를 부르는 소리를 들은 그날 밤 이후로——정말로 나를 불렀으니까요——나는 대답을 해야만 했었고, 아니면 적어도 대답을 찾아야만 했습니다. 그건 쉬운 일이 아니었습니다. 오랫동안 방황하기도 했습니다. 우선 그 끊임없는 웃음소리와 웃는 사람들은 내 마음속을 더욱 명확하게 보도록 나에게 가르쳐줄 수밖에 없었습니다. 그래서 마침내 내가 단순한 사람이 아니라는 것을 깨닫게 해주었지요. 웃지 마세요. 이 진리는 그것이 나타난 것과 같이 초보적인 것은 아닙니다. 기본적인 진리라고 부르는 것은 다른 모든 진리 뒤에 발견되는 진리를 말하는 겁니다.

어쨌든 나 자신에 대해 오래 연구한 끝에 나는 인간의 깊은 이중성을 밝혀냈습니다. 그래서 나는 나의 기억 속을 파헤친 덕택으로 겸손은 돋보이는 데 내게 도움이 되었고, 겸양은 이기는 데에, 덕(德)은 위압하는 데에 도움이 되었다는 것을 깨달았습니다. 나는 평화적인 방법으로 싸움을 했고, 마침내는 무관심을 표방한 방법으로 내가 탐내는 모든 것을 얻었습니다. 예를 들자면, 나는 사람들이 나의 생일을 잊어버리더라도 결코 불평하지 않았으며, 사람들은 그런 일에 내가 매우 담담해하는 것을 보고 감탄의 빛으로 놀라기까지 하는 것이었습니다. 그러나 내 무관심의 이유는 좀더 사려 깊은 것이었지요. 그것은 내가 나 자신에 대해 한탄할 수 있도록 잊혀지기를 바랐던 겁니다. 나 자신만은 잘 알고 있는 모든 영광스러운 날 중에서도 그날이 오기 며칠 전부터 그것을 생각하지 못해주었으면 하고, 내가 기대하던 사람들의 주의나 기억을 불러일으킬 만한 눈치를 조금도 보이지 않도록 조심하면서, 나는 몰래 지켜보곤 했습니다(한번은 집 안의 달력을 고쳐놓을까 하는 생각도 하지 않았겠습니까?). 나의 고독이 확실해지면 비로소 나는 남성적인 슬픔의 매력에 빠져들어 갈 수 있었던 거예요. 내 모든 덕의 표면에는 그런 떳떳하지 못한 이면이 있었습니다. 어떤 의미로는 나의 결점들이 내게 이익이 된 것도 사실이에요. 내 생활의 타락한 부분을 감추는 규율이, 이를테면 덕의 태도와 혼동되는 냉담한 태도를 갖게 했고, 내 무관심은 내게 사랑받을 가치를 주었으며, 내 에고이즘은 아량 속에서 절정에 달했던 겁니다. 그만 하겠습니다. 지나친 대칭(對稱)은 내 논증에 해가 될 테니까요. 그

216

런데 그렇게도 엄격한 나였지만 술과 여자의 제의에는 도저히 거역할 수가 없었답니다! 나는 활동적이요, 정력적이라고 인정을 받았으며 내 왕국은 침대였습니다. 나는 내 성실성을 부르짖었지만 내가 사랑한 사람으로서 결국은 내가 또한 배반하지 않은 사람은 한 사람도 없을 거라고 생각합니다. 물론 내 배반이 내 성실성을 방해하지는 못했고, 나는 무감각한 탓으로 많은 일을 해치웠으며, 거기에서 느끼는 기쁨 때문에 이웃을 돕는 일도 결코 중단하지 않았습니다. 그러나 그러한 명백한 사실들을 아무리 되풀이 말해보았자 소용없는 일이라서 나는 거기에서 피상적인 위안밖에는 얻을 수 없습니다. 어떤 닐 아침에는 내 소송 사건을 끝까지 훑어보고 나서, 내가 특히 뛰어난 것은 남을 경멸하는 것이라는 결론에 도달하곤 하였습니다. 내가 가장 자주 도와준 그들이 바로 가장 경멸을 많이 받은 사람들이었지요. 정중하게, 감동으로 충만한 연대 의식으로 나는 매일 모든 맹인들의 얼굴에 침을 뱉었던 겁니다.

솔직하게 말해서 그것에 어떤 변명이 있을 수 있겠습니까? 한 가지 있기는 하지만 너무 보잘것없는 것이라서, 그걸 주장할 생각조차 할 수 없군요. 어쨌든 이런 것입니다. 즉 나는 인간사(人間事)가 신중한 일이라고 심각하게 생각할 수 있었던 적이 도무지 없었습니다. 어디에 신중함이 있는지 그런 것에 대해서는 아무것도 알지 못했습니다. 내가 보는 모든 것 속에는 그런 것이 없다는 것만 제외하고 말입니다. 그런 것이 다만 내게는 흥미있거나 아니면 귀찮은 놀이로만 보였을 뿐입니다. 거기에는 사실 노력이라든지 신념 같은 것이 있었지만 나는 결코 그것을 이해하지 못했지요. 나는 돈 때문에 죽는다든지 '지위'를 잃었기 때문에 절망한다든지 가문의 번영을 위해서 결연히 자기를 희생하는 그런 이상한 사람들을 언제나 놀랍고 좀 의심쩍은 눈으로 바라보았습니다. 나는 담배를 끊기로 결심하고 마침내 그 의지 덕택으로 그것에 성공한 그런 친구를 더 잘 이해합니다. 어느 날 아침 그는 신문을 펼쳐들고 최초의 수소 폭탄이 폭발했다는 기사를 읽고 그 놀라운 효력을 알게 되자 지체 없이 담배 가게로 들어갔지만 말입니다.

물론 나도 때로는 인생을 심각하게 생각하는 척하기도 했습니다. 그러나 즉시 그 심각성 자체가 내게는 시시하게 보여서, 나는 할 수 있는 한 내 역할을 계속했을 뿐입니다. 나는 유능하고 현명하고 덕망이 있고 애국적이고 의분스럽고 관대하고 연대 책임을 느끼고 사람을 감화시키는 역할을 했던 겁니다……. 그만 하겠습니다. 요컨대 당신도 이미 아셨겠지만 나는 거기에 있으면서도 거기에 없는 저 네덜란드 사람들과도 같았습니다. 가장 자리를 많이 차지했을 때 내가 없는 것과도 같은 거지요. 나는 스포츠를 할 때와 군대에서 오락 삼아 상연했던 연극에 출연했을 그때에만 정말로 성실했고 열중했습니다. 이 두 경우에는 놀이의 규칙이 있었는데, 그것은 진지한 것은 아니지만 진지한 것으로 여기고 즐기는 것이었습니다. 지금도 터질 듯이 초만원을 이룬 일요일의 운동 경기를 볼 수 있는 스타디움과 비길 데 없는 열정으로 좋아하는 극장은 세상에서 내가 죄의식을 느끼지 않는 유일한 장소들입니다.

그러나 사랑과 죽음과 빈곤한 사람들의 임금이 문제가 될 때, 누가 그런 태도를 정당하다고 인정하겠습니까? 그러나 어찌 하겠습니까? 이졸데의 사랑 같은 것은 나는 소설이나 무대 위에서밖에는 상상하지 못했거든요. 죽음에 임한 사람들은 때때로 그들의 역할에 감동된 듯이 보이기도 했습니다. 내 가난한 고객들의 대답은 언제나 같은 줄거리에 부합된 것 같이 보였습니다. 그렇기 때문에 그들의 이해 관계를 나누어 가지지 못하는 사람들 가운데에 살면서 나는 내가 하는 약속을 믿을 수가 없게 된 것입니다. 그들이 나의 직업, 나의 가정 또는 나의 시민 생활 속에서 내게 기대하는 것에 응할 수 있을 만큼 나는 너무도 예절바르고 너무도 무감각했습니다만, 그때마다 어쩐지 방심한 듯한 심정에서 결국은 모든 것이 잡쳐버리는 것이었습니다. 나는 내 전 생애를 이중의 영향 아래에서 살았기 때문에 가장 중대한 내 행동은 종종 참여하지 않아도 좋을 그런 행동이 되는 수가 있었습니다. 내 어리석음에 추가되는 것으로서 나는 나 자신을 용서할 수 없게 되어, 내 마음속에 그리고 내 주위에서 일어나고 있는 행위에 대해 느껴지는 비판에 맹렬하게 반항하게 하고, 마침내는 어떤 탈출구를 찾도록 강요했던 것은 결국 그 때문이 아니었을까요?

얼마 동안 겉으로 내 생활은 아무것도 변한 것이 없는 것처럼 계속되었습니다. 나는 궤도 위에 있었으므로 굴러가는 것이었습니다. 그랬기 때문에 공교롭게도 내 주위에서는 찬사가 더욱 자자했습니다. 바로 그런 데서 화(禍)는 오는 것입니다. 생각나십니까? "모든 사람들이 그대에 대해 좋게 말할 때 그대에게는 불행이 있으리라!"라는 말 말이에요. 아! 그것은 명언을 말한 거지요. 나에게 불행이 왔단 말입니다! 그래서 기계는 갑작스러운 변화를 일으키고 이해할 수 없는 멈춤이 시작되었던 겁니다.

　나의 일상 생활 속에 죽음에 대한 생각이 침입한 것은 바로 그때였습니다. 내 종말로부터 나를 갈라놓는 햇수가 몇 해 남아 있는지 헤아려보기도 했습니다. 나와 같은 연배인 이미 죽은 사람들의 예를 찾아보기도 했구요. 그리고 내 임무를 완수할 시간이 없을지도 모른다는 생각이 들자 괴로웠습니다. 어떤 임무냐구요? 그건 나도 전혀 모릅니다. 솔직히 말한다면 내가 하던 일이 계속될 만한 가치가 있는 것이었을까요? 그러나 그것은 정확하게 그런 것이 아니었습니다. 사실은 어떤 터무니없는 두려움이 나를 괴롭혔던 거예요. 모든 거짓을 다 고백하기 전에는 죽을 수 없다는 그런 것이었지요. 신(神)에게도 아니고 그의 대리인 중의 어느 누구에게도 아닙니다. 당신도 잘 알다시피 나는 그런 것에는 초연한 사람이거든요. 그런 것이 아니라 사람들에게, 예를 들자면 어떤 친구에게, 또는 사랑했던 어떤 여자에게 고백하는 것이 문제란 말입니다. 그렇지 않으면 어느 인생에 있어서 숨겨진 거짓이 하나만 있어도 죽음은 그것을 결정적인 것으로 만드는 겁니다. 아무도 그 점에 대해서는 두 번 다시 진실을 알 수 없게 될 것입니다. 그것을 알고 있는 유일한 사람은 그 비밀 위에 잠들어 있는 바로 그 죽은 사람이니까요. 진실의 그 완전한 말살이 내게 현기증을 일으켰습니다. 지금이라면(여담이지만) 오히려 미묘한 쾌감을 주었을 거예요. 예를 들면,

모든 사람들이 찾고 있는 것을 나만이 알고 있다는 생각이라든지, 또 세 명의 경찰관이 아무리 뛰어다녀도 찾아내지 못하는 어떤 물건을 내 집에 가지고 있다는 생각은 아주 기분 좋은 것이거든요. 그건 그렇다고 칩시다. 그 당시에는 그런 방법은 생각해내지 못했고 고민만 했지요.

물론 분발하기도 했습니다. 수많은 세대의 역사 속에서 어느 한 사람의 거짓쯤이 뭐 그리 중요하겠는가. 세월의 대해 속에 바다 속의 소금 한 알처럼 잃어버린 하찮은 허위를 진실의 광명으로 끌어내보고자 하는 그 어떤 주장이 무슨 소용이 있단 말인가! 내가 목격했던 것으로 판단하자면, 육체의 죽음이란 그것 자체로서 충분한 벌이요, 모든 죄를 사하는 것이라고 나는 또한 생각하고 있었던 겁니다. 사람은 단말마의 고통으로 흘리는 땀에서 구원을(즉 결정적으로 사라지는 권리를) 얻는 것이지요. 그래도 역시 불안은 커지기만 했고 죽음은 내 머리맡을 착실히 지키고 있어서 나는 죽음과 함께 일어나곤 했으며 찬사의 말들은 점점 더 견딜 수 없게 되었습니다. 거짓은 그것과 더불어 너무나도 엄청나게 불어나서 도저히 어찌 해볼 도리가 내겐 없었습니다.

더는 견뎌낼 수 없는 날이 오고야 말았습니다. 내 최초의 반응은 혼란한 것이었습니다. 내가 거짓말쟁이인 이상 그것을 드러내어 그 어리석은 자들이 알아버리기 전에 내 위선을 그들의 얼굴에다 던지리라. 진실에 자극을 받아 나는 도전으로써 응수하리라. 비웃음을 피하기 위해서 그렇게 나는 일반의 조롱 속으로 뛰어들 생각을 했던 겁니다. 결국은 여전히 심판을 막으려는 것이었지요. 나는 비웃는 자들을 내 편으로 만들든지 아니면 적어도 내가 그들 편이 되려고 했습니다.
예를 들면 길에서 맹인들을 밀어뜨릴 생각까지 했습니다. 그
러자 의외의 은밀한 기쁨이 느껴져, 나는 나의 영혼의 어떤
부분이 그들을 싫어하고 있었다는 점을 알아차렸습니다. 그
리고 불구자들이 타고 다니는 작은 차 바퀴에 구멍을 뚫어놓
을 생각도 했고, 노동자들이 일하고 있는 발판 밑에서 "이
꼴 보기 싫은 가난뱅이놈들아!" 하고 고함을 지른다든지, 지
하철 속에서 갓난아기들의 뺨을 때려줄 생각도 했습니다. 이
런 모든 일들을 공상해보긴 했으나 아무것도 실천하지는 못
했습니다. 아니 설사 그와 비슷한 일을 했다 하더라도 그것
이 무엇이었는지 잊어버렸습니다. 어쨌든 정의라는 말 자체
가 나를 이상스러운 분노 속으로 빠뜨리는 것이었어요. 그래
서 나는 변론 속에서 그 말을 필연적으로 계속 사용했던 겁
니다. 그러나 휴머니티의 정신을 공공연하게 저주함으로써
그것에 대한 복수를 했지요. 나는 피압제자들이 정직한 사람
들을 괴롭히는 압박을 고발하는 선언문의 공표를 예고하기
도 했습니다. 어느 날 어떤 식당의 테라스에서 새우 요리를
먹고 있는데, 거지 하나가 나를 귀찮게 굴어서 나는 그 녀석
을 쫓아내버리려고 주인을 불렀습니다. 그러고는 그 응징자
(膺懲者)의 말을 큰소리로 칭찬하였습니다. "방해가 되지 않
소!" 하고 그는 말했습니다. "이 신사 숙녀 분들과 입장을 바
꾸어보시오, 정말!" 나는 또한 감탄할 만한 성격을 가진 어
느 러시아의 지주처럼 하지 못하는 것이 유감이라고, 그 말
을 듣고 싶어하는 사람에게 말했습니다. 그 지주는 자기에게
인사를 하는 농부들과 인사를 하지 않는 농부들을 동시에 매

222

질하게 했지요. 두 경우가 똑같이 뻔뻔하다고 판단한 그 지
주가 버르장머리 없는 것을 벌주기 위해서였어요.

　　그러나 그보다 더 중요한 감정의 폭발이 생각나는군요. 나
는 ‘경찰에 바치는 서정 단시(抒情短詩)’와 ‘단두대 칼날에
대한 찬가’를 쓰기 시작했었습니다. 특히 직업적인 휴머니
스트들이 모이는 특수한 카페들을 정기적으로 방문하는 책
임을 맡고 있었어요. 내 훌륭한 경력으로 말미암아 나는 물
론 환영을 받았습니다. 거기에서 나는 그럴 것 같지 않으면
서도 상스러운 말을 해대곤 했지요. “하느님도 고마우시지!”
라든가 그저 다만 “아이구 하나님……”이라는 말을 하는 거
였어요. 싸구려 술집에 죽치고 있는 무신론자들이 얼마나 소
심한 성체 배령자(聖體拜領者)들인가는 당신도 아실 겁니
다. 이 엄청난 실책의 말을 하고 나면 한순간 대경 실색을 하
지요. 그들은 어리둥절하여 서로를 쳐다보다가 이내 소란이
일어나고 어떤 자들은 카페 밖으로 달아나고 어떤 자들은 아
무것도 들으려 하지 않으면서 분개하여 떠들어대고, 모두들
성수(聖水)를 뒤집어쓴 악마처럼 심한 발작을 일으키며 몸
을 비틀어대는 것이었어요.

　　당신은 아마도 그런 것을 유치하다고 생각하실 겁니다. 하
지만 그런 희롱에는 보다 심각한 이유가 있었을는지도 모릅
니다. 나는 연기(演技)를 망가뜨리고 싶었고 특히, 네, 그래
요, 생각만 해도 화가 치미는 그 호평을 파괴해버리고 싶었
던 겁니다. “당신 같은 사람은……” 하고 사람들은 친절하
게 내게 말하곤 했지만 나는 그 말에 창백해지는 것이었습니
다. 그들의 존경은 일반적인 것이 아니었기 때문에 나는 더

이상 그것을 받고 싶지 않았어요. 내가 그 존경을 같이할 수 없었는데 어떻게 그것이 일반적일 수 있었겠습니까? 그러니 비판과 존경 같은 모든 것을 우스꽝스러운 망토로 덮어버리는 것이 더 나았던 겁니다. 나를 질식시키는 감정을 어떤 방법으로든 내게서 떨어버려야만 했거든요. 내가 어디서나 내보이던 그 허울 좋은 마네킹의 뱃속에 들어있는 것을 사람들의 눈앞에 드러내놓기 위해서 나는 그것을 부숴뜨리고 싶었던 거지요. 내가 젊은 변호사 시보(試補)들 앞에서 그렇게 하지 않을 수 없었던 어떤 객설이 생각나는군요. 나를 소개했던 변호사 회장의 터무니없는 칭찬의 말에 신경이 거슬려서 나는 오래 참고 있을 수가 없었습니다. 나는 사람들이 나에 대해 기대하고 있고 또 나로서도 그런 주문에 응하는 것이 별로 어렵지 않은 혈기와 감동으로 시작했습니다. 그런데 갑자기 나는 변호의 방법으로서 혼합법을 권하기 시작했습니다. 도둑놈과 정직한 사람을 동시에 재판하여 도둑의 죄를 정직한 사람에게 뒤집어씌우는 현대식 취조술에 의해 발달된 그런 혼합법이 아니라고 나는 말했습니다. 그와는 반대로 정직한 사람, 이런 경우에는 변호사의 죄를 주장하면서 도둑을 변호하는 것이라고 했습니다. 나는 그 점에 관해서 명백하게 힘주어 설명했지요.

"질투심으로 살인을 한 어떤 측은한 시민의 변호를 내가 맡았다고 가정해봅시다. 나는 이렇게 말할 겁니다. 배심원 여러분, 자기의 타고난 선량함이 성(性)의 악의에 의해 시련을 당하는 것을 볼 때 분개하였다고 해서 무슨 죄가 있을까를 생각해보십시오. 그와는 반대로 선량해본 적도 없고 기만 당한 것으로 괴로워해 본 적도 없이 법정의 이편에, 내 자신의 피고석에 있다는 것이 더 심각한 일이지 않겠습니까? 나는 여러분의 준엄함을 면한 자유로운 몸입니다. 그렇지만 나는 누구입니까? 오만함으로 말하자면 태양의 시민이요, 음란의 숫염소요, 분노에 있어서는 이집트 왕이요, 나태의 왕입니다. 나는 아무도 죽이지 않았습니다. 틀림없이 아직은 아닙니다. 그러나 훌륭한 사람들이 죽어가게 내버려두지는 않았을까요? 아마 있었을 겁니다. 그리고 어쩌면 그런 일을 되풀이할 용의가 있을지도 모릅니다. 그 반면에 저 사람을 보십시오. 그는 되풀이하지 않을 것입니다. 그는 아직도 그렇게 훌륭히 일한 것에 대해 너무도 놀라고 있습니다.” 이런 이야기는 내 젊은 동료들을 약간 불안하게 만들 것입니다. 그러나 잠시 후 그들은 웃어버리고 말았습니다. 내가 인간성과 그것에 전제되는 권리를 설득력 있게 내세우는 결론에 도달하자 그들은 완전히 안심하는 것이었어요. 그날은 습관이란 것이 가장 유력했지요.

그런 친절한 미치광이 같은 짓을 되풀이해보았지만 나는 다만 세론을 약간 난처한 처지에 빠뜨리는 데 성공했을 뿐입니다. 세론을 누그러뜨리는 데 성공한 것도 아니고 더구나 내 마음을 누그러뜨리는 데 성공했던 것도 아니었어요. 내 말을 듣고 있는 사람들에게서 내가 부딪힌 놀라움, 약간 망설이는 듯한 그들의 어색함, 당신이 보이는 그런 것과 아주 비슷한 것이지요——아니, 부정하지 마십시오——그런 것들은 내 마음을 조금도 가라앉혀주지 못했습니다. 자신을 정당화하기 위해서는 자책하는 것만으로 충분하지 못합니다.

그렇지 않다면 나는 순결한 어린 양이 되었을 겁니다. 어떤 방식으로 자책을 해야 하는가 하는 그 점을 알아 내는 데에 나는 많은 시간이 필요했는데, 완전히 버림받고 나서야 나는 그것을 발견할 수가 있었습니다. 그때까지 내 주위에서 웃음이 계속 떠돌았었는데 아무리 단정치 못한 노력을 기울여도 그 속에 있는 호의와 거의 다정스럽기까지 한, 그러나 그것이 내게 고통을 주는 그런 것들을 그 웃음으로부터 제거해내지는 못했지요.

그런데 밀물이 들어오는 모양이군요. 우리의 배도 곧 떠나야 합니다. 해도 기울어갑니다. 보세요, 비둘기들이 저 높은 곳으로 다시 모여들고 있군요. 비둘기들은 서로 기대어 밀려들고 거의 움직이지 않습니다. 빛이 약해집니다. 우리 입을 다물고 이 너무도 음흉한 시각을 음미해보지 않으시겠습니까? 아니, 당신에게는 내가 흥미가 있다구요? 아주 정직하시군요. 그런데 지금부터는 정말로 당신에게 흥미를 주게 될지 모르겠군요. 고해 판사들에 대해서 설명을 해드리기 전에 방탕과 번민에 대한 이야기를 해야겠습니다.

V

잘못 생각하고 계십니다. 배는 빠른 속도로 달리고 있는 걸요. 그러나 주이데르제는 사해(死海)이거나 아니면 거의 그런 상태이지요. 안개 속에 보이지 않는 평평한 기슭과 함께 이 바다는 어디서부터 시작되어 어디서 끝나고 있는지 알 수가 없습니다. 그러니 우리는 아무런 지표도 없이 항해하고 있기 때문에 속력을 어림잡아볼 수가 없는 겁니다. 우리는 앞으로 나아가고 있는데 달라지는 것은 아무것도 없어요. 그러나 항해하는 것이 아니고 꿈을 꾸는 것이지요.

그리스의 다도해에서는 상반되는 인상을 받았습니다. 끊임없이 새로운 섬들이 수평선 주위로 나타났었지요. 나무가 없는 섬의 등성이는 하늘의 한계를 긋고, 바위투성이의 해안은 바다 위에 뚜렷이 솟아나 있습니다. 확실치 않은 것이라고는 아무것도 없었고, 분명한 빛 속에서 모든 것이 지표였습니다. 그래서 조그만 배를 타고 끊임없이 이 섬에서 저 섬으로 옮겨가려면 배는 슬며시 미끄러져가는데도, 나는 물거품과 웃음으로 가득한 항로 속에서 밤낮으로 시원한 잔물결을 타고 뛰어오르는 것 같은 인상을 받았습니다. 그때부터 그리스란 나라 자체가 꾸준히 기억의 한 기슭에서 내 마음속의 어느 곳을 떠돌고 있습니다……. 이런! 여기에서 나 또한 떠내려가고 있군요. 내가 서정 시인이 되다니! 멈추어주십시오, 제발.

그런데 그리스를 아십니까? 모른다구요? 잘되었군요! 우리가 거기서 무엇을 할 수 있겠는지 묻고 싶군요. 거기에서는 순수한 마음이 필요합니다. 거기에서는 친구들이 둘씩 서로 손을 잡고 거리를 산책한다는 것을 아십니까? 네, 여자들은 집에 남아 있고, 콧수염을 아름답게 다듬은 점잖은 중년의 남자들은 서로 친구의 손가락을 끼고 보도 위를 큰 걸음으로 무게 있게 걷고 있는 것을 볼 수 있습니다. 동양에서도 역시 가끔 그런다구요? 좋아요. 그런데 말해보세요. 파리의 거리에서도 당신이 내 손을 잡을 수 있겠는지요? 아! 제가 농담을 했습니다. 우리는 점잖은 사람들이지요. 천한 짓은 우리를 부자연스럽게 만들어요. 그리스 섬에 도착하기 전에 우리는 오래 몸을 씻어야 할 겁니다. 거기에서는 공기가 순수하고 바다도, 향락도 맑기 때문이지요. 그런데 우리는…….

이 접의자에 앉읍시다. 안개가 대단하군요! 번민에 관한 이야기를 하려다 만 것 같은데요. 네, 무엇이 문제가 되었었는가를 말씀드리지요. 몸부림을 치고, 거드름을 피우는 건방진 태도를 다 부려보아도 노력이 헛됨에 맥이 빠져서 나는 인간 사회를 떠나야겠다는 결심을 했습니다. 아니, 아니에요, 무인도를 찾은 건 아니에요. 그런 건 이미 없으니까요. 다만 여자들에게로 피신을 한 거지요. 아시겠지만 여자들이란 정말로 어떠한 나약함도 비난하지 않습니다. 오히려 우리들의 힘을 겸허하게 만들거나 아니면 무력하게 만들려고 애쓰지요. 그렇기 때문에 여자란 전사(戰士)에 대한 보상이 아니라 죄인에 대한 보상인 것입니다. 여자는 죄인의 피난처요, 항구여서 죄인이 대체로 체포되는 곳은 여자의 침대 속에서입니다. 지상의 낙원에서 우리에게 남겨진 것은 바로 여자가 아닐까요? 어찌할 바를 모르는 나는 내 천연의 피난처로 달려갔습니다. 그러나 더 이상 부질없는 소리를 늘어놓지는 않았습니다. 습관적으로 여전히 좀 연기를 하긴 했지만 그러나 술책은 없었습니다. 또 어떤 상스러운 말이 튀어나올까봐 두려워 고백하는 것이 망설여집니다만, 그 당시 나는 어떤 사랑에 대한 욕망을 느꼈던 것 같습니다. 외설스럽지요? 어쨌든 어떤 막연한 고통, 나를 더욱 멍청하게 만드는 일종의 부족감 같은 것을 느끼자 나는 반은 피치 못해서, 반은 호기심에 끌려서 몇몇 관계를 맺게 되었지요. 사랑을 하고 사랑을 받고 싶었기 때문에 나는 쉽사리 사랑에 빠지는 것이라고 생각했습니다. 달리 말씀드리자면 나는 동물이 된 것입니다.

경험이 많은 남자로서 그때까지는 항상 피해왔던 질문을 나도 모르게 하고 있는 것을 깨달았습니다. "나를 사랑해?" 하고 묻는 내 목소리가 들리곤 했습니다. 그러한 경우에 "당신은요?" 하고 대답하는 것이 보통이라는 건 당신도 아실 겁니다. 만약에 내가 그렇다고 대답한다면 나는 실제 감정 이

상으로 끼어드는 것이고, 만약 내가 과감하게 아니라고 대답
하면 더 이상 사랑받지 못할 염려가 있어서 그것이 괴로웠습
니다. 내가 휴식을 찾고 싶어하는 감정이 그렇게 위협을 받
으면 받을수록 더욱 나는 상대방 여자에게 그것을 요구했습
니다. 그래서 점점 더 나는 명백한 약속을 하게 되고, 내 마
음에 대해서는 점점 더 넓은 감정을 요구하기에 이르렀습니
다. 그렇게 해서 나는 어리둥절해하는 어느 귀여운 여자에게
헛된 열정을 품게 되었는데, 그 여자는 도색 잡지의 애독자
여서 계급이 없는 사회를 예언하는 인텔리와도 같은 확신과
소신을 가지고 사랑에 대해 이야기를 하곤 했지요. 당신도
아시겠지만 그러한 확신은 마음을 끌거든요. 나도 사랑에 대
한 이야기를 시험 삼아 해본다는 것이 마침내는 내가 나 자
신을 설복시키고 말았습니다. 그 여자가 나의 정부가 되고,
도색 잡지라는 것이 사랑에 대해 말하는 건 가르쳐주지만 사
랑을 어떻게 해야 한다는 것은 가르쳐주지 못한다는 것을
안, 적어도 그 순간까지는 말입니다. 남이 한 말을 그대로 옮
기는 앵무새와 사랑을 하고 나서는, 뱀과 잠자리를 같이 해
야만 했으니까요. 그래서 나는 책들이 약속한 사랑을, 현실
에서는 한 번도 만나본 적이 없는 사랑을 다른 곳에서 찾으
려 했습니다.

　그러나 나는 연습이 부족했습니다. 30년 이상이나 나는 오
로지 나만을 사랑했거든요. 그러한 습관을 어떻게 잃어버리
기를 바라겠습니까? 그런 습관을 조금도 잃어버리지를 못해
서 여전히 일시적인 정열에 좌우되는 사람이었을 뿐입니다.
나는 약속을 되풀이했지요. 전에 많은 관계를 가졌던 것처럼

나는 동시에 많은 사랑을 맺었습니다. 그래서 나는 지독하게 냉담하던 때보다 다른 사람들에 대해서는 더 많은 불행을 축적했지요. 절망에 빠진 내 앵무새 같은 여자가 굶어 죽으려고 했다는 것을 말씀드렸던가요? 다행히 나는 늦지 않게 달려가서, 그녀의 손을 수없이 잡아주어야 했습니다. 인기 있는 주간지가 그녀에게 이미 묘사해주었던, 발리섬에서 돌아온 관자놀이가 희끗희끗한 기사(技師)를 그녀가 만나게 될 때까지 말입니다. 어쨌든 나는 흔히 말하는 것처럼 영원히 애욕을 떠나 그것으로부터 해방되기는커녕 여전히 과오의 무게와 일탈(逸脫)을 더했던 것이지요. 나중에는 사랑에 대해 혐오 같은 것이 느껴져서, 몇 년 동안은 '장밋빛 인생'이니 '이졸데의 사랑의 종말' 같은 노래는 듣기만 해도 이가 갈릴 지경이었답니다. 그래서 나는 어떤 방식으로든 여자들을 단념하고 순결한 상태에서 살아보려고 애써보았습니다. 결국 여자들의 우정만으로도 충분하게 되었지요. 그러나 그것은 연기를 단념하는 것과도 같았습니다. 욕망이 제외된 여자들이란 예상 이상으로 지루했고 분명히 나도 여자들을 지루하게 만들었습니다. 연기도 연극도 없어졌으니 나는 아마 진실 속에 있었을 겁니다. 그러나 진실이란, 선생, 견딜 수 없는 거랍니다.

　사랑에도 순결에도 절망한 나는 마침내 방탕이 남아 있다는 것에 생각이 미쳤습니다. 방탕은 충분히 사랑을 대신하는 것이고, 웃음을 멎게 해주고, 침묵을 다시 데려오고 그리고 특히 불멸감을 주지요. 명쾌한 도취감이 어느 정도에 이르러 밤늦게 두 창녀 사이에 누워 모든 욕망이 해결되었을 때, 희망은 더 이상 고문(拷問)이 아니요, 정신은 모든 시대를 군림하며, 산다는 것에 대한 고통은 영원히 끝나는 것입니다. 어떤 의미에서 나는 불멸하고 싶어하는 마음을 절대로 중단한 적이 없었기 때문에 항상 방탕 속에서 살았다고 할 수가 있습니다. 그건 나의 본성의 근본이며, 또한 당신께 말씀드렸던 그 커다란 자기애의 결과가 아니었을까요? 네, 나는 불멸을 바라는 욕망 때문에 죽을 지경이었습니다. 나는 너무도 나 자신을 사랑했기 때문에 나의 사랑의 귀중한 대상이 절대로 사라지지 않기를 바라지 않을 수 없었던 거예요. 깨어 있는 상태에서는, 그리고 조금이라도 자신을 안다면 음탕한 원숭이 같은 놈에게 불멸이 부여될 정당한 이유를 발견해낼 수는 없기 때문에 그 불멸의 대용품을 손에 넣어야만 하는 겁니다. 나는 영생을 바랐기 때문에 창녀들과 동침했고 밤마다 술을 마셨습니다. 아침이면 물론 죽어야 할 조건의 쓰디쓴 맛이 입 속에서 느껴지곤 했습니다. 그러나 오랜 시간 동안 지극히 행복한 마음이 감돌곤 하는 것이었습니다. 용감하게 고백을 해버릴까요? 아직도 어떤 밤들이 그립게 생각납니다만 나는 변장을 잘하는 어떤 댄서를 만나려고 더러운 카바레로 가곤 했습니다. 그 여자가 보여주는 애정의 표시는 나를 우쭐하게 만들었고 나는 그 여자의 허영심을 위해서 어느 날 저녁, 으쓱대는 기둥서방 녀석과 싸움까지 벌였지요. 나는 밤마다 그 환락장의 붉은빛과 먼지 속의 카운터에 앉아 거짓말을 식은 죽 먹듯이 하고 천천히 술을 마시곤 했었습니다. 나는 새벽을 기다렸고 마침내는 언제나 흐트러져 있는 내 여왕의 침대 속으로 기어드는 것이었어요. 그녀는 기계적으로 쾌락에 몸을 내맡기고는 곧장 잠에 떨어지곤 했지요. 햇빛은 부드럽게 그 참상을 비춰주었고, 나는 움직이지도 않은 채 영광스러운 아침을 맞이했습니다.

술과 여자들이, 고백하자면, 내가 받을 수 있는 유일한 위안을 주었던 겁니다. 이 비밀을 당신에게 털어놓았으니, 선생, 주저치 말고 그것을 이용해보세요. 그러면 진정한 방탕은 어떠한 의무도 만들지 않기 때문에 구원자라는 것을 아시게 될 겁니다. 거기에서는 다만 자기 자신만을 소유합니다. 그러므로 방탕은 여전히 자신을 무척 사랑하는 사람들이 좋아하는 일인 거예요. 그것은 과거도 미래두 없고, 무엇보다도 약속이 없으며 즉각적인 처벌도 없는 밀림과도 같습니다. 방탕이 행해지는 장소는 세상에서 떨어져 있습니다. 거기로 들어갈 때는 희망도 두려움도 데리고 가지 않습니다. 이야기도 거기에서는 의무적인 것이 아니지요. 사람들이 거기에서 찾는 것은 말없이도 얻을 수 있고 그리고 흔히는 돈이 없어도 얻을 수 있습니다. 아! 그 당시 나를 도와주었던 알지 못하는 여자들 그리고 잊어버린 여자들에게 각별한 영광을 돌리도록 해주십시오. 오늘날까지도 내가 그 여자들에 대해서 간직하고 있는 추억에는 존경과 비슷한 그 무엇이 섞여 있습니다.

어쨌든 나는 이 해방을 마음껏 이용했지요. 어느 호텔에서 죄악이라고 부르는 것에 몸을 바치고, 나이 지긋한 매춘부와 상류 사교계의 젊은 처녀를 동시에 거느리고 살았던 일조차 있었습니다. 창녀에게는 귀부인을 흠모하여 시중드는 기사(騎士)처럼 굴었고, 아가씨에게는 몇 가지 현실을 알게 해주었지요. 공교롭게도 그 창녀는 대단한 속물 근성을 갖고 있어서 그 뒤 현대적인 시각에 매우 개방적인 어떤 종파(宗派)의 신문에 자기의 회상기를 쓸 것을 승낙했지요. 한편 그 처녀는 자기의 왕성한 본능을 충족시키고 놀랄 만큼 타고난 재능을 발휘하기 위하여 결혼을 했습니다. 그리고 내가 자랑스럽게 여기는 것은 그 당시 너무나도 흔히 비난을 받았던 어떤 남성 단체에 동인으로서 받아들여졌었다는 것입니다. 그 이야기에 대해서는 그냥 넘어가겠습니다. 그러나 매우 지성적인 사람들일지라도 남보다 한 병 더 마실 수 있다는 것을 명예스럽게 생각한다는 건 당신도 아시겠지요. 어쨌든 나는 그와 같은 행복한 탕진 속에서 평화와 해방을 발견할 수도 있을 겁니다. 그런데 이번에도 나 자신 속의 장애물에 부딪힌 거예요. 이번에는 내 간장이 못 쓰게 되고 피로가 극심해졌는데, 아직도 피로는 가시지를 않는군요. 분별이 되고자 연극을 하지만 몇 주일 후에는 내일까지 기어갈 수 있을지 어떨지조차도 모르게 됩니다.

밤에 활동하는 나의 공훈들을 중지했을 때 그러한 경험에서 얻은 유일한 이익은 인생이 덜 고통스러워졌다는 것이었습니다. 내 육체를 갉아먹는 피로는 동시에 내 마음속의 많은 활력을 부식시켰지요. 무절제한 생활을 할 적마다 생명력이 감소되고, 따라서 고통이 감소되는 것이었어요. 사람들이 생각하는 것과는 반대로, 방탕은 전혀 열광적인 것이 아닙니다. 그건 다만 긴 수면(睡眠)일 뿐입니다. 당신도 아시리라 생각합니다만, 정말로 질투심으로 괴로워하는 남자들은 자기를 배반했다고 생각하는 여자와 동침하려는 것보다 더 다

급한 일은 없습니다. 물론 그들은 자기들의 귀중한 보물이 여전히 자기 것이라는 것을 다시 한 번 확인하고 싶어서지요. 흔히 말하듯이 그것을 소유하고 싶은 겁니다. 그러나 그것은 또한, 그러고 나서는 곧 질투심이 가라앉기 때문이기도 하지요. 육체적인 질투란 자기 자신에 대한 비판인 동시에 상상의 결과입니다. 같은 처지에 처했을 때 품게 되는 비열한 생각을 경쟁자에게 빌려주는 것이지요. 다행히도 지나친 쾌락은 판단력도 상상력도 약화시킵니다. 그렇게 되면 고통은 남성과 함께 오랫동안 잠들어버리는 것이지요. 똑같은 이유로 청년들은 그들의 첫애인과 함께 형이상학적인 불안을 잃어버리는 것이며, 방탕에 지나지 않는 법률이 인정하는 어떤 결혼들은 대담성과 창의력을 동시에 묻어버리는 단조로운 영구차로 화해버리고 맙니다. 그래요, 저속한 결혼은 우리 나라를 안일한 나라로 만들었고 머지않아 죽음의 문으로 몰아넣게 될 것입니다.

내가 과장해서 생각한다구요? 아니에요. 그러나 내가 빗나갔군요. 다만 나는 그 통음 난무(痛飮亂舞)했던 몇 달 동안에 얻은 이득을 말하고 싶었을 뿐입니다. 나는 일종의 안개 속에서 살았습니다. 거기에서는 웃음소리도 어렴풋해져서 마침내는 느껴지지 않게 되었습니다. 이미 내 마음속에서 많은 자리를 차지하고 있던 무관심은 이제는 저항도 받지 않고 그 경화증(硬化症)을 확대해 갔습니다. 더 이상 감동도 없었습니다. 한결같은 기분이었어요. 아니, 오히려 전혀 기분이란 것이 없었습니다. 결핵에 걸린 폐는 건조해짐으로써 치유되지만, 흐뭇해하는 그것의 임자를 조금씩 질식시키지요. 평안하게 치유 속에서 죽어가던 나도 그와 같았습니다. 여전히 나는 내 직업으로 살아갔습니다. 엉뚱한 말 때문에 내 평판이 손상되고 무질서한 생활로 인해 규칙적인 업무 수행이 위태롭기는 했어도 말입니다. 그러나 도발적인 언사가 밤에 행해지는 방탕보다 더 비난받았다는 것은 흥미로운 일입니다. 가끔 변론 중에 나는 순전히 언어 표현상 신(神)을 인용했었는데 그것이 나의 고객들에게 의혹을 주었습니다. 그들은 아마 신이라 할지라도, 법률 문제에 있어서만은 아무도 당해내지 못하는 변호사만큼 그들의 이해 관계를 떠맡아 줄 수는 없지 않을까 하는 것이 두려웠던 모양입니다. 그러한 생각에서 한걸음 나아간다면 내가 무능하기 때문에 신에게 간청한다는 결론에 이르게 됩니다. 내 고객들은 그 한걸음을 내디뎠고 따라서 그 수는 줄어들었습니다. 이따금 한 번씩 나는 여전히 변론을 했습니다.

때로는 내가 하는 말을 나도 이제는 믿지 못한다는 것을 잊어버리고 제법 변론을 잘하는 적도 있었습니다. 내 자신의 목소리가 나를 이끌고, 나는 그 목소리를 따라가는 겁니다. 예전처럼 정말로 공중은 날지 못했지만, 땅 위로 조금 떠올라 저공 비행을 했지요. 마침내 직업상 외에는 별로 사람들을 만나지 않게 되었고 한두 여자와의 피곤한 관계를 그럭저럭 유지하고 있었습니다. 욕망이 섞이지 않은 순수한 우정으로 밤을 보내는 일조차 있었지만, 다른 점이 있다면 지루함을 감수하고 상대방의 말을 겨우 듣는 둥 마는 둥 하는 것이었어요. 그러자 살도 좀 찌고 마침내 위기도 끝이 난 것 같은 생각이 들었지요. 이제는 늙어가는 것만이 문제였습니다.

그런데 어느 날 어떤 여자 친구와 여행을 했었는데 그녀에게는 내 치유를 축하하기 위한 여행이라는 말은 하지 않았습니다. 나는 대서양 횡단 정기선의 뱃전에, 물론 특등 갑판 위에 있었지요. 갑자기 나는 대서양 위에서 철색의 어떤 검은 점을 알아보았습니다. 곧 눈을 돌렸지만 내 심장은 뛰기 시작했습니다. 억지로 바라보려고 했을 때 그 검은 점이 사라져버렸어요. 소리를 질러서 바보스럽게 도움을 청하려고 했는데 그때 그것이 다시 보였습니다. 그것은 배들이 버리고 가는 잔존물 중의 하나였을 겁니다. 그런데도 나는 그것을 바라보고 있을 수가 없었어요. 순간 물에 빠진 사람이 생각났던 겁니다. 사람들이 오래 전부터 진실이라 알고 있는 어떤 생각을 아무런 저항도 없이 받아들이는 것처럼, 그때 나는 몇 해 전에 센 강 위에서 내 등 뒤로 울려퍼지던 그 부르짖음이 쉬지 않고 강물을 타고 영불 해협을 향해 몰려와, 대서양의 무한한 공간을 가로질러 세계 속으로 나아가며, 내가 그를 만났던 그날까지 나를 기다리고 있었다는 것을 깨달았던 겁니다. 또한 나는 그것이 바다나 강 위에서나, 마침내 내가 받는 세례의 쓰디쓴 물이 있는 곳은 어디에서나 계속 나를 기다릴 것이라는 것도 알았습니다. 여기서도 우리는 물 위에 있는 것이 아닙니까? 잔잔하고 단조롭고 끝이 없고 육지와의 한계도 분명치 않은 물 위가 아닙니까? 우리가 암스테르담에 도착하리라는 것을 어떻게 믿을 수 있습니까? 우리는 이 거대한 성수반(聖水盤)에서 절대로 빠져나갈 수 없을 겁니다. 들어보세요! 보이지 않는 갈매기들의 울음소리가 들리지 않습니까? 그것들이 우리를 향해 부르짖는 것이라면 도대체 무엇 때문에 우리를 부르는걸까요?

　그런데 저것들은 내가 완쾌되지 못했다는 것, 내가 언제나 궁지에 몰려 있다는 것, 그래서 그것을 바로잡아야겠다는 것을 결정적으로 깨달은 그날, 이미 대서양 위에서 부르고 울부짖던 바로 그 갈매기들입니다. 영광스러운 생애도 끝났지만 분노와 경련도 또한 끝났습니다. 복종하고 자기의 죄를 인정해야만 합니다. 고난 속에서 살아가지 않으면 안 됩니다. 사실 당신은 중세기에 사람들이 고난실이라고 부르던 지하 감옥의 그 독방을 모르실 겁니다. 대체로 영원히 그 곳에서 나오지 못했지요. 그 독방은 교묘한 구조로 다른 것들과 구별이 되었지요. 서 있기에는 천장이 높지 못했고 누워 있기에는 그 너비가 넓지 못했습니다. 그러니 난처한 자세로 비스듬하게 살 수밖에 없었지요. 잠들면 추락하는 것이고 깨어 있으면 웅크린 자세로 있어야 하는 거지요. 아무리 생각해봐도 이 간단하고 새로운 고안은 천재적입니다. 죄인은 매일 자기 몸이 꼿꼿해질 정도로 꼼짝할 수 없는 거북함 때문에, 자기는 죄인이라는 것과 또 무죄란 즐겁게 팔다리를 뻗을 수 있는 것임을 깨닫게 되는 겁니다. 그러한 독방 속에 산꼭대기나 상갑판에 자주 드나들던 사람이 틀어박혀 있는 것을 상상할 수 있겠습니까? 뭐라구요? 그러한 독방 속에서 살면서도 무죄일 수도 있을 거라구요? 있음직하지 않은 일이군요. 정말로 있을 법하지 않은 일이군요! 그렇지 않으면 내 논리는 어긋나고 말 것입니다. 죄가 없는데도 곱사등처럼 살 수밖에 없는 궁지에 몰렸다는 것, 그러한 가정은 단 1초라도 생각하기 싫습니다. 게다가 우리는 어느 누구의 무죄도

단언할 수 없는 반면에, 우리는 모든 사람들의 유죄는 틀림 없이 단정할 수 있지요. 사람은 누구나 다른 사람들의 죄를 증언합니다. 이것이 나의 신념이요, 희망입니다.

종교가 훈계를 한다든지 또는 계율을 선고하면 그 순간부터 종교는 틀린 것입니다. 신(神)은 죄상을 만들어내고 벌을 주기 위해서 필요한 것이 아니에요. 우리와 비슷한 사람들은 그것으로 충분하고 우리 자신에 의해 도움을 받습니다. 당신은 최후의 심판에 대해서 말씀하셨습니다. 그런데 그것을 우습게 생각하는 나를 용서해주시기 바랍니다.

과감하게 나는 그것을 기다리고 있습니다. 나는 최악의 것을 알고 있습니다. 그것은 인간들의 심판입니다. 그들에게는 정상을 참작케 하는 사정도 없고, 선의(善意)마저도 죄로 돌립니다. 적어도, 최초의 어느 국민이 자기들이 지구상에서 가장 위대하다는 것을 증명하기 위해서 생각해낸 가래침 독방에 대한 이야기는 들으셨겠지요? 죄수가 서 있기는 하나 움직일 수는 없는 쌓아올린 아주 좁은 감방 말입니다. 그 시멘트 껍데기 속에 죄인을 가두어놓은 단단한 문은 턱의 높이에 달려 있습니다. 그러니까 얼굴밖에는 보이지 않는데, 그 얼굴에다 대고, 지나가는 간수들마다 푸짐하게 가래침을 뱉는 거예요. 죄수는 독방 속에 처박혀 있어서 닦을 수도 없습니다. 눈을 감는 건 허용되었지만 말이에요. 그것이, 이것 보세요, 인간들의 발명인 겁니다. 그 하찮은 걸작을 만들어내는 데는 신이 필요 없었지요.

그래서요? 그래서 신의 유일한 효용성은 무죄의 확실성을 보증하는 일이 될 것이고 종교라는 것을 나는 오히려 커다란 세탁 사업으로 보고 싶습니다. 하기야 종교가 그랬었던 것은 짧은 동안이었지요. 바로 3년 동안이었는데 종교라고 불리지도 않았지요. 그 뒤부터는 비누가 부족해서 우리는 곤드레만드레 취해 있고 서로 책망들을 합니다. 모두가 모자라는 것들이요, 모두가 벌받아 마땅한 놈들이라 우리는 서로 침을 뱉지요. 자, 어서 고난으로! 누가 먼저 침을 뱉느냐가 문제입니다. 큰 비밀을 하나 말씀드리지요. 최후의 심판을 기다리지 마세요. 그것은 매일매일·행해지고 있으니까요.

아니, 아무것도 아닙니다. 이 빌어먹을 습기 때문에 몸이 좀 떨릴 뿐이에요. 게다가 이젠 다 왔군요. 자, 먼저 내리세요. 하지만 좀더 기다려주십시오. 나와 같이 가십시다. 이야기가 끝나지 않았어요. 계속해야겠습니다. 계속한다는 것, 그것은 어려운 일이지요. 이것 보세요, 사람들이 왜 그 사람에게 고통을 주었는지 아십니까? 어쩌면 지금 당신이 생각하고 계실 그 사람을 말이에요. 물론 거기에는 많은 이유들이 있었습니다. 한 사람의 인간을 죽이는 데는 언제나 이유가 있는 겁니다. 그와 반대로 인간이 살아가는 것을 정당화하기란 불가능하지요. 그러기 때문에 범죄를 변호하는 변호사는 언제나 있게 마련이지만 무죄를 변호하려는 변호사는 그저 간혹 있을 뿐입니다. 그러나 2000년 동안 우리에게 매우 그럴싸하게 설명되어 온 이유들 이외에, 그 소름끼치는 죽음에는 커다란 이유가 있었습니다. 왜 그것을 조심스럽게 숨기고 있는지 알 수가 없지만 말이에요. 진짜 이유는 그 사람 자신이 완전히 무죄는 아니라는 것을 알고 있었다는 것입니다. 만일 그가 사람들로부터 고발당했던 과오의 짐을 짊어지지 않았다고 해도, 역시 무엇인지는 몰라도 다른 과오를 저질렀을 것입니다. 더구나 그 사람이 그것을 모르겠습니까? 결국 그 사람이 원인이었던 거예요. 그는 틀림없이 어떤 무고한 사람들의 학살 이야기를 들었을 겁니다. 그의 부모들이 안전한 장소로 그를 데리고 가는 동안 학살당한 유태의 어린이들은 그의 탓이 아니라면 왜 죽었겠습니까? 물론 그는 그러고 싶지 않았을 겁니다. 그 피흘리는 병사들과 두 동강으로 잘린 어린이들은 그를 소름끼치게 합니다. 그러나 그렇다고 하더라도 그는 그들을 잊어버릴 수 없었으리라고 나는 확신합니다 그리고 그의 모든 행동에서 드러나는 그 슬픔은, 자식들에 대해서 슬퍼하고 모든 위안을 거부하는 라셀의 목소리를 밤마다 듣던 자의 치유될 수 없는 슬픔이 아니겠습니까? 한탄의 소리는 밤에 들려오고 라셀은 자기 때문에 죽은 아이들을 부르고 있는데, 그는 살아 있었단 말입니다!

　그가 알고 있는 것을 알고 있고, 인간의 모든 것을 알고 있는 그——아! 남을 죽게 하는 것보다 자기 자신이 죽지 않은 것이 더 큰 죄라는 것을 그가 어찌 생각했겠습니까! ── 밤 낮으로 자기의 결백한 죄와 마주 대하고 있는 그로서는 그대로 계속 버틴다는 것이 너무도 견딜 수 없게 된 것입니다. 차라리 끝장을 내어버리고 자기 변호를 하지 않고 죽는 것이 나았습니다. 그렇게 하면 더 이상 혼자 살아가지 않아도 되고, 어쩌면 다른 곳으로, 자기를 부축해주는 사람이 있을지도 모르는 곳으로 갈 수도 있을 것이었습니다. 그러나 그는 부축을 받지 못했고 그것을 한탄하였는데, 모든 것을 마무리

하면서 사람들은 그것을 삭제해버렸던 겁니다.

그래요, 그의 한탄을 지워버리기 시작한 것은 제3복음서의 저자라고 생각합니다. "어찌하여 나를 버리셨나이까?" 이것은 반항의 외침이 아닙니까? 그러니 가위로 잘라낼 수밖에요! 하기야 누가(Luc)가 아무것도 삭제하지 않았다면 그것이 눈에 띄지도 않았을 겁니다. 어쨌든 그것이 많은 자리를 차지하지는 않았을 겁니다. 그렇게 검열관은 자기가 폐지한 것을 알리는 겁니다. 세상의 질서 또한 모호한 것이지요.

검열을 받은 그 사람은 계속할 수가 없었습니다. 나는 내가 무엇을 말하고 있는지 잘 압니다. 순간마다 어떻게 다음 순간을 기다릴 수 있을는지 모를 그런 때가 내게도 있었지요. 그래요, 이 세상에서 전쟁을 할 수도 있고 사랑을 흉내낼 수도 있고 자기의 동포를 몹시 괴롭힐 수도 있고 신문에다 제 자랑을 할 수도 있으며, 아니면 그저 뜨개질을 하면서 이웃의 험담을 늘어놓을 수도 있습니다. 그러나 어떤 경우에서든 계속한다는 것, 오직 계속한다는 것은 초인적인 일입니다. 그런데 그 사람은 초인적인 사람이 아니었습니다. 그건 틀림없는 일입니다. 그는 단말마의 고통을 외쳤습니다. 그렇기 때문에 나는 알지 못한 죽음을 당한 그 사람을 사랑합니다.

불행한 일은 그가 우리를 홀로 남겨두었다는 것입니다. 어떤 일이 있어도, 우리가 고난실에 처박혀 있을 때라도, 그가 알고 있는 것을 우리가 알고 있으면서도, 그가 행동한 것대로 행동하지 못하고 그처럼 죽지도 못하고 계속하고 있는 겁니다. 물론 사람들은 그의 죽음을 좀 이용해보려고 했습니다. 어쨌든 우리에게 말한 그것은 천재적인 것이었지요. "너희들은 훌륭하지 못하다. 그건 명백한 사실이다. 그러니 개별적으로 할 수는 없다! 십자가에서 한 번에 그걸 처리하고자 한다!" 그러나 지금은 너무도 많은 사람들이 단지 멀리서도 그들이 보일 수 있도록 십자가에 기어오르고 있습니다. 그러기 위해서는 오래 전부터 십자가에 매달려 있는 사람을 좀 짓밟지 않을 수 없더라는 말입니다. 너무나 많은 사람들이 자선 행위를 실천하기 위해서 너그러움 없이 지나기로 결심했습니다. 아아, 이 얼마나 부정한 행위입니까! 그에게 저지른 부정을 생각하면 내 가슴이 조이는 듯합니다.

이런, 옛날 버릇이 다시 나와서 변론을 하려고 드는군요. 용서하십시오. 내가 가지고 있는 이유들을 이해해주십시오. 자, 여기에서 좀더 가면 어느 거리에 '다락방에 계시는 주님'이라고 부르는 박물관이 있습니다. 그 당시에는 지붕 밑에다 그들의 묘지를 만들었었지요. 여기에서는 지하실이 물에 잠기니까 어쩔 수 없지요. 그러나 오늘날은 안심하십시오. 그들의 주님은 이제는 다락방에도, 지하실에도 있지 않습니다. 그들은 주님을 자기들 마음속 깊이 재판정에 올려놓았습니다. 그러고는 때리고 특히 심판을 합니다. 그의 이름으로 심판을 합니다. 그는 죄 지은 여인에게 부드럽게 말했습니다. "나는 더 이상 너를 죄인으로 단정하지 않는다"라고. 그래도 역시 그들은 유죄를 선고하고 아무도 용서하지 않습니다. 주님의 이름으로 이것이 바로 네가 받아야 할 것이다. 주님이라구요? 그는 그렇게 많은 것을 요구하지 않았습니다. 그는 사람들이 자기를 사랑해주기를 바랐을 뿐입니다. 그 이상은 아무것도 없었습니다. 물론 그를 사랑하는 사람들이 있습니다. 기독교 신자들 가운데에도 말입니다. 그러나 그들은 셀 수 있을 정도이지요. 게다가 그는 그것을 미리 알고 있었고, 유머 감각도 가지고 있었습니다. 베드로, 아시다시피 겁쟁이인 베드로가 그를 부인했지요. "나는 저 사람을 모릅니다. ……당신이 무슨 소리를 하려고 하는지 모르겠습니다…… 등등" 정말로 베드로는 지나친 짓을 한 겁니다. 그래서 주님은 다음과 같은 멋진 말을 합니다. "이 반석(베드로란 반석이란 뜻도 됨) 위에 나는 내 교회를 세우리라"라고. 이보다 더한 아이러니는 없습니다. 그렇게 생각지 않으세요? 천만에요, 그들은 아직도 승리하고 있습니다. 그는 문제를 잘 알고 있었던 겁니다. 그러고는 그는 영원히 떠났습니다. 입으로는 용서를 하고 마음으로는 판결을 내리며 심판하고 죄를 선고하는 그들을 버려둔 채 말입니다.

이제는 연민이 없다고 말할 수는 없으니까요. 아니, 어쩌면 우리는 쉬지 않고 그것을 말하고 있는지 모릅니다. 다만 이제는 누구에게도 무죄 판결을 내리지 않습니다. 죽은 무죄자를 놓고 심판관들이 우글거리고 있습니다. 모든 종류의 심판관들, 그리스도의 편에 또는 무신론자의 편에 있는 심판관들——하기야 그들은 고난실에서 화해할 똑같은 사람들이지요. 기독교 신자들만 비난할 수는 없으니까요. 다른 사람들도 역시 영향력이 있었지요. 이 도시에서 데카르트를 보호해주었던 집 중의 하나가 무엇이 되었는지 아십니까? 정신병원이 되었답니다. 네, 그래요. 그것은 일반적인 정신 착란

이요, 박해입니다. 물론 우리도 역시 거기에 몸을 맡기지 않을 수 없지요. 내가 아무것도 용서하지 않는다는 것을 당신도 알아차리셨을 겁니다. 그리고 당신도 같은 생각을 하고 있다는 것을 나는 압니다. 그렇기 때문에 우리들은 모두 심판관이니까 남 앞에서는 모두 죄인들이고 야비한 우리들의 식으로는 모두 그리스도여서 하나씩 십자가에 못박혀 있는데, 여전히 그 이유를 알지 못하는 겁니다. 적어도 나 클라망스가 탈출구, 유일한 해결책, 마침내 진리를 발견하지 못했더라면 우리들은 그렇게 되었을 테지요…….

아니, 그만두겠습니다. 아무것도 걱정하지 마십시오! 게다가 헤어질 때가 되었군요. 여기가 내 집이거든요. 고독 속에서 피곤까지 겹치니 별 수 있습니까. 기꺼이 예언자로 생각하는 수밖에요. 요컨대 이것이 바로 나입니다. 돌멩이와 안개와 썩은 물의 광야로 피난한 보잘것없는 시대를 위한 공허한 예언자, 배가 터질 정도로 열광과 알코올을 마시고 이 곰팡이가 슨 문짝에 등을 붙이고 낮은 하늘을 향해 손가락을 쳐들어올리며 어떠한 심판도 견디어내지 못하는 율법 없는 인간들에게 저주를 퍼붓는, 메시아 없는 엘리야지요.

인간들이 심판을 견디어낼 수 없는 것, 그것이 문제입니다. 어떤 율법에 집착하는 자는 그가 믿고 있는 질서로 그를 다시 놓아주는 심판을 두려워하지 않습니다. 인간의 고통 중에서 가장 큰 고통은 율법 없이 심판받는 일이지요. 그런데 우리는 그런 고통 속에 있는 겁니다. 그들의 타고난 재간을 빼앗긴 재판관들은 무턱대고 미친 듯이 날뛰며 단숨에 일을 해치웁니다. 그러니 그들보다 더 빨리 가려고 애쓸 수밖에 없지 않겠습니까? 그것은 커다란 소동입니다. 예언자들과 돌팔이 의사들은 불어나고, 그들은 훌륭한 율법과 나무랄 데 없는 조직으로 지구가 무인지경이 되기 전에 도착하려고 서둘러댑니다. 다행히도 나는 도착했습니다! 나는 시초이자 종말입니다. 나는 율법을 고시합니다. 요컨대 나는 고해 판사인 것입니다.

네, 네, 내일 이 훌륭한 직업이 무엇으로 성립되는지 말씀드리지요. 모레 떠나신다고요. 그럼 급하게 되었군요. 내 집으로 오세요. 초인종을 세 번 누르시구요. 파리로 돌아가십니까? 파리는 먼 곳이고 파리는 아름다운 곳입니다. 나는 이 곳을 잊지 않았지요. 거의 이와 같은 때의 파리의 황혼이 생각나는군요. 메마르고 삐걱거리는 저녁이 연기에 그을은 검푸른 지붕들 위로 내려앉으면 도시는 은은하게 소음이 일고 강물은 그 흐름을 거슬러오르는 것 같지요. 그럴 때면 나는 거리를 방황하곤 했습니다. 그들도 역시 지금 방황하고 있을 겁니다. 나는 그걸 알지요! 피곤한 아내와 검소한 집을 향해 서둘러 가는 척하면서 그들은 방황하고 있을 겁니다……. 아아! 대도시를 방황하는 고독한 인간이 어떤 것인지 당신은 아십니까……?

VI

자리에 누워서 당신을 맞아들여 죄송합니다. 아무것도 아닙니다. 열이 좀 있는데 진으로 치료를 하고 있는 거예요. 이런 발작에는 익숙해졌지요. 학질은 내가 교황이었을 시절에 걸렸다고 생각해요. 아니, 반은 농담이지만 반은 진담입니다. 당신이 이렇게 생각하시리라는 걸 압니다. 내가 하는 이야기에서 진실과 거짓을 분간해내기란 매우 어려운 일이라고 말입니다. 당신의 생각이 옳다는 것을 인정합니다. 나 자신은…… 내 주위에 있는 어떤 사람은 사람을 세 부류로 구분했었지요. 거짓말을 할 수밖에 없기보다는 오히려 숨길 것이 아무것도 없는 것을 택하는 사람들, 숨길 것이 아무것도 없는 것보다는 차라리 거짓말을 하는 편을 택하는 사람들, 끝으로, 거짓말과 비밀을 동시에 좋아하는 사람들로 말입니다. 내게는 어떤 것이 가장 어울리는지 그 선택은 당신에게 맡기겠습니다.

어쨌든 그건 상관없는 일이지 않겠습니까? 거짓말도 결국은 진실의 길 위에 놓여 있는 것이 아닐까요? 그리고 참말이든 거짓말이든 내 이야기는 모두 같은 목적을 향하는 것이 아닐까요? 같은 의미를 지니는 것이 아닐까요? 그러니 어느 경우가 되었든 내 이야기가, 과거에 내가 어떤 사람이었고 지금은 어떤 사람인가를 의미하는 것이라면 참말이든 거짓말이든 무슨 상관이겠습니까. 때로는 진실은 참말을 하는 사람 중에서보다 거짓말을 하는 사람 중에서 더 분명히 드러나는 수가 있습니다. 진실은 빛과 같아서 눈을 멀게 합니다. 그와 반대로 거짓말은 아름다운 황혼과 같아서 대상 하나하나를 돋보이게 하지요. 어쨌든, 거짓말이란 당신이 원하시는 대로 생각하시겠지만, 나는 포로 수용소에서 교황으로 임명되었지요.

좀 앉으세요. 이 방 안을 보고 계시는군요. 장식은 없지만 깨끗합니다. 가구도 냄비도 없는 베르메르의 그림 같지요. 책도 없습니다. 오래 전부터 독서하는 것을 그만두었거든요. 예전에는 내 집의 반은, 이미 읽어본 책으로 가득 했었지요. 그것은 기름진 음식으로 사람을 사로잡다가 나머지를 버리게 하는 그런 사람들만큼이나 싫증이 나는 일이지요. 게다가 이제는 참회록밖에는 좋아하지 않는데, 참회록의 저자들은 특히 참회하지 않기 위해서, 자기들이 알고 있는 것에 대해 아무것도 말하지 않기 위해서 쓰는 겁니다. 그들이 고백을 하려고 할 때는 경계해야 할 순간입니다. 시체를 분장하려는 것이니까요. 내 말을 믿으세요. 내가 권위자니까요. 그래서 나는 갑자기 중단해버렸습니다. 많은 책들과 소용 없는 물건들을 치우고 관(棺)처럼 깨끗하고 빛나는 절대적인 필수품

들만 남겨놓았지요. 게다가 때묻지 않은 시트를 간 이렇게 딱딱한 네덜란드 침대에서 벌써부터 수의(壽衣)를 입고 순결의 향내를 풍기며 죽어가고 있는 겁니다.

　내가 교황이었을 때의 사건들을 알고 싶으세요. 평범한 것들 뿐이에요. 그 이야기를 해드릴 기력이 있을는지 모르겠군요. 네, 열도 내린 것 같군요. 그건 아주 오래 전 일이에요. 롬멜 장군의 덕택으로 전쟁의 불꽃이 피어오르던 아프리카에서였습니다. 나는 거기에 관계하지 않았으니 안심하십시오. 전에 유럽 전쟁(제1차 세계대전을 말함)도 피했었지요. 물론 동원되긴 했지만 사격하는 것을 본 적은 없었습니다. 어떤 의미로는 그것을 유감스럽게 생각합니다. 어쩌면 그것이 많은 것을 바꾸어놓았을지도 모르지 않겠어요? 프랑스 군대는 나를 전선으로 보낼 필요가 없었지요. 군대는 나에게 퇴각에 참가하라는 것만 요구했습니다. 그러고 나서는 파리로 돌아와서 독일 사람들을 만났습니다. 그리고 이제 막 거론되기 시작한 레지스탕스 운동에 나는 마음이 끌렸지요. 거의 그 무렵에 나는 내가 애국자라는 것을 알았습니다. 웃으시는군요? 잘못 생각하시는 거예요. 그걸 알게 된 것은 지하철의 샤틀레 역 통로에서였답니다. 개 한 마리가 그 복잡한 길에서 헤매고 있었습니다. 몸집이 크고 뻣뻣한 털에 한 쪽 귀가 잘린 그 개는 재미있어 하는 눈으로 껑충거리며 지나가는 사람들의 장딴지에 코를 대고 냄새를 맡아보는 것이었습니다. 나는 오래 전부터 개들을 아주 좋아했었지요. 그들은 언제나 용서해주기 때문에 나는 개들을 좋아합니다. 그래서 나는 그 개를 불렀지요. 그랬더니 그 개는 반가운 듯이 엉덩이를 흔들면서 내 앞 몇 미터 되는 곳까지 와서는 망설이는 거였어요. 그때 걸음걸이가 팔팔한 한 젊은 독일 병사가 내 앞을 지나갔어요. 그는 개 앞에서 걸음을 멈추고 개의 머리를 쓰다듬었습니다. 개는 망설이지 않고 여전히 기뻐하며 그의 뒤를 따라가더니 그 병사와 함께 사라졌습니다. 원통함과 내가 그 독일 병사에게 느낀 분노의 종류로 보아 내 반응이 애국적이라는 것을 느끼지 않을 수 없었습니다. 만일 그 개가 어느 프랑스의 민간인을 따라갔더라면 나는 그런 생각이 들지 않았을 겁니다. 그 반면 그 마음에 드는 개가 어느 독일 연대의 마스코트가 되었을 것을 상상하면 화가 나서 견딜 수 없는 거예요. 그러니 그 간단한 실험은 타당성이 있는 것이지요.

나는 레지스탕스에 대해서 알아보려는 생각으로 남부 지구로 갔습니다. 그러나 거기에 도착해서 조회를 해보니 망설여졌습니다. 그런 일이 내게는 좀 정신나간 일 같기도 하고, 한마디로 말하자면 공상적인 일 같기도 했거든요. 특히 지하 공작이라는 것이 내 기질에도 맞지 않고 바람이 잘 통하는 꼭대기를 좋아하는 내 취미에도 맞지 않는다고 생각한 것이지요. 그것은 밤낮을 가리지 않고 지하실에서 장식 융단을 짜라고 요구하는 것과도 같았고 짐승 같은 놈들이 와서 나를 쫓아내고 처음에는 내가 짠 융단을 찢어버리고 다음에는 죽도록 나를 때리기 위해서 나를 지하실로 끌고 갈 때까지 그런 일을 하라고 요구하는 것 같기도 했습니다. 그런 격렬한 영웅주의에 몰두하는 사람들을 나는 감탄하여 마지않지만 그들을 흉내낼 수는 없었던 겁니다.

그래서 나는 런던으로 가겠다는 막연한 생각을 가지고 북

아프리카로 갔습니다. 그러나 아프리카에서는 정세가 분명하지 못했고 대립하는 당파들도 나에게는 똑같이 옳게만 여겨져서 행동을 삼갔지요. 당신의 표정에는, 당신 생각으로는 의미가 있다고 보는 그런 세세한 것들에 관해서 내가 너무 빨리 지나친다고 씌어 있군요. 그런데 나는 당신을 당신의 진가(眞價)에 의거해서 판단했기 때문에, 당신이 그런 것을 더 잘 알아보도록 하려고 빨리 지나쳤던 겁니다. 어쨌든 나는 마침내 튀니지로 갔는데 거기에 있는 상냥한 여자 친구가 내게 일거리를 보장해주었습니다. 그 친구는 영화계에 종사하는 아주 총명한 여자였어요. 나는 그 여자를 따라 튀니지로 갔었는데, 연합군이 알제리에 상륙한 다음에서야 비로소 그 여자의 진짜 직업을 알았습니다. 그 여자는 어느 날 독일군에 의해 체포되었고 나 또한 그렇게 되었습니다만, 그렇게 되기를 바랐던 것은 아니었지요. 나는 그 여자가 어떻게 되었는지 모릅니다. 나로서는 어떠한 곤란도 겪지 않았지만 극도의 불안을 겪은 후에야, 그것이 무엇보다도 하나의 안전 대책을 위한 문제였다는 것을 알았지요. 나는 트리폴리 근처에 있는 어느 수용소에 감금되었었는데, 그곳에서는 학대보다는 갈증과 궁핍에 더 고통을 느꼈었습니다. 그곳에 대한 묘사는 하지 않겠습니다. 우리들 20세기 후반의 사람들은 그런 종류의 장소들을 상상하기 위해서 묘사까지 할 필요는 없으니까요. 150년 전에는 사람들이 호수나 숲에 감동했었습니다. 그러나 오늘날 우리는 감방에 대한 서정을 갖고 있지요. 그러므로 나는 당신을 믿습니다. 다만 몇 가지 지엽적인 것들만 덧붙이도록 하지요. 즉 더위, 내리쬐는 태양, 파리,

모래, 물의 부족 등과 같은……

　나와 함께 젊은 프랑스인이 있었는데, 그는 신앙을 가지고 있었습니다. 그래요! 분명 동화 같은 이야깁니다. 듀게클랭 같은 사람이었다고나 할까요. 그 사람은 싸우기 위해서 프랑스에서 스페인으로 갔었지요. 그런데 카톨릭 신자인 프랑코 장군이 그를 감금해버렸어요. 그는 프랑코 장군의 군대에서, 감히 말하자면, 콩밥마저 로마의 축복을 받고 있는 것을 보자 깊은 슬픔에 빠지고 말았습니다. 그 뒤 다다른 아프리카의 하늘도, 수용소에서의 한가한 여유도 그를 그 슬픔에서 끌어내지는 못했지요. 그러나 그의 그런 생각들과 태양은 그를 정상적인 상태에서 좀 벗어나게 했습니다. 어느 날, 납이 녹아 흐르는 텐트 아래에서 10여 명의 수인들이 파리가 윙윙거리는 가운데에서 헐떡거리고 있을 때, 그는 그가 로마인이라고 부르던 사람을 향하여 또다시 독설을 퍼부어대는 것이었습니다. 그는 여러 날째 수염을 깎지 않고 정신나간 표정으로 우리를 쳐다보았지요. 그의 벌거벗은 상반신은 땀으로 뒤범벅이 되었고, 두 손은 앙상하게 드러난 자기의 갈비뼈를, 피아노를 치듯 두드려댔습니다. 그러고는 왕좌에 앉아서 기도나 할 것이 아니라 불행한 사람들 속에서 생활하는 새로운 교황이 필요하다고 선언했습니다. 그건 빠를수록 좋다고도 말했지요. 그는 머리를 끄덕이면서 넋나간 눈으로 우리를 뚫어지게 바라보았습니다. "그래, 가능하면 빨리!" 하고 그는 되풀이했습니다. 그러고는 갑자기 침착해지더니, 침울한 목소리로 교황은 우리들 가운데서 뽑아야 하고, 결점과 덕을 함께 지닌 완전한 인간이어야 한다고 말했습니다. 그리고 만

약 그 교황이 자기의 마음과 다른 사람의 마음속에 고통의
공통성을 활발히 유지해나갈 것을 승낙하기만 한다면 그에
게 복종을 맹세해야 된다고도 말했습니다.

"우리들 중에서 누가 가장 약점이 많은가?" 하고 그가 말
했지요. 장난으로 나는 손가락을 쳐들었는데 그렇게 한 사람
은 나 혼자였습니다. "그럼 장 바티스트가 일을 해나갈 것이
다." 아니, 그렇게 말하지는 않았습니다. 그때는 다른 이름
을 가지고 있었으니까요. 적어도 그는, 내가 그렇게 한 것처
럼, 자신을 지적한다는 것은 또한 최대의 덕을 전제하는 것
이라고 말하면서 나를 선출할 것을 제의했지요. 다른 사람들
노 농의했습니다. 장난으로 말이에요. 그러나 엄숙한 흔적도
있었지요. 사실, 듀게클랭 같은 그 사람이 우리에게 감명을
주었던 것입니다. 나 자신을 전적으로 장난 삼아 한 것 같지
는 않아요. 우선 그 작은 예언자의 말이 옳은 것같이 생각되
었고, 그리고 태양이며, 지치게 하는 노동, 물을 얻기 위한
싸움으로 해서 요컨대 우리는 머리가 돌았던 거예요. 어쨌든
나는 몇 주일 동안 교황의 지위를 점점 더 진지하게 시행했
던 것은 사실입니다.

무슨 일을 했느냐구요? 그룹의 두목이랄까 혹은 세포의
서기 같은 뭐 그런 것이었지요. 어쨌든 다른 사람들은, 신앙
을 갖지 않은 자들까지도 나에게 복종하는 습관을 가지게 되
었습니다. 듀게클랭은 괴로워하고 있었습니다. 그래서 나는
그의 번민을 다스렸지요. 그때 나는 교황 노릇을 한다는 것
이 사람들이 생각하듯 그렇게 쉬운 일만은 아니라는 것을 깨
달았습니다. 어저께도 당신에게 우리들의 형제인 재판관들

에 대해 건방진 이야기를 많이 하고 난 후에 그 일이 또 생각났었습니다. 수용소에서 가장 큰 문제는 물의 분배였습니다. 다른 그룹들은 정치적인 패와 종교적인 패로 이루어져 있었는데 저마다 자기 패들에게 특혜를 주는 것이었습니다. 그래서 나도 내 편 사람들에게 특혜를 주려고 했지요. 그건 이미하나의 작은 양보였어요. 우리들 사이에서도 나는 완전한 평등을 유지할 수 없었던 겁니다. 동지들의 건강 상태라든지, 해야 할 노동에 따라서 이러이러한 사람에게 혜택을 주었던거지요. 그러한 차별은 오래 지속되고 있습니다. 그러나 정말로 나는 피곤합니다. 그 시절에 대해서는 이젠 생각하고싶지도 않아요. 내가 어느 죽어가는 동료의 물을 마셔버린그날 모든 것은 뒤엎어져버렸습니다. 아니, 아니, 듀게클랭은 아니었습니다. 그는 이미 죽었을 때라고 생각되는군요. 그는 너무도 먹는 것을 포기했던 거예요. 그리고 만일 그가거기에 있었다면, 그에 대한 사랑 때문에라도 나는 오래 더참고 견디었을 겁니다. 그를 사랑했었으니까요. 네, 적어도그를 사랑했던 것 같습니다. 그런데 확실한 것은, 어차피 죽어가는 사람보다는 더 다른 사람들에게 내가 필요하며, 따라서 나는 그들을 위해 몸을 아끼지 않을 수 없다는 생각을 하면서 물을 마셨다는 것입니다. 그렇게 해서 태양과 죽음 아래에서도 제국과 교회는 생겨나는 것이지요. 어저께 내가 한이야기를 좀 바로잡기 위해서, 내가 그렇게 생활했었는지 꿈꾸었는지조차도 알 수가 없는 그 모든 것에 대해 이야기를하면서, 내게 떠오른 중대한 생각을 당신에게 말씀드리겠습니다. 그 중대한 생각이란 교황을 용서해야 한다는 것입니다. 첫째로, 교황은 누구보다도 용서를 받아야 할 필요가 있기 때문이지요. 다음으로는, 그것이 그를 향상시킬 수 있는 유일한 방법이기 때문입니다…….

오! 문을 잘 닫으셨습니까? 그래요? 확인 좀 해주실까요. 죄송합니다. 빗장에 대해 콤플렉스가 있어서요. 잠이 들 때쯤해서 생각하면 내가 빗장을 질렀는지 어쨌는지 전혀 알 수가 없단 말이에요. 밤마다 그걸 확인하려고 일어나야만 합니다. 이미 말씀드렸습니다만 확실한 건 아무것도 없는 거예요. 이 빗장에 대한 불안이 내게 있어서 겁에 질린 소유주의 반응이라고는 생각하지 마십시오. 전에는 아파트도, 자동차도 열쇠로 잠그지를 않았습니다. 돈도 보관하지 않았고 내가 소유하고 있는 것에 대해 집착하지 않았습니다. 솔직히 말씀드리자면 소유한다는 것을 좀 부끄럽게 여겼었지요. 그러나 사교계에서 이야기를 할 때는 "여러분, 소유란 대손실과 같습니다!" 하고 소신 있게 외치지는 못했습니다. 내 재산을, 훌륭하지만 가난한 사람에게 나누어줄 만한 위대한 마음을 가지고 있지 못했기 때문에, 나는 있을지도 모르는 도둑의 손이 미치는 곳에 그것을 놓아두는 셈이었지요. 그렇게 해서 우연이 부정을 고쳐주기를 기대했던 겁니다. 그런데 지금은 가진 것이 아무것도 없습니다. 그래서 안전에 대해서는 걱정할 것이 없지만 내 자신에 대해서 그리고 내 재치에 대해서는 걱정이 됩니다. 또한 내가 왕이요, 교황이요, 심판관인, 이 잘 둘러막힌 작은 우주의 문을 나는 닫아두고 싶은 겁니다.

그건 그렇고, 그 벽장을 좀 열어주십시오. 그 그림, 그래

요, 그걸 보세요. 모르시겠습니까? '공명정대한 재판관들'
입니다. 놀랍지 않으세요? 그렇다면 당신의 교양에도 결여
된 부분이 있는 모양이지요? 그렇지만 당신이 신문을 읽으
신다면 1943년에 겐트의 생바봉 대성당에서 '신비로운 어린
양'이라는 반 아이크의 유명한 병풍 한 조각이 도난당한 사
건을 기억하실 겁니다. 그 한 조각이 '공명정대한 재판관들'
이라고 불리는 것이었지요. 신성한 동물을 경배하기 위해 오
는 말 탄 재판관들을 그린 겁니다. 그 그림은 뛰어난 모사품
으로 대치해놓았지요. 원화를 찾아내지 못했으니까요. 그런
데 그 그림이 여기 있는 겁니다. 아니, 나는 아무 관계도 없
습니다. 지난번 밤에 당신도 본 일이 있는 멕시코 시티의 단
골 손님이 어느 날 취해서 술 한 병 값으로 고릴라에게 팔아
버린 겁니다. 처음에는 그것을 적당한 자리에 걸어놓으라고
그 친구에게 권했습니다. 그래서 오랫동안, 전 세계가 그 그
림을 찾고 있는 동안 우리의 '경건한 재판관' 들은 멕시코 시
티에서 주정꾼들과 포주들 위에 군림해 있었던 거지요. 그러
다가 내 요청에 의해서 고릴라가 그것을 여기에 맡겨둔 거예
요. 그는 그렇게 하기를 좀 꺼려했지만 내가 그 사건을 그에
게 설명해주자 겁을 집어먹었지요. 그로부터 그 존경할 만한
사법관들은 유일하게 나와 함께 있게 된 겁니다. 그곳 카운
터 위에 그 그림이 남겨놓은 빈 자리를 당신도 보셨잖아요.
　왜 그 그림을 반환하지 않았느냐구요? 아! 아! 당신은 경
찰 같은 반사 신경을 가지고 계시는군요! 만일 어떤 사람이
이 그림이 내 방에 머물러 있다는 것을 마침내 알아차리게
된다면, 예심 판사에게 하게 될 답변과 똑같이 당신에게 대

답해드리지요. 첫째로 그것은 내 것이 아니라, 겐트의 주교 만큼이나 그걸 가질 자격이 있는 멕시코 시티 주인의 것이기 때문입니다. 둘째로, '신비로운 어린 양' 앞을 열을 지어 지나가는 사람들 가운데에서 모사품과 원화를 분간할 줄 아는 사람은 아무도 없을 것이고, 따라서 내 잘못으로 손해를 보는 사람은 아무도 없기 때문입니다. 셋째로, 이와 같이 하면 나는 군림하는 것이기 때문입니다. 가짜 재판관들은 세상 사람들의 감탄의 대상으로 추천되어 있는데, 나만 진짜 재판관들을 알고 있으니까요. 넷째로, 이렇게 함으로써 감옥으로 보내질 기회를 가질 수 있기 때문이며, 그것은 일종의 흥미 있는 생각이 되기도 하거든요. 다섯째로, 그 재판관들은 어린 양과의 약속 장소로 가는데, 이제는 어린 양의 순결도 없으며, 따라서 그림을 훔친 능란한 도적은, 거역하지 말아야 할 알려지지 않은 정의의 도구이기 때문입니다. 끝으로, 이렇게 하는 것이 우리가 정상적이기 때문입니다. 정의는 결정적으로 결백과 분리되어 있기 때문에 —— 결백은 십자가 위에, 정의는 벽장에 —— 나는 나의 소신에 따라 일을 하기 위해 자유로운 영역을 갖고 있습니다. 수많은 환멸과 모순을 겪고 난 후에 자리잡은 고해 판사라는 어려운 직업을 나는 양심적으로 해나갈 수가 있습니다. 당신이 떠날 시간도 되었으니 이제는 이 고해 판사라는 직업이 어떤 것인가를 말씀드리지요.

그러기 전에 숨을 잘 쉴 수 있도록 몸을 일으키게 해주십시오. 아! 참 피곤하군요! 내 재판관들을 열쇠로 잠가주십시오. 감사합니다. 고해 판사라는 이 직업을 나는 이 순간에도 하고 있습니다. 보통 내 사무실은 멕시코 시티에 있지요. 그러나 위대한 천직들은 일터 밖으로 연장됩니다. 침대에 누워서도, 열에 들떠서도 나는 직무를 다하고 있습니다. 그런데다 이 직업이란 것은 수행하는 것이 아니라 항상 호흡하는 것이지요. 사실 닷새 동안 내가 당신에게 그렇게 길게 이야기한 것이 즐거움만을 위해서였다고 생각하지는 마십시오. 아니에요. 예전에는 아무것도 아닌 말을 많이 지껄였었지요. 지금은 내 이야기에는 방향이 주어져 있습니다. 웃음을 그치게 하고, 겉으로는 빠져나갈 길이 없음에도 불구하고 몸소 심판을 피해보려는 생각으로 방향이 주어져 있는 것입니다. 그것을 모면하는 데 있어서 커다란 장애는, 우리가 맨 먼저 비난을 받아야 할 사람들이란 것이 아닐까요? 그러므로 가리지 말고 모든 사람에게 유죄 판결을 확대해나가는 것으로 시작해야만 합니다. 그러면 이미 그 유죄 판결은 묽어지는 것이지요.

누구에게도 절대로 변명은 하지 않는다는 것이 내 출발에 있어서의 원칙입니다. 좋은 의도, 존중할 만한 착오, 허위, 정상을 참작케 하는 사정, 이런 것을 나는 부정합니다. 내게 있어서는 은혜를 베푸는 일도 없고 무죄 방면을 해주는 일도 없습니다. 다만 추가만을 하지요. 그러고 나서는 "이렇게 말합니다. 당신은 패덕자요, 색마요, 허풍쟁이요, 남색가요, 예술가요. 이런 식이지요. 또한 냉혹합니다. 그러므로 정치에 있어서와 마찬가지로 철학에 있어서도 나는 인간에게 무죄를 거부하는 모든 이론을 주장하고, 또 인간을 죄인으로 취급하는 모든 행동을 찬성합니다. 보시다시피 나는 노예 제도의 명백한 지지자입니다.

　사실 노예 제도가 없으면 조금도 결정적인 해결이 나지 않습니다. 나는 그것을 재빨리 깨달았지요. 예전에는 입만 벌리면 자유에 대한 이야기를 했습니다. 아침 식사 때 버터를 바른 빵 위에다 그것을 바르고, 하루 종일 씹어먹으면서 자유로 인해 기분 좋게 시원해진 숨결을 세상에다 내뿜고 다녔습니다. 나에게 반대하는 자들은 그 훌륭한 말로 후려쳐서, 나는 그것을 내 욕망과 권력의 효용 가치로 삼았던 것입니다. 침대 속에서 여자들의 잠든 귀에 다가가 그 말을 속삭이면, 그녀들도 꼼짝을 못하는 거예요. 그 말을 살짝 속삭이니…… 저런 흥분해서 도가 지나쳤군요. 결국 자유를, 이해관계를 떠나 사용한 적도 있었고, 두서너 번은 그것을 지키려고 한 일조차 있었습니다. 내 순진함을 상상해보세요. 자유를 위해 죽을 정도까지는 되지 않았지만 약간의 위험을 감수했었지요. 그런 경솔한 짓을 한 건 용서해야만 합니다. 내가 무슨 짓을 하고 있는지 나도 몰랐으니까요. 자유라는 것은 보상(報償)도 아니고, 샴페인 속에서 경축하는 훈장 같은 것도 아니라는 것을 몰랐던 겁니다. 또 어떤 선물이나 입술을 즐겁게 해주는 달콤한 과자 상자도 아니라는 것을요. 아! 아니, 그것은 그와 반대로 고역입니다. 또한 아주 고독하고 아주 지치게 하는 장거리 경주와도 같습니다. 샴페인도 없고 다정스럽게 바라보면서 잔을 들어주는 친구들도 없습니다. 우울한 방 속에서 홀로, 재판관들 앞의 피고석에 홀로 있는 것입니다. 자기 자신이나 혹은 다른 사람들의 심판 앞에서 홀로 결정을 내려야 하는 것입니다. 모든 자유의 끝에는 이러한 판결이 내려집니다. 그렇기 때문에 자유는 지니기에는 너무 무거운 것입니다. 특히 열병으로 괴로워하거나 마음의 고통을 느끼고 있거나 아무도 사랑하는 사람이 없을 적에는 더욱 그렇습니다.

아! 이것 보세요. 신(神)도 주인도 없이 고독한 사람에게는 매일매일의 짐이란 끔찍한 것이랍니다. 그러므로 자신을 위해서 지배자를 택하지 않으면 안 됩니다. 신은 이제 유행에 뒤떨어져 있으니 말입니다. 게다가 신이라는 이 말은 이제 더 이상 의미가 없습니다. 그러니 이런 말로 사람의 감정을 상하게 할 필요가 없는 겁니다. 그들의 이웃과 모든 것을 사랑하는, 너무도 근엄한 우리의 모럴리스트들, 그들을 기독교 신자의 상태와 구별짓는 것이라고는 결국 아무것도 없습니다. 교회에서 설교를 하지 않는다는 것만 제외하면 말입니다. 당신 생각으로는, 그들이 개종하는 것을 누가 못 하게 한다고 생각하십니까? 아마도 체면, 자존심, 네, 세상의 평판을 염려하는 체면 때문일 겁니다. 그들은 스캔들 만들기를 원하지 않으므로 자기들에 대한 감정을 지키고 있는 것이지요. 그렇게 밤마다 기도를 드리는 어느 무신론 소설가를 나는 알고 있습니다. 그렇다고 해서 아무것도 못 하지는 않았습니다. 그의 책 속에서 신에게로 넘어가는 것이 무엇이 있었겠습니까! 누군지 이제는 생각이 안 나지만 그 사람이 한 말처럼 마구 치는 것이었습니다! 어느 자유 사상 투사에게 그것을 털어놓았더니, 더군다나 나쁜 의도로 한 건 아니었는데, 그 사도(使徒)는 두 팔을 하늘로 들어올리고 "아무것도 새로운 것은 없습니다. 그들은 모두 그 모양이니까요" 하고 탄식하는 것이었습니다. 그의 말을 믿는다면, 작가의 80퍼센트가, 만일 서명하지 않을 수 있다면 신의 이름을 쓰고 경배했을 것이라고 하더군요. 그러나 그의 말에 의하면 그들은 자신을 사랑하기 때문에 서명을 하고 서로 미워하기 때문에 전혀 아무것에도 경의를 표하지 않는다는 겁니다. 그렇지만 그들은 심판하지 않고는 배기지 못하니까 도덕에 매달리는 것입니다. 요컨대 그들은 덕망이 높은 악마주의를 갖고 있는 것이지요. 정말로 우스운 시대가 아닙니까! 정말로 혼란스러운 것에 대해서도 놀랄 것은 없고, 나무랄 데 없는 남편이었을 적에 무신론자였던 어느 친구가 간통자가 되면서 개종하였다는 것도 놀랄 일이 못 됩니다.

아! 뱃속이 검은 시시한 자들, 희극 배우, 위선자들, 게다가 얼마나 애처롭습니까! 그들은 모두 다 그렇습니다. 하늘에다 대고 욕설을 퍼부을 때조차도 그렇습니다. 무신론자들이든 독실한 신자들이든 모스크바 파(派)든 보스턴 파든 모두 조상 대대로 그리스도 교인들입니다. 그러나 이제는 아버지도, 규칙도 없습니다! 자유로워진 것입니다. 그러므로 적절한 조치를 취해야 합니다. 특히 그들은 자유와 그것의 판결을 원하지 않기 때문에 자기들에게 벌을 내려달라고 기도하고, 무시무시한 규칙을 생각해내고, 교회를 대신할 화형대를 쌓아올리기 위해 분주히 뛰어다닙니다. 사보나롤라 같은 자들입니다. 그런데 그들은 죄악만 믿지 결코 은총은 믿지 않습니다. 물론 그것에 대해 생각은 하지요, 은총, 그것은 바로 그들이 바라는 것입니다. 긍정의 말, 신뢰, 인간의 행복을 바랍니다. 그들은 또한 감상적이니까 약혼이라든지 순진한

처녀라든지 정직한 사내나 음악 같은 것도 원합니다. 나는
예를 들면, 감상적이지 못한 나는 무엇을 꿈꾸었는지 아십니
까? 온 마음과 육체를 사르는 완전한 사랑, 밤낮으로 끊임없
는 포옹 속에서 향락하고 열광하면서 그렇게 5년 간을 보내
고 난 후 죽는 것이었습니다. 아아, 슬프다!

그런데 약혼도 끊임없는 사랑도 없으니, 그건 힘과 채찍이
있는 짐승 같은 결혼일 겁니다. 요는 어린애에게 있어서처럼
모든 것이 단순해지고, 행동 하나하나는 조종되고, 따라서
선과 악이 임의로운 방법으로 명확하게 지적되는 것입니다.
그런데 나는, 야만인 같은 기질에다 전혀 기독교 신자가 아
닌 나도——그들 중의 맨 처음 사람에 대해서는 우정을 가
지고 있지만——찬성합니다. 파리의 다리 위에서 자유에 대
해 나 역시 두려움을 느끼고 있다는 것을 깨달았거든요. 그
러니까 그가 누구이든지 간에 하늘의 계율을 대신할 지배자
는 환영을 받는 겁니다. "잠정적으로 이곳에 계시는 우리의
아버지…… 우리의 인도자, 기분 좋게 엄격하신 우리의 지
휘자. 오! 준엄하고 사랑받는 지도자시여……." 결국 당신
도 알다시피 요는, 이제는 자유롭지 않고 후회 속에서 자기
보다 더한 무뢰한에게 복종해야 된다는 것입니다. 우리가 모
두 죄인이 되면 그때는 민주주의가 실현될 겁니다. 외롭게
죽어야 한다는 것에 대한 복수를 해야 한다는 일은 계산에
넣지 말고 말입니다. 굴종이 집단적인 데 반해 죽음이란 고
독한 것이지요. 다른 사람들도 우리와 마찬가지로 그들의
계산이 있다는 것, 그것이 중요한 겁니다. 마침내 모든 사람
들은 결합하게 됩니다. 그러나 무릎을 꿇고 머리를 수그리

고 말입니다.

사회와 비슷하게 사는 것이 좋지 않겠습니까? 그러기 위해서는 사회가 나를 닮을 필요는 없지 않겠어요? 위협, 불명예, 경찰 같은 것은 이러한 닮음을 위한 성례(聖禮)입니다. 경멸당하고 몰아세우고 기를 펼 수 없게 되면, 그때는 나의 능력을 마음껏 보여줄 수 있고 있는 그대로의 것을 향락할 수 있으며 마침내 자연스러울 수가 있는 겁니다. 그렇기 때문에 나는 자유에, 엄숙하게 경이를 표하고 난 후, 그것을 누구에게든 지체 없이 넘겨주어야만 하겠다고 몰래 결심한 거예요. 그럴 수 있을 적마다 나는 멕시코 시티라는 교회에서 설교를 하고, 복종하도록, 또한 존중의 안락을 겸허하게 열망하도록 선량한 대중에게 권유하고 있습니다. 존중은 참다운 자유라고 제시할 각오를 하고서 말이지요.

하지만 나는 머리가 돈 사람이 아닙니다. 노예 제도가 오늘 내일 실현되는 일이 아니라는 것은 나도 알고 있거든요. 그것은 미래의 혜택 중의 하나가 될 것입니다. 그때까지 나는 현재에 만족해야만 되고 또 적어도 잠정적이나마 해결책을 찾아야만 합니다. 그래서 나는 내 자신의 어깨를 좀더 가볍게 하기 위해서 모든 사람들에게 심판을 확대하는 다른 방법을 강구해야만 했습니다. 나는 그 방법을 찾아냈습니다. 창문을 좀 열어주십시오. 이곳은 특히 덥군요. 너무 열지는 마세요. 춥기도 하니까요. 내 생각은 간단하면서도 풍부합니다. 햇볕에 자신의 몸을 말릴 권리를 갖기 위해서는 모든 사람들을 어떻게 끌어들여야 할까요? 현대의 많은 명사들처럼 설교단에 올라서서 인류를 저주해야 할까요? 그건 매우 위험한 일이지요! 어느 날, 혹은 어느 날 밤에, 웃음이 느닷없이 터져나옵니다. 당신이 다른 사람들에 대해서 가지고 있는 판결이 마침내는 곧바로 당신의 얼굴로 돌아와서 거기에 어떤 피해를 입히게 됩니다. 그렇게 되면 어떻게 하느냐구요? 천재적인 요령이 있지요. 지배자들과 그들의 채찍이 나타나기를 기다리면서, 우리가 승리하기 위해서는 코페르니쿠스처럼 추리를 역전시켜야 된다는 것을 발견했단 말입니다. 자신을 곧장 심판하지 않고서 남을 비난할 수는 없기 때문에 다른 사람을 심판할 권리를 갖기 위해서는 자기 자신을 비난할 수밖에 없는 것입니다. 모든 심판자는 어느 날 속죄자로 끝이 나기 때문에, 반대 방향으로 길을 잡아서 심판자로 끝이 날 수 있으려면 속죄자의 직책을 해야만 하는 겁니다. 내 말 알아들으시겠습니까? 좋습니다. 그러나 보다 명백히 이해하실 수 있도록 내가 어떻게 일을 하고 있는지 말씀드리지요.

우선 나는 변호사 사무실을 닫고 파리를 떠나 여행을 했습니다. 다른 이름을 내걸고 손님이 없지 않을 다른 장소에서 자리를 잡으려고 애썼지요. 세상에는 그런 장소가 많이 있습니다만, 우연과 편리와 아이러니와 그리고 또한 어떤 고행에 대한 필요성으로 물과 안개의 수도, 운하에 끼어 있고, 온 세계로부터 오는 사람들이 방문하는 유별나게도 붐비는 도시를 선택하게 된 것입니다. 나는 선원들이 오가는 구역의 어느 바에 사무실을 차렸습니다. 항구의 고적은 다양합니다. 가난한 사람들은 화려한 구역에 가지 않는 반면에, 상류 사회의 사람들은, 언제나 당신도 보셨지만, 적어도 한 번쯤은

평판이 나쁜 장소에 다다르고야 맙니다. 나는 특히 부르주아
를, 길을 잃고 방황하는 부르주아를 노립니다. 내 넘치는 능
률을 보여주는 상대는 바로 그 사람이기 때문이지요. 나는
그에게서 능란하게 가장 세련된 어조를 끌어내는 겁니다.

　그렇게 나는 얼마 전부터 멕시코 시티에서 내 유익한 직업
을 영위하고 있습니다. 그것은 당신도 경험했듯이 우선 될
수 있는 대로 자주 공공연한 고백을 하는 겁니다. 종횡으로
자신을 비난하는 것이지요. 힘든 일은 아닙니다. 이제는 암
기하고 있을 정도니까요. 그러나 주의는 하지만, 가슴을 치
면서 상스럽게 자책하지는 않지요. 오히려 유연하게 풀어나
가고 뉘앙스와 여담도 보태어가면서, 요컨대 이야기를 듣는
사람에게 맞추어 그 사람을 높여주는 것으로 이끌어가는 것
입니다. 나에 관계되는 것과 다른 사람에게 관계되는 것을
섞기도 하지요. 공통된 행위나 우리가 다같이 겪는 경험, 우
리가 갖고 있는 약점들을 이야기하기도 하고, 좋은 말씨나
내 마음속에서나 다른 사람들의 마음속에서 맹위를 떨치고
있는 그런 것, 말하자면 현대인에 대해서도 이야기를 합니
다. 그런 것들을 가지고 나는 모든 사람들의 것이면서도 어
느 누구의 것도 아닌 초상화를 만들어내는 것입니다. 요컨
대 하나의 가면인데, 사육제에서의 그런 것과 나무나 비슷
한 것으로서, 믿음성이 있으면서도 단순화된 것이어서 그
앞에서 사람들은 '저런, 만나본 적이 있는 모습인데!' 하고
생각하게 되지요. 오늘 저녁처럼 초상화가 끝나면, 나는 그
것을 보이고 비탄에 잔뜩 빠져듭니다. '오호라! 이것이 바
로 납니다.' 논고가 끝난 겁니다. 그러나 이번에는, 내가 나

와 같은 시대 사람에게 보이는 초상화가 하나의 거울이 되
는 것입니다.

재를 뒤집어쓰고 천천히 머리카락을 쥐어뜯으면서 얼굴은
손톱에 긁혀 상처가 나 있지만, 나는 날카로운 시선으로 온
인류 앞에서 내가 만든 효과를 못 보게 되는 일 없이, 수치스
러움을 회고하면서 이렇게 말합니다. "나는 인간 중에 가장
하등 인간이었습니다." 그러고는 슬그머니 이야기 속에서
'나'라는 말로부터 '우리'라는 말로 옮겨가는 겁니다. "이것
이 바로 우리들인 것입니다" 하는 말에 이르면, 결판은 나는
것으로, 나는 그들에게 그들의 진실을 말해줄 수 있는 것이
지요. 물론 나도 그들과 같으며 우리는 똑같이 더러운 물 속
에 있는 겁니다. 그렇지만 내게는 그것을 알고 있다는 우월
성이 있고 그것은 나에게 말할 권리를 주지요. 그것이 유리
하다는 것은 당신도 아시리라 확신합니다. 내가 나 자신을
비난하면 할수록 더욱 나는 당신을 심판할 권리를 갖는 것이
에요. 내가 당신에게 당신 자신을 심판하도록 자극을 하고
있는데, 그것은 그만큼 내 짐을 덜어주어 좋은 거지요. 아!
우리는 이상하고 가련한 인간들입니다. 조금이라도 우리의
생애를 되돌아본다면, 우리 자신에 대해서 놀라고 분노할 기
회가 많습니다. 한 번 해보십시오. 당신 자신의 고백을 크나
큰 형제애의 감정으로 틀림없이 들어드리겠습니다.

웃지 마세요! 네, 당신이 까다로운 손님이라는 것을 나는
금방 알아보았지요. 그러나 당신도 그렇게 하게 될 겁니다.
그건 피할 수 없는 일이거든요. 대부분의 다른 사람들은 이
성적이기보다는 감성적이에요. 그래서 그들을 곧 난처한 처

지에 빠뜨릴 수가 있습니다. 지성인들에게는 시간이 걸리지요. 그들에게는 철저히 방법을 설명해주는 것으로 충분합니다. 그들은 그것을 잊어버리지 않고 곰곰이 생각하거든요. 어느 때고 반은 장난으로 반은 혼란스러워서 솔직히 고백하게 됩니다. 당신은 이지적일 뿐만 아니라 경험이 많아 보이는군요. 그렇지만 오늘은, 닷새 전보다 당신 자신에 대해 만족감이 덜하다는 것은 인정하시지요? 이제는 당신이 내게 편지를 보내주시든지 아니면 나를 다시 찾아오든지 할 것을 기다리겠습니다. 당신이 돌아오리라는 것은 틀림없는 일이니까요! 당신은 변함이 없는 나를 발견하게 될 겁니다. 내게 알맞는 행복을 발견했는데 왜 내가 변하겠습니까? 나는 이중 성격을 한탄하는 대신에 그것을 받아들였습니다. 그러기는커녕 거기에 자리잡고서, 내가 일생 동안 찾았던 안락을 거기에서 발견한 것입니다. 요는 심판을 모면하는 것이라고 당신에게 말씀드렸는데, 사실 그것은 잘못된 말이었습니다. 요는 가끔 큰소리로 자기 자신의 무가치함을 공개할 것을 각오하고 모든 것을 서슴없이 할 수 있어야 하는 것입니다. 나는 다시 모든 것을 서슴없이 했는데, 이번에는 웃음이 들리지 않았습니다. 나는 생활을 바꾼 것이 아니어서 여전히 나를 사랑하고 다른 사람들을 이용하고 있습니다. 다만 내 과오를 고백하니 그것은 더욱 가볍게 다시 시작할 수 있도록 내게 허락해주고, 또한 처음에는 내 본성을, 그 다음으로는 즐거운 후회를 두 번이나 즐길 수 있게 해주는 것이었습니다.

내가 해결책을 발견한 이후로부터 나는 무엇에나 몸을 내

맡기고 있습니다. 여자에게나 오만이나 권태나 원한에도, 그리고 이 순간에 몸이 달아오르는 것을 황홀하게 느끼고 있는 열(熱)에게조차도 말입니다. 마침내 나는 군림하게 된 것이지요. 그것도 영원히. 나는 또다시 꼭대기를 발견한 것인데, 거기에 기어오를 수 있는 사람은 나 혼자뿐이고 또한 거기에서는 모든 사람을 심판할 수 있습니다. 가끔 한 번씩 밤이 정말로 아름다울 때, 나는 멀리서 들려오는 웃음소리를 듣고 다시금 의심을 품기도 합니다. 그러면 재빨리 나는 모든 사물을, 인간들과 천지만물을 내 자신의 결점의 무게로 짓눌러 버립니다. 그러면 다시 기분이 좋아지는 것이었습니다.

그러므로 나는 언제까지라도 당신이 멕시코 시티에 경의를 표하러 올 때를 기다리겠습니다. 그런데 이 이불을 좀 치워주십시오. 숨을 쉬고 싶군요. 오시겠지요? 내 기술의 세세한 것까지도 당신에게 보여드리지요. 당신에 대해서는 일종의 애정을 갖고 있으니까요. 그들이 비열하다는 것을 밤새도록 그들에게 가르쳐주고 있는 나를 보시게 될 겁니다. 하긴 오늘 저녁부터 다시 시작하려고 합니다. 하지 않고는 견딜 수 없고, 또 그들 중의 한 사람이 털썩 주저앉아서 술 탓으로 가슴을 쳐대는 그 순간을 포기할 수가 없어서지요. 그러면 나는 커집니다. 커지고, 자유롭게 숨을 쉬고, 산 위에 서 있게 되고, 벌판이 내 눈 아래로 펼쳐 있는 겁니다. 자신을 하느님 아버지로 느끼는 그 도취감, 그리고 좋지 못한 생활과 품행의 결정적인 증명서를 나누어주는 도취감은 굉장한 것입니다. 나는 나의 흉악한 천사들에 둘러싸여 네덜란드의 하늘 꼭대기에 군림하고 있습니다. 그래서 안개와 물에서 빠져

나와 최후의 심판을 받으려는 군중이 나를 향해 올라오고 있는 것을 바라다봅니다. 그들은 천천히 올라오는데 그들 중에서 첫번째 사람이 벌써 도착한 것이 보입니다. 한 손으로 반쯤 가린 그의 얼빠진 얼굴에서 나는 공동 조건의 슬픔과 그것을 피할 수 없는 절망을 읽습니다. 그런데 나는 죄를 사하지 않고 동정을 하며, 용서하지 않고 이해를 하는데, 특히, 아아, 사람들이 마침내 나를 경배하고 있음을 느낍니다.

네, 나는 흥분이 됩니다. 그런데 어떻게 얌전하게 누워 있을 수 있겠습니까? 당신네들보다 더 높은 곳에 있어야만 한다는 그런 내 생각이 나를 흥분시킵니다. 그런 밤이면, 아니 정확히 말하자면 그런 아침이면 —— 전락(轉落)은 새벽에 일어나는 것이니까요 —— 나는 밖으로 나가 흥분하여 운하를 따라 걷습니다. 창백한 하늘에는 깃털구름의 층이 얄팍해지고, 비둘기들은 조금 더 높이 올라가고, 장밋빛 미광(微光)은 지붕 위에서 내 창조의 새로운 하루를 알려줍니다. 담락크 거리에서는 첫 전차가 축축한 공기 속에서 종을 울리고, 이 유럽의 끝에서 생활의 잠을 깨우는 종을 울립니다. 바로 그 시각에는 수억의 인간인 내 신하들이 쓰디쓴 입맛을 다시며 간신히 침대에서 빠져나와 즐거움이 없는 일터를 향해 가는 겁니다. 그럴 때면 나는 나도 모르게 나에게 순종하는 이 전 대륙 위로 생각을 타고 떠돌며 떠오르는 햇빛을 압생트(프랑스가 주산지인 독하고 쓴 녹색의 술)로 건배하고, 마침내는 서투른 말에 취하여 행복해지는 겁니다. 나는 행복합니다. 내가 행복하다는 것을 믿지 않아서는 안 됩니다. 죽도록 나는 행복하단 말입니다! 오오! 태양, 바닷가 그리고 무역풍에 시달리는 섬들, 회상해보면 절망스러운 청춘!

　다시 눕겠습니다. 용서하십시오. 흥분하는 것이 두렵군요. 그렇지만 나는 눈물을 흘리지는 않습니다. 사람은 이따금 방황하기도 하고 훌륭한 삶의 비결을 발견했을 때라도 명백한 것에 대해 의심을 품기도 합니다. 물론 나의 해결책은 이상적인 것이 아닙니다. 그러나 자기 삶을 사랑하지 못할 때, 그것을 바꾸어야 한다는 것을 알았을 때, 그때는 선택이란 없는 게 아니겠어요? 어떻게 다른 사람이 될 수 있겠습니까?

　불가능한 일이지요. 그러자면 적어도 한 번은 그 어느 누구도 되어서는 안 되고, 어떤 사람이 되기 위해서는 자신을 잊어버려야 합니다. 그러나 어떻게 그럴 수 있겠습니까? 너무 나를 괴롭히지 마십시오. 나는, 어느 날 카페의 테라스에서 내 손을 잡고 놓아주려고 하지 않던 그 늙은 걸인과도 같습니다. "아아, 선생님, 나쁜 놈은 아닌데 실명을 했습니다" 하고 그 사람은 말했었지요. 네, 우리는 빛과 아침을 잃었고 자기 자신을 용서하는 존귀한 결백성을 잃어버린 겁니다.

　보세요. 눈이 내리고 있군요! 아아, 나는 나가야만 합니다. 하얀 밤 속에 잠들어 있는 암스테르담, 눈으로 덮인 작은 다리 밑의 어두운 비췻빛 운하, 인기척 없는 거리, 소리가 나지 않는 내 발자국, 이것은 내일의 오욕(汚辱)이 오기 전의 일시적인 깨끗함일 것입니다. 유리창에 부딪쳐 깜짝 놀라는 커다란 뭉치들을 보십시오. 그것은 확실히 비둘기들일 겁니다. 비둘기들이 마침내 내려올 결심을 한 모양입니다. 그 사랑스러운 것들은 바다와 지붕을 두꺼운 날개의 잠자리로 덮어버리고 모든 창가에서 파닥거리고 있습니다. 굉장한 침략이지요! 그것들이 좋은 소식을 가져오도록 기대합시다. 선택받는 사람들뿐만 아니라 모든 사람들이 구원받을 겁니다. 부유함과 고통도 나누어질 것이고, 가령 당신은 오늘부터 나를 위하여 매일 밤 땅바닥에 눕게 될 것입니다. 모두가 칠현금을 타게 되었지 뭡니까? 자, 만약 수레가 하늘에서 내려와 나를 실어간다면, 혹은 갑자기 눈에 불이 붙는다면 당신은 아연 실색하실 겁니다. 그건 믿을 수가 없다구요? 나도 마찬가지예요. 하지만 어쨌든 나는 나가야만 합니다.

　네, 네, 잠자코 조용히 있겠습니다. 염려하지 마십시오! 더군다나 내 감상과 헛소리를 너무 믿지 마세요 그것들은 계획적인 것이니까요. 자, 지금은 당신이 당신에 대해서 말해주어야 할 때이니, 나는 나의 열렬한 고백의 목적 중에서 하나가 달성되었는지 어떤지를 알 수 있게 되었군요. 나는 사실 내 이야기 상대자가 경찰관이어서, 이 '공명정대한 재판관들' 도난 사건으로 나를 체포했으면 하고 항상 바라고 있습니다. 그 밖의 것으로서는 아무도 나를 체포할 수가 없습니다. 그러나 이 도난 사건으로 말하자면 법률에 저촉되는 것이고, 나는 공범자로 보이도록 모든 것을 계획했던 겁니다. 즉 이 그림을 숨겨놓고서는 그것을 보고 싶어하는 사람에게 보여주는 거예요. 그러니 당신이 나를 체포한다면 그것은 좋은 시작이 될 것입니다. 뿐만 아니라 어쩌면 곧 이어서 일을 할 사람이 있을지도 모르고, 가령 나를 참수형에 처할지도 모르는 일이고, 그러면 나는 더 이상 죽는 것에 대해 두려움을 갖지 않게 될 터이니 구원받게 되는 겁니다. 그러면, 모여든 군중들 위로 아직 생기가 돌고 본보기가 되는 내 머리를 그들이 알아볼 수 있도록 그리고 내가 다시 그들을 지배할 수 있도록 들어올려주십시오. 그러면 모든 것은 완결될 것이며, 광야에서 울부짖으며 거기서 나오기를 거부하는 가짜 예언자의 일생을 보이지도 알리지도 않은 채 끝마칠 수 있을 겁니다.

그러나 물론 당신은 형사가 아니니, 일은 너무나 간단할 겁니다. 뭐라구요? 아아! 그럴 것이라고 생각하고 있었지요. 당신에 대해서 이상한 애정을 느꼈었는데 그리고 보니, 까닭이 있었군요. 당신도 파리에서 변호사란 훌륭한 직업에 종사하고 계시다구요! 우리가 같은 부류의 사람들이라는 건 알고 있었지요. 진작부터 대답은 알고 있으면서도 언제나 똑같은 질문에 끊임없이, 또 어느 누구에게 하는 것도 아닌 말을 해대는 우리는 모두 비슷하지 않을까요? 그러니 이야기해 주세요. 어느 날 저녁 센 강가에서 당신에게 어떤 일이 일어났으며, 그리고 당신은 어떻게 당신의 목숨을 위태롭게 하지 않을 수 있었는지를 말이에요. 몇 해 전부터 밤마다 그치지 않고 하던 그 말을, 마침내 당신의 입을 통하여 내가 하게 될 그 말을 당신 자신이 해주십시오. '오오, 아가씨, 우리 둘 모두를 구원할 기회를 가질 수 있도록 다시 한 번 물 속으로 몸을 던져주오.' 다시 한 번이라니, 얼마나 경솔한 말입니까! 생각해보세요, 선생, 그 말에 우리가 어떤 행동을 취해야 되나요? 결단을 내려야 되는 겁니다. 덜덜 떨리는데요! 물이 아주 차갑거든요! 그렇지만 안심하십시오! 지금은 때가 너무 늦었어요. 영원히 늦을 겁니다. 다행이지 뭡니까! *

□ 연 보

1913년   11월 7일, 프랑스령 콘스탄틴 현(縣) 몽도비에서
태어남.

1930년   알제 대학에 입학. 대학 축구 팀의 선수로 활약함.
결핵에 걸림.

1933년   결혼(1년 후 이혼).

1934년   알제리의 공산당에 가입했다가 다음 해에 탈당함.

1936년   알제 대학 졸업. 철학 학위논문 〈프르탱과 성 아
우구스티누스를 통해서 본 헬레니즘과 크리스처
니즘의 관계〉 집필. 알제 방송국 전속 극단에서
배우로 활약함. 희곡 〈아스튀리의 반란〉 발표함.

1937년   '노동좌(아마추어 연극 단체)'를 조직했다가 에키
프좌(Théâtre de l' Equipe)로 개칭. 에세이 《표리
(表裏) L' Envers et l' endroit》 간행. 건강상 이유
로 교수 자격 획득을 단념함.

1938년   《알제 레퓌블리켕 Alger-Républicain》지(誌) 기자.
에세이 《혼례》 간행함.

1939년   희곡 〈칼리굴라〉 집필. 앙드레 말로와 사귐.

1940년   재혼. 북아프리카 식민지 정책에 대한 비판 때문
에 당국의 불만을 사게 되어 파리로 건너감. 《파
리 스와르》지 편집부 입사. 소설 〈이방인〉 탈고함.

에세이 〈시지프의 신화〉 제1부 탈고함.

1941년　오랑 모사립대학교에서 교편을 잡음. 〈시지프의 신화〉 탈고.《모비 딕》의 영향을 받고 소설 〈페스트〉 기고함.

1942년　소설《이방인 L’ Étranger》 간행함.

1943년　저항운동 기관지《저항 Combat》의 파리 책임자가 됨. 갈리마르 서점과 거래. 에세이《시지프의 신화》 간행. 다시 결핵이 발병함.

1944년　사르트르와 사귐. 희곡 〈오해〉와 〈칼리굴라〉 발표함.

1947년　소설《페스트》 간행함.

1948년　희곡 〈계엄령〉 발표함.

1949년　남미에서 귀국. 에세이 〈반항인 L’ Homme révolté〉 집필함.

1950년　에세이《반항인》,《미노토오르 또는 오랑의 정지》 간행. 희곡 〈정의의 사람들 Les Justes〉 발표. 평론집《악튜엘 Ⅰ Actuelles Ⅰ》 발표함.

1952년　사르트르와 논쟁을 하고 결별함.

1953년　유네스코에서 탈퇴. 에세이《악튜엘 Ⅱ》 발표. 동독 의거에 격려와 원조를 호소하는 열변을 토함.

1954년　모든 정치 활동에서 탈퇴. 에세이《여름》 간행함.

1955년　그리스 여행, 언론계에 복귀.

1956년　《전락(轉落) La Chute》 간행함.

1957년　소설《적지와 왕국 L’ Exil Et Le Royaume》 간행. 노벨문학상 수상함.

1960년　1월 4일(47세), 자동차 사고로 사망함.

▨ 옮긴이 소개

수필가, 번역문학가.
한국 외국어대학교 불어과 졸업.
월간 《직업여성》 발행인 역임.
한국 수필가협회 회원. 수필문우회 동인.
현대수필문학상 수상.
저서 : 수필집 《당신은 타인이어라》,《산길이 보이는 창》,
　　　《한국 수필평론》,《숨어있는 나무》.
역서 : 《인간의 대지》,《어린 왕자》,《시지프의 신화》,
　　　《여자의 일생》 등이 있음.

이방인 · 전락

1984년　5월　20일　　초판　　1쇄　발행
1992년　4월　30일　　초판　10쇄　발행
1999년　6월　10일　　2 판　　1쇄　발행
1999년 10월 15일　　3 판　　1쇄　발행

지은이　카　　　　뮈
옮긴이　이　　정　　림
펴낸이　윤　　형　　두
펴낸데　범　　우　　사

등　록　1966. 8. 3.　제 10 - 39호
121-130　서울시 마포구 구수동 21-1호
전　화　717-2121 · 2122/FAX 717-0429

＊ 파본은 교환해 드립니다.　　　교정 · 편집/조윤정 · 김지선
ISBN 89-08-03254-1 04860　(홈페이지) http://www.bumwoosa.co.kr
　　　89-08-03202-9 (세트)　　　(E-mail) bumwoosa@chollian.net

문고판/각권 값 2,000원 ➤ 계속 펴냅니다

온 고 지 신 (溫 故 知 新) 으 로   2 1 세 기 를 !

범우사

서울시 마포구 구수동 21-1호 TEL 717-2121, FAX 717-0429
http://www.bumwoosa.co.kr (천리안·하이텔 ID) BUMWOOSA

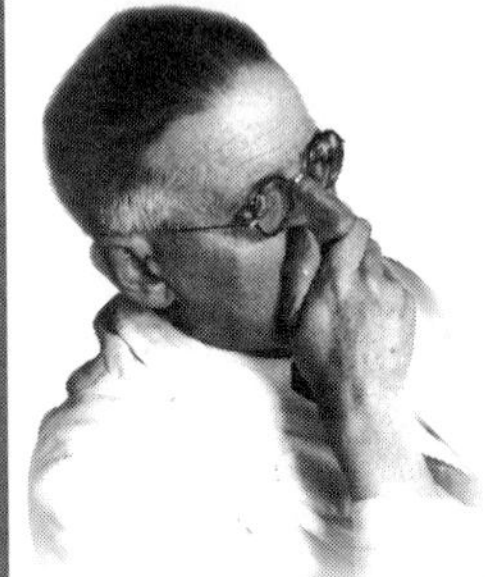

범우희곡선

연극으로 느낄 수 없는 시나리오의
진한 카타르시스, 오랜 감동 …!

[1] **세일즈맨의 죽음** 아서 밀러/오화섭 옮김
고도로 발달된 산업사회에서 생겨난 물질 만능주의, 내적 갈등을
예리하게 파헤친 밀러의 대표작.

[2] **코카시아의 백묵원** 베르톨트 브레히트/이정길 옮김
동독의 극작가로서 현대극의 완성자라 불리는 브레히트의 시적·
서사적 대작.

[3] **몰리에르 희곡선** 몰리에르/민희식 옮김
희극작가로 유명한 몰리에르의 작품 〈서민귀족〉, 〈스카펭의 간계〉,
〈상상병 환자〉를 모았다.

[4] **간계와 사랑** 프리드리히 실러/이원양 옮김
괴테와 함께 고전주의의 쌍벽을 이루는 독일의 시인이며 극작가인
실러의 희곡.

[5] **욕망이라는 이름의 전차** 테네시 윌리엄스/신정옥 옮김
미국 희곡의 금자탑, 극문학의 정점.
옛 추억과 이상 속에서 사는 삶과 비열한 삶의 대립.

[6] **에쿠우스** 피터 셰퍼/신정옥 옮김
현실의 굴레와 원초적 욕망 사이에서 분열된 삶의 절규와
인간의 자유를 심도있게 표출.

[7] **뜨거운 양철지붕 위의 고양이** 테네시 윌리엄스/오화섭 옮김
현대문명이 지닌 인간의 온갖 죄악과 부패와 비정상적 관계인
한 가족을 다룬 작품.

[8] **유리동물원** 테네시 윌리엄스/신정옥 옮김
겨울안개처럼 슬픔의 빛깔과 가락만을 간직한 사람들이 엮어내는
환상의 추억극.

[9] **빌헬름 텔** 프리드리히 실러/한기상 옮김
완전무결한 존재의 자유와 현실세계의 조화를 위해 투쟁하는 인간의 모습을
그린 작품.

[10] **아마데우스** 피터 셰퍼/신정옥 옮김
인간의 원초적 감정의 실체를 날카롭게 파헤친 무대언어의 마술사
피터 셰퍼의 역작.

[11] **탤리 가의 빈집(외)** 랜퍼드 윌슨/이영아 옮김
현대의 체호프라 불리는 윌슨의 대표적인 작품
〈탤리 가의 빈집〉과 〈토분 쌓는 사람들〉 수록.

[12] **인형의 집** 헨리 입센/김진욱 옮김
개인과 가정과 사회의 관계 속에서 일어나는 갈등과 모순을
사실주의적으로 드러낸 입센의 회심작.

[13] **산 불** 차범석 지음
민족사의 비극을 바탕으로 인간 본연의 삶과 사랑에 대한 갈증을
그려내고 있는 한국 리얼리즘 희곡의 걸작.

[14] **황금연못** 어니스트 톰슨/최 현 옮김
노부부의 사랑과 신뢰, 죽음을 앞두고 겪는 인간적 갈등과
초월을 다룬 작품.

[15] **민중의 적** 헨리 입센/김석만 옮김
지역 온천개발을 둘러싸고 투자자인 지역주민들과
개발계획자들 간의 흥미있는 대립을 그린 입센의 대표 작품.

[16] **태(외)** 오태석 지음
생의 근원적인 문제를 신화적, 우의적인 형태로 표현한 가장 한국적인 작품.

 **범우사**

서울시 마포구 구수동 21-1호 TEL 717-2121, FAX 717-0429
http://www.bumwoosa.co.kr (천리안·하이텔 ID) BUMWOOSA